W0332386

Né en 1936, Robert Silverberg passe son enfance new-yorkaise entouré de livres et de revues. Découvrant précocement la science-fiction, il devient rapidement un auteur très prolifique, publiant entre 1956 et 1958 plus de deux cents textes, seul ou en collaboration.

Après une parenthèse d'une dizaine d'années, durant laquelle il se consacre à des ouvrages de vulgarisation pour la jeunesse, il commence à la fin des années 60 une nouvelle carrière littéraire, écrivant désormais une science-fiction exceptionnellement intelligente et ambitieuse : *Les monades urbaines*, *L'oreille interne*, *Les ailes de la nuit*, *L'homme dans le labyrinthe* appartiennent incontestablement au panthéon du genre.

DU MÊME AUTEUR

Aux Éditions l'Atalante

GILGAMESH, ROI D'OUROUK (Folio Science-Fiction nº 18)

Aux Éditions Denoël

En grand format

LE GUERRIER

LE NAVIGATEUR

Dans la collection Présence du futur

LES ÉLÉPHANTS D'HANNIBAL (Folio Science-Fiction nº 63)

LE NEZ DE CLÉOPÂTRE

L'APPEL DES TÉNÈBRES

COMPAGNONS SECRETS

Les éléphants d'Hannibal

Je n'ai pas coutume de faire dans l'humour. Pourquoi, je l'ignore, puisque mes intimes savent que dans la vie je suis, tel le Jack Point de W.S. Gilbert, amateur de rire et de sourire, quolibets et quiddité, homme sachant se montrer enjoué, sagace, singulier, sinistre et sardonique — successivement ou simultanément. Pourtant, ces traits de ma personnalité ne se rencontrent que rarement dans mes œuvres de fiction. Ces dernières sont parfois sardoniques, parfois sinistres, voire sagaces à l'occasion, mais c'est ainsi : le rire et le sourire qui abondent en moi n'arrivent pas souvent jusque dans mes ouvrages. Cela reste très mystérieux pour moi.

Toutefois, je réussis de temps en temps à être drôle par écrit. Exemple : la présente nouvelle, qui m'avait fait rire une bonne demi-douzaine de fois pendant sa rédaction, en mars 1985, et qui aujourd'hui encore, tandis que je la parcours, me semble fort espiègle. Ellen Datlow, qui l'avait prise dans Omni, *l'avait trouvée amusante aussi. Vous-mêmes ne serez peut-être pas d'accord. Si cela se trouve, vous ne verrez rien de désopilant dans cette histoire d'envahis-*

seurs extraterrestres campant dans Central Park, au beau milieu de New York, sans parler de ma horde entière de bisons avalée comme de vulgaires boules de gomme par des créatures géantes venues d'ailleurs. Enfin… Il en faut pour tous les goûts. Autrefois j'ai publié une anthologie intitulée Infinite Jests *contenant des nouvelles signées Brian Aldiss, Philip K. Dick et Frederik Pohl, entre autres auteurs qui me paraissaient incarner le côté le plus « léger » de la science-fiction, et voilà qu'un nombre surprenant de critiques m'ont reproché d'avoir choisi des histoires* sinistres ! *Mais c'est que nous sommes à l'âge du clinquant, en vérité je vous le dis, et la plupart des gens n'ont qu'une piètre idée de ce qui peut être* vraiment *drôle. Cè qui passe pour de l'humour aujourd'hui, n'est en fait que vulgarité. Personnellement, mes goût me portent vers un style de comédie plus austère. Peut-être avez-vous les mêmes inclinations ? Auquel cas « Les éléphants d'Hannibal » devrait bien vous arracher un ou deux petits sourires narquois.*

C'est naturellement le 5 mai 2003 que les extraterrestres ont atterri à New York. Ce jour fait partie des dates historiques que nul Américain ne saurait oublier, comme le 4 juillet 1776, le 12 octobre 1492 ou — dans un esprit plus voisin — le 7 décembre 1941. Au moment de l'invasion, je travaillais comme calibrateur de rayon pour M.G.M.-C.B.S., au département « tightware », j'étais marié à Elaine et j'habitais, dans la Trente-Sixième Rue Est, un des tout premiers appartements à géométrie variable : une pièce le jour, trois la nuit, le tout pour un loyer de trois mille sept cent cinquante dollars par mois, une véritable affaire. Notre associé par contrat dans ce partage espace/temps était un programmateur de spectacles appelé Bobby Christie qui travaillait de minuit à l'aube, ce qui convenait parfaitement à toutes les parties concernées. Tous les matins, quand Elaine et moi partions pour nos bureaux respectifs, j'appuyais sur un bouton et les murs se mettaient à changer de place ; sur la surface totale de l'appartement, quarante-cinq mètres carrés pivotaient et devenaient aussitôt la propriété de Bobby pour les douze heures suivantes. Elaine détestait cela. « J'ai horreur de ces meubles sur rails, disait-elle toujours. Ce n'est pas comme cela que j'ai été élevée. » Nous frôlions dangereusement le divorce tous les matins à l'heure du recloisonnement. Mais de toute façon, notre union n'était pas des plus stables, et je suppose que pour elle cette instabilité locative supplémentaire n'arrangeait pas les choses.

Le jour où les extraterrestres ont débarqué, j'ai passé la matinée à installer un transfert de données par ricochet entre Akron (Ohio) et Colombo (Sri Lanka) dont je crois me souvenir qu'il concernait *Autant en emporte le vent, Cléopâtre* et la rétrospective du « Johnny Carson Show ». Sur quoi, comme tous les lundis, je me suis rendu à pied au parc pour mon pique-nique hebdomadaire avec Maranta. Nous étions amants depuis six mois, à l'époque. Comme Maranta avait partagé une chambre d'étudiante à Bennington avec Elaine, puis épousé mon meilleur ami, Tim, on voit que nous étions de toute éternité destinés à devenir amants : dans ce domaine, il n'y a jamais de surprises. En ce temps-là, donc, nous déjeunions ensemble dans le parc, tout ce qu'il y a de plus romantique, du moins quand la météo le permettait, le lundi et le vendredi, et tous les mercredis nous faisions un usage haletant de la minuscule garçonnière de mon cousin Nicholas, tout là-bas dans les quartiers Ouest, au coin de la Trente-Neuvième et de Koch Plaza. J'étais marié depuis trois ans et demi et c'était la première fois que j'avais une liaison. Pour moi, ce qui se passait avec Maranta était l'événement le plus important jamais survenu dans tout l'univers connu.

C'était par une de ces magnifiques journées or et bleu comme New York sait en offrir au mois de mai, celles qui donnent envie de chanter et danser pour fêter la petite fenêtre qui s'ouvre tout à coup entre la saison de la pluie et du froid et celle de la moiteur étouffante. Je remontais la Septième Avenue d'un bon pas, une chanson au cœur et une bouteille de chardonnay à la main, en entretenant de douces pensées tournant autour des petits seins bien ronds de Maranta. Puis, progressivement, j'ai pris conscience du charivari qui s'élevait quelque part devant moi.

J'entendais des sirènes. Des coups de klaxon, aussi — non pas le banal concert exaspéré, genre : « Alors, ça démarre, oui ou non ? », mais celui qui n'existe qu'à New York dans les circonstances spéciales et qui signifie plutôt « Oh bon sang ! Mais qu'est-ce qui se passe encore ? » et fait naître la terreur dans les cœurs. Des gens à l'air complètement affolé descendaient la Septième Avenue au pas de course sans même regarder où ils allaient, comme si King Kong venait de surgir de la cage aux singes, au zoo de Central Park, pour s'en prendre personnellement à eux. En outre, d'autres gens se précipitaient avec la même frénésie dans la direction *opposée*, c'est-à-dire *vers* le parc, comme s'il fallait absolument qu'ils voient ce qui se passait. Enfin, les New-Yorkais, quoi.

Maranta devait m'attendre près de l'étang, comme à l'ordinaire. Or, il me semblait justement que toute l'animation venait de là. En un éclair, je me suis vu escaladant péniblement la façade de l'Empire State Building pour l'arracher aux griffes du monstre. Le grand singe s'immobilisait, la déposait délicatement sur un rebord de fenêtre bien peu sécurisant, puis me lançait un regard furieux en martelant énergiquement son torse — *Kong! Kong! Kong!*

J'ai barré le passage d'un individu fuyant vers le sud. « Mais enfin, qu'est-ce qui se passe ? » C'était le genre costume-cravate, avec en plus des yeux exorbités et un visage boursouflé. Il a ralenti, mais sans s'arrêter. J'ai cru qu'il allait me faire tomber. « C'est l'invasion ! m'a-t-il hurlé aux oreilles. Des extraterrestres ! Dans le parc ! » Un autre type genre cadre, hors d'haleine, passait en coup de vent, un attaché-case dans chaque main : « La police est sur place ! On boucle toute la zone !

— Pas possible », ai-je soufflé.

Tout ce qui me venait à l'esprit, c'était Maranta, le pique-nique au soleil, le chardonnay et ma déception. *Merde ! Ils n'auraient pas pu débarquer un mardi, non ?* Voilà ce que je songeais, un point c'est tout.

En arrivant en haut de la Septième Avenue, je suis tombé sur un barrage de police disposé devant l'entrée du parc, avec des balises clignotantes tout le long de Central Park South, depuis le Plaza jusqu'à Colombus Circle, avec les conséquences qu'on imagine sur la circulation. « Mais… il faut que j'aille retrouver ma petite amie, ai-je lâché. Elle m'attend dans le parc. » Le flic s'est contenté de me regarder fixement. Son regard gris me disait : *Je suis un bon catholique,* moi, *et pas question de faire quoi que ce soit pour faciliter tes agissements extraconjugaux, espèce de sale décadent surpayé.* Mais ce qu'il finit par me répondre à voix haute, ce fut : « Pas question de franchir ce barrage, et de toute façon, vous n'avez pas intérêt à entrer en ce moment, croyez-moi. » Il a ajouté : « Et ne vous en faites pas pour votre petite amie. On a évacué tous les êtres humains du parc. » Ce sont ses termes exacts. Je me suis attardé un moment, hébété. Puis j'ai regagné mon bureau, où j'ai trouvé un message de Maranta, qui était sortie du parc dès que les choses avaient commencé à mal tourner. Une rapide, cette bonne Maranta. Sur le moment, elle n'avait rien compris à ce qui se passait — elle avait dû attendre de rentrer au bureau. Simplement, elle avait senti que quelque chose n'allait pas et s'était dépêchée de ficher le camp. Nous sommes convenus de nous retrouver pour prendre un verre à cinq heures et demie au *Ras Tafari*, un de nos endroits de prédilection à l'angle de la Douzième Avenue et de la Cinquante-Troisième Rue.

Il y a eu dix-sept témoins. Naturellement, il y avait plus de gens que cela sur l'herbe quand les extraterrestres sont arrivés, mais il semble que, d'une manière générale, on n'y ait pas fait très attention. Cela s'était tout d'abord manifesté, selon ces fameux dix-sept témoins, par un curieux chatoiement bleu clair à une dizaine de mètres du sol, lequel s'était rapidement transformé en courant spiralé, comme un lavabo qui se vide. Puis une petite brise s'était mise à souffler, avant de se transformer rapidement en véritable ouragan. Celui-ci avait emporté tous les chapeaux dans un surprenant mouvement en forme de tire-bouchon autour du miroitement bleu. On avait simultanément eu une sensation de tension croissante, comme si quelque chose était sur le point de céder. Le tout avait duré environ quarante-cinq secondes.

Alors avait retenti une détonation sèche, suivie d'un bruit d'air violemment déplacé, d'un son cristallin et enfin d'un coup sourd (tout le monde était d'accord sur l'ordre de succession de ces effets sonores) ; sur quoi était apparu le vaisseau spatial de forme quasi ovoïde qui devait devenir instantanément célèbre et s'était suspendu là où il devait rester vingt-trois jour d'affilée, c'est-à-dire à un centimètre au-dessus de l'herbe tendre de Central Park. Spectacle tout à fait inoubliable, avec son enveloppe lisse et argentée, l'arc inhabituel que décrivait sa courbe depuis le sommet évasé jusqu'à la base étroite, et les hiéroglyphes étranges et quelque peu dérangeants qui ornaient ses flancs et avaient tendance à sortir peu à peu de votre champ de vision quand vous les regardiez avec trop d'insistance.

Une écoutille s'était ouverte et une dizaine d'envahisseurs en étaient sortis... en *flottant* — c'est probablement le terme qui convient le mieux puisque, à l'image de leur navire, ils n'entraient jamais en contact direct avec le sol.

Ils avaient une drôle d'allure. C'était vraiment le moins qu'on puisse dire. Là où nous avons des pieds, ils possédaient un unique piédestal ovale d'une quinzaine de centimètres d'épaisseur sur un mètre de diamètre, qui se déplaçait à quelques centimètres au-dessus du sol. De cette assise charnue surgissait un corps spectral évoquant un ballon au bout d'une ficelle. Pas de bras, pas de jambes, nulle tête apparente ; rien qu'un point culminant largement arrondi, une espèce de dôme effilé vers le bas se rattachant au piédestal par un filament pareil à une corde. Ils avaient la peau bleu lavande, luisante, avec des reflets métalliques. Il s'y formait parfois des taches sombres qui faisaient penser à des yeux, mais elles ne s'attardaient jamais longtemps. Nous n'avons pas distingué de bouche. Dans leurs déplacements, ils semblaient soigneusement s'efforcer de ne jamais entrer en contact les uns avec les autres.

Leur première initiative fut de capturer une demi-douzaine d'écureuils, trois chiens égarés, une balle et une poussette inoccupée. On ne saura jamais quelle fut la deuxième initiative, pour la bonne raison que personne ne voulut rester regarder. Le parc s'est en effet vidé avec une célérité

Robert Silverberg

Les éléphants d'Hannibal

Traduit de l'américain
par Hélène Collon

Denoël

Cet ouvrage a été précédemment publié dans la collection Présence du futur aux Éditions Denoël.

La présente sélection de nouvelles constitue un recueil original qui n'a pas son équivalent aux États-Unis

© *1968, 1971, 1984, 1987, 1988, 1992, 1996, by Agberg, Ltd.*
© *Éditions Denoël, 1996, pour la traduction française et la conception du recueil.*

FOLIO SCIENCE-FICTION

impressionnante ; la police est très vite venue barrer l'entrée et, durant les trois heures qui ont suivi, les extraterrestres ont eu la pelouse pour eux seuls. Un peu plus tard, les télévisions ont envoyé des caméras-espionnes afin de filmer toute la scène pour le journal télévisé du soir, mais au bout d'un moment les envahisseurs ont compris ce que c'était et les ont abattues. Nous n'avons eu que le temps de voir leurs silhouettes fantomatiques et lustrées aller et venir dans un rayon de quelque cinq cents mètres autour du navire en ramassant journaux, distributeurs de boissons fraîches et autres vêtements mis au rebut, plus ce qui fut généralement identifié comme étant un dentier. Tout ce qu'ils récoltaient, ils l'enveloppaient dans des sortes d'oreillers taillés dans une matière brillante de même texture satinée que leurs corps, qui s'envolaient aussitôt avec leur contenu en direction de l'écoutille.

Quand je suis arrivé au *Ras*, j'ai trouvé six rangées de consommateurs entassés au bar, en train de boire comme des trous et de regarder fixement l'écran. On repassait inlassablement les images des extraterrestres. Maranta était déjà là. Ses yeux pétillaient. Elle se pressa contre moi comme une démente. « Tu te rends compte ! me dit-elle. C'est merveilleux, non ? Les hommes de Mars sont venus ! Enfin, de Mars ou d'ailleurs. Allez, on s'en jette quelques-uns à la santé des hommes de Mars. »

Nous nous en sommes jeté plus de quelques-uns. Mais j'ai tout de même réussi à rentrer à la maison à sept heures, c'est-à-dire dans un délai honorable. J'ai trouvé l'appartement dans sa configuration « studio », alors que le contrat avec Bobby Christie précisait bien que les cloisons devaient pivoter à six heures et demie. C'est qu'Elaine refusait de toucher aux commandes de reconfiguration. Je crois qu'elle avait peur de se tromper dans la programmation de la séquence et d'être écrasée par les murs, ou quelque chose dans ce genre.

« Tu es au courant, pour les extraterrestres ? m'a-t-elle demandé.

— J'étais dans les environs du parc à l'heure du déjeuner, oui. C'est à ce moment-là que ça s'est passé, tu comprends : à l'heure du déjeuner, quand j'étais près du parc. »

Ses yeux se sont écarquillés. « Alors tu les as vus atterrir ?

— Malheureusement non. Le temps que j'arrive à l'entrée, les flics avaient barré l'accès. »

J'ai appuyé sur le bouton et les cloisons sont entrées en mouvement. Le salon et la cuisine ont quitté le domaine de Bobby Christie pour réintégrer le nôtre. Au passage, je l'ai aperçu à l'autre bout de l'appartement ; il s'habillait pour sortir. Il m'a salué du geste en souriant. « Des monstres venus de l'espace en plein Central Park, a-t-il commenté. Eh bien, dites donc... C'est vraiment la jungle dehors, hein ? » Sur ce, les murs se sont refermés sur lui.

Elaine a mis les informations et, une fois de plus, j'ai revu les extraterrestres circuler en glanant tantôt une veste, tantôt un emballage de sucrerie.

« La mairie devrait leur verser un salaire d'éboueurs ! ai-je remarqué.

— Peut-on savoir ce que tu faisais près du parc à l'heure du déjeuner ? » s'est enquise Elaine après un temps.

C'est le lendemain que le deuxième vaisseau a atterri et que les *vrais* monstres de l'espace sont apparus. Car pour moi, les premiers arrivés ne correspondaient pas du tout à cette définition. Un monstre, ça doit être monstrueux, notamment par la taille, point final. Or ces extraterrestres-là n'étaient pas plus volumineux que vous et moi.

En revanche, la deuxième fournée s'est révélée nettement plus inquiétante. Les béhémoths. Les éléphants de l'espace. Évidemment, ça ne ressemblait pas du tout à des éléphants, sauf qu'ils étaient vraiment très grands. Je devrais dire *immenses.* En voyant débarquer du nouveau navire ces êtres gargantuesques, je n'ai pas pu m'empêcher de penser à Hannibal et à son invasion de l'Italie. Oui, c'était comme si la deuxième guerre punique recommençait, avec les éléphants d'Hannibal.

Vous vous en souvenez sûrement. En partant de Carthage dans l'intention de conquérir Rome, Hannibal avait emporté une phalange d'éléphants, trente-sept monstres énormes dressés à l'attaque. À cette époque, les éléphants avaient leur utilité dans les batailles — en tant qu'ancêtres du char d'assaut —, mais ils avaient aussi pour fonction de terroriser les populations civiles. Pensez ! D'étranges créatures colossales et malodorantes qui s'avancent, invincibles, à travers les faubourgs en faisant claquer leurs grandes oreilles, en claironnant comme pour annoncer la fin du monde et en enfouissant vos rosiers sous des montagnes d'excréments ! Eh bien, nous nous retrouvions confrontés au même phénomène, avec une différence notable : les archers romains avaient repéré les éléphants d'Hannibal bien avant qu'on entende leurs barrissements aux portes de Rome, alors que nos extraterrestres à nous s'étaient matérialisés sans le moindre préambule au beau milieu de Central Park, sur la grande pelouse bien fournie entre la Soixante-Douzième Rue transverse et Central Park South, ce qui change tout. Je me demande si les choses auraient pris un tour aussi favorable pour les Romains si un beau matin, au réveil, ils avaient trouvé Hannibal et son armée campant en plein forum tandis que trente-sept éléphants velus à grandes oreilles auraient tourné pesamment en rond sur les marches en marbre du temple de Jupiter en multipliant les renâclements et autres bruits incongrus.

Le second vaisseau arriva comme le premier — détonation, sifflement d'air, son cristallin et coup sourd —, sur quoi les béhémoths en sortirent pêle-mêle comme des lapins d'un haut-de-forme. Tout le monde a vu les images au journal du soir : les télévisions avaient expédié sur place un nouveau lot de caméras-espionnes en prenant soin de les poster à huit cents mètres d'altitude. Le vaisseau a émis une espèce d'éructation, et une *chose* gauche et manifestement interloquée a brusquement fait son apparition sur la pelouse. Puis il y a eu nouvelle éructation, et une autre *chose* s'est matérialisée. Et ainsi de suite, jusqu'à ce qu'il y en ait deux ou trois douzaines. Nul n'a jamais réussi à comprendre comment un aussi petit vaisseau avait pu en contenir autant. Car il n'était pas plus impressionnant qu'un bus de ramassage scolaire dressé à la verticale.

Les monstres en question ressemblaient à des montagnes de taille moyenne, mais avec des pattes, deux bosses sur le dos et une teinte générale tirant sur le bleu. C'étaient les pattes qui les rapprochaient le plus de l'éléphant : elles étaient épaisses et rugueuses, un peu le genre tronc d'arbre — sauf qu'elles étaient télescopiques et pouvaient se rétracter promptement à l'intérieur du corps de leur propriétaire. Normalement, on en dénombrait huit, mais jamais toutes sorties en même temps : quand elles se déplaçaient, les créatures en gardaient constamment une paire repliée sous elles, tout en en déployant une autre à l'occasion, sans logique apparente, du moins pour nous. De temps en temps, elles en rétractaient deux paires à la fois, ce qui les amenait à s'abaisser vers le sol à une extrémité, un peu comme un chameau qui s'agenouille.

Leur corps aux dimensions prodigieuses était plus ou moins sphérique, avec en travers du dos une espèce de dépression d'une cinquantaine de centimètres de profondeur, et entièrement recouvert d'une sorte de pelage à mi-chemin entre fourrure et plumage. On voyait à un bout trois yeux jaunes grands comme des plats à tarte, et à l'autre trois baguettes rigides, violettes, mesurant entre deux mètres et deux mètres cinquante. La bouche était au niveau du ventre ; quand ils voulaient manger, ils se contentaient de rétracter leurs huit pattes toutes ensemble et de se coucher sur leur proie.

C'était une bouche capable d'avaler d'un coup un animal de bonne taille — disons un bison. Ainsi que nous n'allions pas tarder à nous en apercevoir.

Oui, ils étaient gigantesques. *Gigantesques.* Quand on a voulu en définir les proportions exactes, on a rencontré certains problèmes techniques, comme vous pouvez vous en douter. Les estimations les plus réalistes leur attribuaient entre sept mètres cinquante et neuf mètres de haut sur douze à quinze mètres de long. C'est-à-dire une taille non seulement bien supérieure aux éléphants de tous les temps, mais aussi à la plupart des pavillons jumeaux qu'on trouve encore çà et là dans les faubourgs de la ville. En outre, les pavillons jumeaux de Queens ou de Brooklyn offensent peut-être votre jugement esthétique, mais au moins ils ne se promènent pas, ils n'émettent ni mauvaises odeurs ni sons à vous donner la chair de poule, ils ne se couchent pas sur des bisons avec l'intention de les engloutir tout ronds, et pour tout dire, ils ne cherchent pas à vous engloutir *vous.* On affirme que les éléphants d'Afrique mesurent quelque trois mètres au garrot et que les plus grands mammouths, depuis longtemps disparus, leur rendaient un bon mètre. Il a jadis existé un mammifère géant appelé baluchithérium qui s'élevait à près de cinq mètres. C'est le plus gros mammifère que la Terre ait jamais porté. Mais les créatures de l'espace, elles, étaient presque deux fois plus grandes. Et quand je dis grandes, je veux parler de proportions *au moins* dignes des dinosaures.

Central Park mesure plusieurs kilomètres de long, mais dans le sens de la largeur ses proportions sont modestes. Il ne s'étend que de la Cinquième à la Huitième Avenue. Il n'était pas venu à l'esprit de ses concepteurs qu'il faudrait un jour laisser se balader en liberté dans un jardin public surdimensionné deux ou trois douzaines d'animaux plus gros que des pavillons jumeaux. Qui étaient certainement très gênés par les dimensions restreintes de leur pâturage. Quant à nous, vous imaginez.

« Pour moi, ce sont des éclaireurs, me dit Maranta. Tu ne crois pas ? » Nous avions déplacé nos déjeuners de Central Park au Rockefeller Center, mais cela mis à part, nous nous efforcions de nous comporter comme s'il ne se passait rien d'inhabituel. « Ils n'ont sûrement pas de velléités d'invasion. Comment veux-tu qu'un vaisseau contenant un aussi petit nombre d'individus puisse conquérir une planète entière ? »

Maranta est une incorrigible crâneuse ; toujours optimiste ! C'est une petite bonne femme pleine d'énergie aux cheveux roux coupés court et aux yeux verts, une de ces garçonnes qui semblent ne jamais vieillir. C'est pour son optimisme que je l'aime. Si seulement il était contagieux, comme la rougeole !

« Il y a *deux* vaisseaux, Maranta », lui fis-je remarquer.

Une grimace. « Oh, tu veux parler des pachydermes. Ceux-là ne sont que des monstres hirsutes. Je ne crois vraiment pas qu'ils représentent une menace.

— Tu as sans doute raison. En revanche, les petits appartiennent certainement à une espèce supérieure. Ne serait-ce que parce que ce sont *eux* qui sont venus à nous, et non l'inverse. »

Elle a lâché un petit rire. « On a vraiment peine à y croire… Que Central Park fourmille de *créatures…*

— Oui, mais s'ils avaient l'intention de conquérir la Terre ?

— Eh bien, je ne vois pas pourquoi ce serait forcément une catastrophe. »

Les petits extraterrestres ont passé les premiers jours à installer une grande quantité de matériel mystérieux sur la pelouse tout autour de leur vaisseau, d'insolites dispositifs complexes et chatoyants qui, esthétiquement, auraient davantage eu leur place dans le jardin des sculptures au musée d'Art moderne. Les petits êtres ne faisaient aucune tentative pour entrer en communication avec nous. En fait, ils ne nous témoignaient même aucun intérêt. Ils ne tenaient compte de notre existence qu'en une seule circonstance : quand on leur envoyait des caméras-espionnes. Ils les toléraient l'espace d'une heure ou deux, puis ils les abattaient sans plus d'histoires, comme on chasse une mouche, à coups d'explosions de lumière rose. Les télévisions — puis les services spéciaux, quand ils ont fini par intervenir — plaçaient ces observateurs de plus en plus haut chaque jour, mais les extraterrestres ne manquaient jamais de les repérer. Au bout d'une semaine, on a dû se contenter des informations que les satellites gouvernementaux réexpédiaient depuis l'espace, et de ce que pouvaient entrevoir à l'aide de jumelles les observateurs postés aux fenêtres supérieures des immeubles et des hôtels situés en bordure du parc. Et ni l'une ni l'autre de ces sources n'était vraiment satisfaisante.

Pendant cette période-là, les béhémoths se sont bornés à écumer le parc, apparemment sans but précis, partant de la Soixante-Douzième Rue pour se diriger vers le sud et renversant au passage des arbres qu'ils engouffraient en se couchant dessus. Chacun d'entre eux en mangeait au moins deux ou trois par jour, feuilles, branches et tronc. Comme il n'y avait jamais eu tellement d'arbres dans cette partie du parc, on en concluait qu'ils ne tarderaient pas à s'aventurer plus loin.

Les associations pour la protection de l'environnement protestaient. Il fallait que le maire prenne des mesures pour sauvegarder le parc. Les monstres devaient être déplacés — au Canada, par exemple, où les arbres ne manquaient pas. Le maire répondait que la question était à l'étude mais qu'il était trop tôt pour savoir quelle était la meilleure stratégie.

En fait, son principal objectif a été dès le départ de ne pas dramatiser la situation. Après tout, on ne savait toujours pas si nous étions occupés ou si on nous rendait tout simplement visite. Par mesure de sécurité, la police avait reçu l'ordre de mettre en place un champ hermétique vingt-quatre heures sur vingt-quatre et tout autour du parc dans la zone concernée — au sud de la Soixante-Douzième. Le coût de l'opération était vertigineux et Continental Edison a jugé nécessaire de décréter une restriction générale de voltage de l'ordre de dix pour cent, ce qui n'alla pas sans entraîner des récriminations, d'autant plus que la météo commençait à imposer l'usage des climatiseurs.

La police n'appréciait pas beaucoup non plus de devoir monter la garde le long d'une barrière électronique avec, à portée d'éternuement, une horde de monstres impies et sans grâce. De temps en temps, histoire de jeter un regard de l'autre côté, un goliath bleu s'aventurait près du champ magnétique de scellement — qui, malgré ses trois mètres cinquante de hauteur, ne donne pas tellement l'impression d'être en sécurité quand, derrière, il y a un animal deux ou trois fois plus haut qui vous toise.

Les policiers ont donc exigé cinquante pour cent d'augmentation de leur taux horaire. Autant dire leur salaire de combat. Seulement, le budget municipal ne prévoyait rien de tel, surtout qu'on ignorait toujours combien de temps les extraterrestres allaient occuper le parc. Il y a eu des menaces de grève. Le maire en a appelé à Washington, où l'on s'était jusque-là appliqué à rester en dehors de l'affaire, comme si le débarquement d'un corps expéditionnaire extraterrestre au cœur de Manhattan ne concernait strictement que la mairie de New York.

Après avoir étudié quelque temps la Constitution, le président a décidé de mettre à pied d'œuvre la Garde nationale. Ce qui n'a pas manqué de prendre par surprise un grand nombre de messieurs fort sédentaires n'appréciant de revêtir la tenue que dans les grandes occasions. La Garde n'ayant pas été sollicitée depuis le problème bulgare, en 94, ses membres actuels n'étaient plus très au courant de la procédure ; il a donc fallu improviser un recyclage précipité. Comme par hasard, le mari de Maranta, Tim, était officier de réserve dans le 107e régiment d'infanterie, qui s'est justement vu confier la protection de la ville de New York face à l'invasion des créatures. Sa vie en a été aussitôt bouleversée, donc celle de Maranta — pour ne rien dire de la mienne.

Comme tout le monde, je me suis pris à aller très souvent au parc dans l'espoir d'apercevoir les extraterrestres. Malheureusement, les barricades dressées de tous côtés à quinze mètres de l'orée m'empêchaient d'approcher et les hauts immeubles voisins, qui n'acceptaient plus que leurs résidents permanents, s'étaient pourvus de gardes armés afin de ne pas être envahis par les hordes de curieux.

J'ai quand même réussi à retrouver Tim, qui avait la charge d'un poste de commandement hâtivement implanté au coin de la Cinquième Avenue et de la Cinquante-Neuvième Rue, non loin de la station de calèches. Il était sans cesse pris d'assaut par une série d'individus assez jeunes à l'allure d'agents de change qui lui tendaient des rapports à signer ; il s'exécutait infailliblement avec un grand geste plein de vigueur — et sans en lire un seul. Avec son uniforme couleur fauve, au pli impeccable, et ses bottes bien astiquées, il devait se prendre pour quelque vaillant officier promis à un sort funeste tout droit sorti d'un vieux film, genre Gary Cooper, Cary Grant ou John Wayne se préparant à la charge de la cavalerie, point culminant de l'histoire, ou au massacre d'une bande de Seppoïs enragés. Pauvre ballot…

« Salut, vieux ! » me dit-il avec un sourire de héros vaillant mais promis à un sort funeste. « Alors, on vient voir le cirque ? »

Tim et moi n'étions plus vraiment les meilleurs amis du monde. D'ailleurs, je ne sais trop ce que nous étions devenus l'un pour l'autre. Il ne nous arrivait que rarement de déjeuner ensemble. (Je ne vois pas très bien comment nous aurions pu, vu que j'étais pris par Maranta trois fois par semaine.) Nous n'allions pas non plus au gymnase. Ce n'était pas vers lui que je me tournais en cas de problèmes personnels ou de doutes sur mes investissements. Nous étions liés, certes, mais il me semble que c'était surtout par la nostalgie. Pourtant, officiellement, je continuais à le traiter en meilleur ami, un peu machinalement, sans me poser de questions.

« Tu peux venir prendre un verre au Plaza ? lui ai-je demandé.

— Ce ne serait pas de refus ! Mais je ne finis mon service qu'à 21 heures précises.

— Tu veux dire neuf heures du soir, quoi.

— Voilà, c'est ça, espèce de civil minable. »

Il n'était qu'une heure et demie. Pauvre ballot…

« Qu'est-ce qui t'arriverait si tu abandonnais ton poste ?

— Je pourrais être passé par les armes pour désertion.

— Tu parles sérieusement ?

— Mais oui. Surtout si les monstres choisissaient justement ce moment pour débouler du parc. On est en guerre, mon vieux.

— Ah bon, tu crois ? Maranta dit que non. » Je

me suis demandé si je faisais bien de mentionner Maranta. « D'après elle, ils ne font qu'explorer la galaxie. »

Tim a haussé les épaules. « Elle, elle voit toujours le bon côté des choses. Ce qu'on a là, c'est un détachement militaire extraterrestre. Un de ces jours, il y en a un qui va sonner du clairon et les autres nous tomberont dessus à grand renfort de fusils à rayons. Tu peux me croire.

— Malgré le champ hermétique ?

— Ils sont capables de passer à travers sans problème. Par le sol ou par la voie des airs, qui sait. Oui, ça va être la guerre. La première guerre intergalactique de l'histoire de l'humanité. » Nouveau sourire à la Cary Grant. Les lanciers du Bengale de Sa Majesté se tenant prêt pour l'action. « Au moins j'aurai quelque chose à raconter à mes petits-enfants, a-t-il poursuivi. Tu sais ce qu'on a mis au point comme stratégie ? D'abord, établir le contact. C'est ce qu'on est déjà en train de tenter, mais ils n'ont pas l'air de faire très attention à nous. Ensuite, si on arrive à communiquer, les inviter à signer un traité de paix. Puis leur offrir un bout du Nevada ou du Kansas à titre d'enclave diplomatique, histoire de les virer de New York, bon sang ! Mais à mon avis, il ne faut pas trop y compter. Pour moi, ils sont occupés à ramasser tout ce qu'ils trouvent, et dès qu'ils auront fini, ils lanceront l'assaut sous une forme ou une autre, avec des armes dont on n'a même pas idée.

— Et alors, qu'est-ce qui se passera ?

— On leur balancera une bombe atomique. Une tactique, d'une puissance étudiée par rapport à la taille de la pelouse centrale.

— C'est pas possible ! lui ai-je répliqué en le regardant fixement. On ne peut pas faire ça. Tu te fiches de moi ! »

L'air tout content de m'avoir bien eu, il m'a répondu : « Mais bien sûr que je te fais marcher ! La vérité, c'est que personne n'a la *moindre* idée de ce qu'il faut faire dans cette histoire. Mais tu peux être sûr qu'on a avancé l'hypothèse de la bombe atomique. Entre autres choses encore plus cinglées.

— Je préfère ne pas savoir. Écoute, Tim. Tu crois que je pourrais jeter un coup d'œil par-dessus les barricades ?

— Aucune chance. Même toi. Je ne suis d'ailleurs pas censé *parler* avec des civils.

— Et depuis quand suis-je un civil pour toi ?

— Depuis que l'invasion a commencé. »

Il était sérieux comme un pape. Pour moi, tout cela n'était peut-être qu'un film un peu ringard, mais pour lui, pas du tout.

Une nouvelle vague d'officiers — sûrement pas de grade très élevé — est venue lui faire signer des papiers et il a reporté son attention sur eux. Puis il a parlé cinq minutes dans son téléphone de campagne en se renfrognant de plus en plus. Il a fini par relever les yeux sur moi et déclarer : « Tu vois ? Ça commence.

— Quoi donc ?

— Ils ont franchi la Soixante-Douzième Rue pour la première fois. Il devait y avoir une brèche dans le champ de scellement. Ou alors ils sont passés par-dessus, comme je te le disais à l'instant. Il y en a trois gros au niveau de la Soixante-Quatorzième qui traînent autour de l'extrémité est du lac.

Le personnel du Metropolitan Museum a le trouillomètre à zéro ; ils demandent qu'on poste des canons sur le toit et envisagent d'évacuer les œuvres d'art majeures. » Le téléphone de campagne s'est fait à nouveau entendre. « Excuse-moi », a dit Tim. Toujours aussi poli. Au bout d'un moment il a repris : « Aïe. Ça se présente mal. Il faut que j'y aille tout de suite. Tu ne m'en veux pas ? » Mâchoire contractée, regard d'acier pétri de détermination. Nous y voilà, commandant. Dix mille Comanches sont en train de franchir le défilé avec une lueur de folie meurtrière dans les yeux, mais nous sommes prêts à faire face, pas vrai ? Si. Vrai. Sur quoi il a entrepris de remonter la Cinquième Avenue à grandes enjambées.

De retour au bureau j'ai trouvé un message de Maranta : voulais-je passer prendre un verre chez elle en rentrant chez moi ce soir-là ? Elle précisait que Tim serait occupé à jouer au petit soldat jusqu'à neuf heures. *Ou plutôt 21 heures précises,* ai-je rectifié en mon for intérieur.

Au bout de quelques jours, on s'est habitués. On s'est mis à accepter la présence de ces créatures dans le parc ; elles faisaient de plus en plus partie de la vie quotidienne new-yorkaise, comme la neige en février ou les duels au laser dans le métro.

Toutefois, elles restaient au premier plan de la conscience de chacun. Subtilement, sournoisement, elles suscitaient au fond de nous des changements radicaux sans cesser de se livrer à leurs mystérieuses occupations derrière les barrières magnétiques du parc. L'étrangeté même de leur présence parmi nous nous rendait presque euphoriques. En un sens, ce débarquement avait perturbé le rythme déprimant de la vie en ce « meilleur des siècles ». Depuis quelque temps déjà, je me disais — les hommes le font sans doute depuis Cro-Magnon — que la vie moderne ne représentait pas un réel progrès par rapport au passé, qu'au contraire elle prenait un goût amer, voire franchement déplaisant, et que l'époque, dans son étroitesse d'esprit, son peu de perspective et son côté miteux, voire lugubre, manquait singulièrement d'âme. Enfin, vous voyez ce que je veux dire. Eh bien, les extraterrestres avaient dissipé cette impression. En nous envahissant, en nous interdisant de les approcher, ils nous avaient fait cadeau d'un phénomène qui, pour incompréhensible qu'il nous paraisse, ne nous en séduisait pas moins : une forme de rédemption, peut-être. Une renaissance. Oui, c'est cela.

Certains d'entre nous ont considérablement changé à ce moment-là. Prenons par exemple Tim, moderne lancier du Bengale, officier très à cheval sur la discipline. Eh bien, chez lui, cet état d'esprit n'a duré qu'une semaine au plus. Un soir, il m'a appelé pour me dire : « Dis donc, vieux, ça te dirait d'entrer dans le parc, histoire de jouer un peu avec les E.T. ?

— Qu'est-ce que tu racontes ?

— J'ai trouvé un moyen. Le code du champ-S côté Soixante-Quatrième. Je le déconnecte et on se faufile. C'est risqué, mais comment résister, hein ? »

Autant pour Gary Cooper. Sans parler de John Wayne.

« Tu as perdu la tête ou quoi ? ai-je rétorqué. L'autre jour, tu ne voulais même pas me laisser approcher des barricades.

— Ça, c'était l'autre jour.

— Il n'était même pas question que tu traverses la rue pour aller boire un coup avec moi.

— Ça, c'était l'autre jour.

— Tu m'as traité de civil.

— Tu le restes. Mais tu es aussi mon vieux pote, et je ne tiens pas à aller tout seul regarder ces bestioles sous le nez. Alors je te le demande : tu viens avec moi oui ou non ?

— Comme la fois où on a volé un tonneau de bière à une autre fraternité ? La fois où on a lâché des scorpions dans les douches des filles ?

— C'est ça, vieille branche. Tu y es.

— Tim, on n'est plus des étudiants de première année. Je te rappelle que c'est la guerre intergalactique. Tu me l'as dit toi-même. Central Park est placé sous la surveillance de caméras-espionnes pilotées par la NASA et capables de repérer une moustache de chat à soixante-quinze kilomètres d'altitude. Et toi, tu fais partie des troupes censées nous protéger contre ces envahisseurs. Et maintenant tu te proposes de te parjurer, de t'introduire en douce au milieu du corps expéditionnaire ennemi rien que pour faire une bonne blague ?

— Eh oui.

— Complètement tordu, comme idée, non ?

— Complètement. Alors, tu me suis ?

— Évidemment. Tu le sais très bien. »

J'ai dit à Elaine que Tim et moi devions nous

retrouver tard pour dîner afin de parler affaires, et que je ne comptais pas rentrer avant deux ou trois heures du matin. Pas de problème de ce côté-là. Tim m'attendait chez *Perugino's* à notre table habituelle, avec une bouteille d'amarone déjà bien entamée. Le vin était si bon que nous en avons commandé une autre pour aller avec le veau *pizzaiola*, puis une troisième. Quand nous avons pris le chemin du parc, vers minuit, je ne dirais pas que nous étions noirs, mais mettons gris foncé.

Tout était silencieux. J'ai aperçu des gardes à l'air ensommeillé qui patrouillaient çà et là le long de la Cinquième. Nous sommes allés tout droit au poste de commandement de la Cinquante-Neuvième, où Tim a fait un salut parfaitement réglementaire, ce qui ne m'a pas paru très indiqué vu qu'il n'était pas en tenue. Puis il m'a présenté comme étant le professeur Pritchett, du bureau des Affaires extérieures, un intitulé ronflant mais qui passait très bien, ma foi.

Sur ce, nous avons remonté la Cinquième, rien que tous les deux, et il m'a fait la visite guidée. « Voyez-vous, professeur, la première démarcation de la zone protégée est la barricade qui court au centre de l'avenue. » Cela d'une voix énergique et virile, sonore au point de porter à cinquante mètres. « Elle sert à éloigner les badauds. Ensuite, un deuxième niveau de sécurité est assuré par une série de champs-S ponctuels, le nouveau modèle 1100, à rayonnement renforcé, de chez General Dynamics ; tenez, professeur, je vais vous montrer comment nous l'avons combiné au super-faisceau d'interception à interfaçage personnalisé à l'aide d'une triple connexion à coupleurs-Döppler optiques, modèle Hewlett-Packard... »

Et ainsi de suite... J'ai eu droit à un flot ininterrompu de galimatias jargonnesque débité d'un ton plein d'assurance sur le mode tonitruant, tandis que nous nous dirigions vers le nord. Tim a également sorti une torche électrique et entrepris de me piloter ici ou là afin de me montrer je ne sais quels amplificateurs et autres senseurs en me donnant sans arrêt du « professeur », et là, je me suis rendu compte que nous étions passés de l'autre côté de la barricade. Il était d'un bagout, d'un aplomb invraisemblables. Après force *Vous remarquerez ici, professeur...* et *Professeur, puis-je attirer votre attention sur ceci...*, j'ai tout à coup remarqué qu'il tenait à la main un petit objet à clavier numérique, comparable à une calculette, sur lequel il était en train de composer une série de chiffres.

« Ça y est, dit-il enfin. Le champ-S est déconnecté entre ici et l'entrée du parc côté Soixante-Cinquième Rue, mais j'ai coupé le signal d'interruption du rayon. Personne ne peut savoir qu'il y a une brèche dans la barrière. On y va. »

Et nous sommes entrés dans le parc, juste au nord du zoo.

Depuis cinq générations, la première chose qu'on dit aux enfants new-yorkais, avant même de leur apprendre à lacer leurs chaussures et à tirer la chasse, c'est qu'il ne faut jamais mettre un pied dans Central Park la nuit. Et nous voilà bravant le plus fondamental des interdits. Mais qu'avions-nous à redouter ? Ce dont on nous avait appris à nous méfier, c'était des voyous qui en voulaient à notre portefeuille, pas de créatures venues de la Neuvième Galaxie de Glorch.

Le parc était d'un calme irréel. Mis à part un ou deux ronflements en provenance du zoo, pas un bruit. Nous nous sommes dirigés vers l'ouest, puis le nord, dans un silence absolu et l'obscurité la plus totale. Au bout d'un moment, mes narines ont capté une odeur étrange. À la fois marécageuse et musquée, aigre et agressive, mais ce ne sont là que des approximations : en fait, je n'avais jamais rien flairé de tel. À la première bouffée, j'ai vu des cieux violets où flamboyait un énorme soleil vert. À la deuxième, les étoiles n'étaient plus à leur place habituelle. À la troisième, je contemplais un paysage tarabiscoté à base d'arbres ressemblant à des hallebardes géantes et de montagnes en forme de dents mal plantées.

Tim m'a poussé du coude.

« Ouais, ai-je répondu. Moi aussi, je sens.

— À gauche ! Regarde à gauche. »

J'ai obéi et distingué trois énormes yeux jaunes rivés sur moi à près de six mètres de hauteur — on aurait dit des projecteurs fixés dans un arbre. Malheureusement, ils n'appartenaient pas à un arbre mais à une chose gigantesque et vaguement velue, un peu plus vaste que le pavillon jumeau de base dans le Queens et debout sur ses pattes à moins de quinze mètres de nous, barrant complètement les deux voies d'East Drive.

À ce moment précis, je me suis dit qu'en en restant à trois bouteilles de vin, on s'était montrés trop raisonnables.

« Eh bien quoi ? m'a dit Tim. C'est pour ça qu'on est venus, non ? Hein, vieux pote ?

— Qu'est-ce qu'on fait ? On lui grimpe sur le dos et on va faire une balade ?

— Tu te rends compte que personne, dans toute l'histoire de l'humanité, ne s'est jamais trouvé aussi près de cette créature ?

— Oui, Tim. Je m'en rends compte. »

La chose a émis un son. Le genre de son que ferait un bâton de craie de quatre mètres de diamètre appliqué dans le mauvais sens contre un tableau noir. En l'entendant, j'ai eu l'impression d'être traîné par les cheveux à travers des galaxies entières. Un vertige étrange s'est emparé de moi. Là-dessus, la créature a replié toutes ses pattes afin de s'abaisser jusqu'au niveau du sol ; ensuite elle a redéployé les deux paires de devant, puis les deux autres, et elle s'est mise à avancer vers nous, lentement et d'un air fort menaçant.

Tout à coup, j'en ai découvert une autre, encore plus grosse, juste derrière la première. Et peut-être même une troisième un peu plus loin. Elles aussi se dirigeaient vers nous.

« Merde ! ai-je lâché. C'était pas une si bonne idée, finalement, hein ?

— Allez, quoi ! Une nuit pareille, on ne l'oubliera jamais.

— J'espère vivre assez longtemps pour pouvoir m'en souvenir, en effet.

— Viens, on va voir de plus près. Ne t'en fais pas, ils ne se déplacent pas très vite.

— Pas question, ai-je répliqué. Je suggère plutôt qu'on ressorte immédiatement de ce parc.

— Mais on vient d'arriver !

— Justement, on a ce qu'on voulait. Alors on peut s'en aller, maintenant.

— Oh, regarde ! a fait Tim. Là-bas, à l'ouest ! »

En suivant son regard, j'ai aperçu deux espèces d'apparitions luisantes qui planaient juste au-dessus du sol à quelque chose comme trois cents mètres de nous. Les autres extraterrestres, les petits, ceux qui flottaient dans les airs. Gracieux comme des ballons, ils venaient tout doucement vers nous. Je me suis imaginé enveloppé dans un oreiller étincelant puis transporté à bord du vaisseau.

« Oh, merde ! Tim, vite ! »

Je me suis rué vers le portail d'entrée en vacillant sur mes jambes et en manquant trébucher à chaque pas. Je ne me suis même pas demandé comment j'allais franchir le champ de scellement sans le bidule de Tim. Mais ce dernier était sur mes talons. Nous sommes arrivés au champ-S ensemble et dès que mon ami a eu composé la bonne combinaison sur son petit clavier, la barrière s'est ouverte puis refermée juste derrière nous. Nous nous sommes effondrés juste à la sortie du parc, hors d'haleine mais riant comme des fous et assenant de grands coups de paume sur le trottoir. « Mon cher professeur Pritchett, du bureau des Affaires extérieures..., a gloussé Tim. Bon sang, l'odeur que dégageait ce truc ! »

J'ai ri sur tout le trajet du retour. En me mettant au lit, j'en riais encore. Elaine m'a regardé bizarrement. Elle, ça ne la faisait pas rire. « Ce maudit

Tim, a-t-elle commenté. Capable de tout. » Elle voyait bien que j'avais un peu bu. Elle s'est bornée à hocher la tête d'un air sombre — genre : « Ah, les hommes… On ne les changera pas. » Puis elle s'est rendormie.

Le lendemain matin, je n'ai pas tardé à apprendre ce qui s'était passé au parc après notre départ précipité.

Manifestement, quelques extraterrestres étaient partis à notre recherche. Ils avaient suivi nos traces jusqu'à la sortie puis, les ayant perdues, ils avaient obliqué sur la droite — allez savoir pourquoi — avant de se retrouver dans l'enceinte du zoo. Or le zoo de Central Park n'est pas très grand, et en y errant çà et là ils avaient fait tomber la plupart des clôtures. En un clin d'œil, tigres, éléphants, grands singes, rhinocéros et autres hyènes se répandaient dans le parc.

Naturellement, ne sachant que faire de cette liberté nouvelle, ils s'étaient éparpillés dans tous les coins, histoire de se mettre en sûreté.

Les lions et les coyotes étaient simplement allés se coucher en rond sous les buissons pour s'endormir aussitôt. Les singes, petits ou grands, avaient grimpé dans les arbres. Les créatures aquatiques s'étaient dirigées vers le lac. Un rhinocéros qui s'était aventuré sur la grande pelouse avait renversé d'un petit coup de corne une fragile machine extraterrestre qui s'était brisée en mille morceaux, sur quoi l'animal avait disparu dans un grand éclair jaune et une bouffée de fumée verte. Quant aux éléphants, ils avaient formé un cercle en se blottissant pathétiquement les uns contre les autres pour contempler d'un air atterré ces colosses fraîchement débarqués. Ce devait être terriblement humiliant de se trouver tout à coup si petits.

Ensuite eut lieu l'épisode des bisons.

Il y avait au zoo un petit troupeau de bisons tout pelés qui s'étaient dirigés à la queue leu leu vers Columbus Circle, croyant sans doute qu'il leur suffirait de rester tête baissée et de ne pas attirer l'attention pour regagner tranquillement le Wyoming. Malheureusement, un béhémoth s'est mis dans l'idée de voir quel goût ils avaient. Il est donc venu poser son immense carcasse sur le dernier bison de la file, qui fut englouti sous la masse comme une vulgaire souris sous un hippopotame. La créature n'en fit qu'une bouchée. En quelques minutes, cinq autres béhémoths s'approchaient et escamotaient cinq nouveaux bisons. Parvenus à la lisière du parc, les survivants sont allés se serrer contre le champ-S en poussant de pauvres beuglements. C'est de ces petites tragédies que sont faites les guerres interstellaires.

J'ai retrouvé Tim en faction au poste de commandement de la Cinquante-Neuvième Rue. Il m'a regardé comme si j'étais l'émissaire de Satan. « Je ne peux pas te parler tant que je suis en service.

— Tu as entendu la nouvelle, pour le zoo ?

— Évidemment », m'a-t-il répondu entre ses dents serrées. Ses yeux affichaient des stries écarlates révélatrices du manque total de sommeil. « Tu te rends compte de ce qu'on a fait ? C'est répugnant, complètement irresponsable !

— Écoute, on ne pouvait pas savoir que…

— Non, c'est inexcusable. Nous avons commis

une faute très grave. Maintenant que des humains ont pénétré sur leur territoire, les extraterrestres se sentent menacés et la situation a basculé. On les a perturbés, et maintenant, Dieu sait ce qu'ils vont faire. J'envisage de me dénoncer et de passer en cour martiale.

— Ne dis donc pas de bêtises. On est peut-être restés trois minutes en zone interdite. Les extraterrestres n'ont même pas fait attention à nous. Ils auraient très bien pu saccager le zoo sans cela.

— Va-t'en, a-t-il grogné. Je ne peux pas te parler pendant le service. »

Ça alors ! Comme si c'était *moi* qui l'avais persuadé de me suivre dans le parc ! De toute évidence, il avait rendossé son costume de personnage de cinéma — le militaire distingué ayant subitement et inexplicablement commis quelque impardonnable infraction au règlement, et qui va devoir vivre sous le regard glacial de son propre désaveu pour le restant de ses jours. Pauvre ballot... J'ai bien tenté de lui dire qu'il ne fallait pas prendre les choses tant à cœur, mais il s'est détourné ; alors j'ai haussé les épaules et je suis rentré au bureau.

Cet après-midi-là, quelques bonnes âmes ont exigé qu'on déconnecte le champ-S le temps que les animaux puissent s'échapper du parc. Car naturellement ils y étaient tout autant prisonniers que les extraterrestres.

Encore un coup dur pour le maire. Si on montrait au journal du soir nos chers ours polaires, ragondins et autres kangourous en train de se faire avaler tout ronds comme de vulgaires boules de gomme, sa cote allait dégringoler. Mais d'un autre côté, débrancher le champ magnétique, c'était lâcher dans les rues de Manhattan des hordes incontrôlables de léopards, gorilles et carcajous, pour ne rien dire des extraterrestres qui pouvaient prendre le même chemin. Alors, bien entendu, le maire a nommé une commission d'enquête.

Pendant ce temps, les petits extraterrestres restaient aux alentours immédiats du vaisseau sans se montrer plus communicatifs. Ils s'obstinaient à bricoler leurs machines, qui émettaient de curieux sons presque musicaux ainsi que des éclairs colorés non moins étranges. En revanche, les monstres écumaient le parc en toute liberté, causant — bien involontairement, voire gentiment peut-être — des dommages considérables. Par exemple, ils ont pulvérisé les deux palissades marquant les extrémités du terrain de base-ball, précipité la fontaine de Béthesda dans le lac, réorganisé l'agencement des tables à la *Tavern-on-the-green* et dévasté le parc de mille autres manières. Pourtant, personne ne trouvait rien à redire, hormis bien sûr les Amis du parc et autres associations locales. À mon avis, nous étions tous tellement stupéfiés par la présence chez nous d'authentiques êtres galactiques que nous nous en moquions. En fait, nous étions même flattés qu'ils aient choisi New York comme site pour le premier contact. (Mais en quel autre endroit auraient-ils pu atterrir, je vous le demande ?)

Nul ne sut dire comment les béhémoths avaient franchi le champ-S côté Soixante-Douzième Rue, toujours est-il qu'on installa une autre barrière au niveau de la Soixante-Dix-Neuvième et que celle-là parut les contenir. Le pauvre Tim patrouillait douze heures par jour dans la zone occupée. Inévitablement, je me suis mis à passer plus de temps avec Maranta au lieu de me contenter du déjeuner. Et Elaine s'en est rendu compte. Mais je ne me suis pas rendu compte qu'elle s'en était rendu compte.

Un dimanche à l'aube, un béhémoth a fait son apparition près du Metropolitan Museum et jeté un œil à l'intérieur par la fenêtre de l'aile égyptienne. Les autorités ont tout d'abord cru qu'une brèche s'était ouverte dans le champ-S de la Soixante-Dix-Neuvième Rue, comme cela s'était déjà produit dans la Soixante-Douzième ; mais on a bientôt signalé un autre extraterrestre dans les environs de Riverside Drive, puis un troisième au Lincoln Center, et il est apparu clairement que le champ-S ne les empêchait *nullement* de circuler à leur guise. La vérité, c'était qu'ils ne s'étaient pas encore donné la peine de passer de l'autre côté.

Le contact direct avec un champ-S n'est pas une expérience très plaisante pour le système nerveux quand on est un tant soit peu plus évolué que la pieuvre. Tous les neurones hurlent de douleur. On fait un bond en arrière, et ce réflexe est impossible à maîtriser. Eh bien, au matin de ce qu'on a plus tard baptisé le « Dimanche noir », les béhémoths se sont mis à traverser les champs comme s'ils n'existaient pas. Le problème avec les créatures non humaines, c'est qu'elles ne sont pas humaines, justement. *Étrangères,* elles ne se sentent nullement obligées de répondre à nos attentes.

Ce week-end-là, à l'appartement, c'était Bobby Christie qui avait droit à la pleine configuration.

Les dimanches où nous n'avions qu'une pièce, Elaine et moi aimions nous lever très tôt et passer la journée dehors, trouvant un peu déprimant de rester chez nous avec trois fois trop de meubles pour l'espace disponible. Comme nous remontions Park Avenue en direction de la Quarante-Deuxième, elle m'a dit tout à coup : « Tu n'entends pas un bruit bizarre ?

— Non, quel bruit ?

— Un bruit d'émeute.

— Les émeutes n'éclatent pas le dimanche à neuf heures du matin.

— Mais si, écoute ! » insista-t-elle.

Pour qui a grandi à la fin de ce siècle, le brouhaha de la foule en colère est un son vite reconnaissable. Nos oreilles ont été habituées dès notre plus jeune âge à la musique des émeutes, des combats de rue et autres manifestations. Nous savons repérer les cris de colère, d'indignation ou d'angoisse qui se mêlent pour former un tumulte symphonique, tons et timbres extrêmes noyés dans une même montée rugissante aux sonorités graves de ressac marin. Et c'était bien ce bruit-là qui parvenait à mes oreilles. Aucun doute là-dessus.

« Non, ce n'est pas une émeute, ai-je déclaré. C'est une foule énorme. Et tu vas voir la différence.

— Qu'est-ce que tu veux dire ?

— Viens », ai-je répliqué en partant au petit trot. « Je te parie que les extraterrestres sont sortis du parc. »

Une foule énorme, en effet. Quelques instants plus tard, nous découvrions des milliers et des milliers de personnes barrant toute la largeur de la

Quarante-Deuxième Rue, ainsi que d'autres affluant de toutes les directions. Ce qui attirait tous les regards — ce qu'on montrait du doigt, soit bouche bée, soit en poussant de grands cris —, c'était une créature bleue et velue, grande comme une montagne de taille moyenne, qui se déplaçait sans avoir l'air de savoir où aller sur le pont routier encerclant le flanc de Grand Central Terminal. Une créature qui n'avait pas l'air contente et qui, de toute évidence, cherchait à descendre du pont, lequel ployait sous son poids. Il y avait des gens collés tout contre elle, d'autres qui s'accrochaient à son dos et ses flancs comme des adeptes de l'escalade. On en voyait aussi aller et venir entre ses pattes de colosse.

« Regarde ! » m'a dit Elaine en frissonnant et en me plantant ses ongles dans le biceps. « On dirait qu'elle en dévore quelques-uns, comme l'autre fois avec les bisons ! »

Et effectivement, de temps en temps le béhémoth s'abaissait puis se relevait en deux temps trois mouvements, comme tous ses congénères quand ils avalaient quelque chose.

« Quelle horreur ! a dit Elaine dans un souffle. Mais enfin, pourquoi les gens ne s'écartent-ils pas de son chemin ?

— Je crois qu'ils ne peuvent pas. Ils sont propulsés par ceux qui viennent derrière.

— En plein dans la gueule du monstre hideux. Si c'est bien une gueule.

— À mon avis, il n'a pas l'intention de nuire. » Qu'est-ce qui me permettait de dire ça ? « Je crois qu'il les mange simplement parce qu'ils traînent dans le périmètre de sa bouche. Ce doit être une sorte de réflexe. Cette créature n'a pas l'air très intelligente, tu ne trouves pas ?

— Je ne comprends pas pourquoi tu la défends.

— Comment ? Mais, je…

— Enfin, elle *dévore* les gens, tout de même ! Et toi, on dirait presque que tu as de la peine pour elle !

— Ma foi, c'est un peu vrai. Elle est loin de chez elle et entourée par dix mille braillards stupides. Si tu crois que c'est drôle.

— C'est un animal répugnant, abominable ! » Elaine était à présent dans tous ses états. Ses yeux lançaient des éclairs et sa mâchoire inférieure avançait d'un air menaçant. « J'espère que l'armée va arriver très vite et qu'on va réduire cette bête en poussière ! » a-t-elle fulminé.

Sa férocité m'a fait peur. Je découvrais une Elaine quasi inconnue. J'ai tenté une dernière fois d'excuser la misérable créature aux abois sur son pont, mais je n'ai fait que m'attirer un regard écœuré. Sur quoi elle a tourné les talons et s'est ruée en avant, agitant le poing et vociférant menaces et imprécations à l'intention de l'extra-terrestre.

Tout à coup, j'ai compris ce qui se serait *réellement* passé si Hannibal avait pu garder ses éléphants jusqu'à l'entrée dans Rome. J'ai imaginé les respectables matrones romaines hurlant et tempêtant depuis leurs terrasses avec une fureur de sorcières, et les éléphants interloqués qui finissaient cernés, repoussés dans le Colisée où de petits bonshommes armés de lances se mettaient à les torturer sous les hurlements de joie de la foule déchaînée. Ah oui ? Eh bien, si c'était comme ça, moi aussi, je pouvais brailler !

« Vas-y, Béhémoth ! ai-je lancé au milieu des clameurs. Vas-y, Goliath ! Montre ce que tu sais faire ! » Un traître pour l'espèce humaine tout entière, voilà ce que je suis devenu en cet instant.

Pour finir, un bataillon de Gardes civils s'est frayé un chemin à coups d'épaule dans les rues envahies. Ils étaient armés de mortiers et de fusils, et pourquoi pas de bombes atomiques, tant qu'ils y étaient. Mais bien sûr, ils ne pouvaient rien contre l'animal tant qu'il était perdu dans la foule. Alors ils ont dispersé la cohue en s'aidant de cors électroniques (un vacarme intolérable) avant de mettre en place une série de balises clignotantes ainsi qu'un petit champ de scellement afin de couper la Quarante-Deuxième Rue en deux. C'est là que j'ai aperçu le monstre pour la dernière fois, tandis qu'il se dirigeait péniblement vers le vieil immeuble des Nations-Unies, suivi à distance prudente par les Gardes civils. L'attroupement s'est dispersé et je me suis retrouvé face à la gare de Grand Central avec au bras une Elaine en larmes, toute frémissante.

Voilà comment les choses se sont passées dans toute la ville en ce « Dimanche noir », ainsi d'ailleurs que le lundi et le mardi. Les béhémoths sortis du parc rôdaient à leur gré de Harlem à Wall Street. Partout où ils allaient, ils attiraient des foules immenses qui les débordaient de toutes parts sans se préoccuper du danger. On vit paraître dans les journaux de nouvelles photos assez fameuses, notamment les trois gamins noirs suspendus à trois baguettes violettes au coin de la Septième et de la Cent Vingt-Cinquième, le sourire jusqu'aux oreilles, ou les acrobates formant une pyramide humaine au sommet de la bête, sur Times Square, ou ce petit vieillard italien qui, devant sa maison de Greenwich Village, tentait de repousser un monstre de l'espace en brandissant son tuyau d'arrosage.

On n'a jamais pu déterminer avec exactitude le nombre de victimes. Cinq mille personnes ont pu périr dans cette histoire, pour la plupart piétinées par les extraterrestres ou écrasées dans les mouvements de foule. Entre trois cent cinquante et quatre cents êtres humains ont été avalés par les créatures. Apparemment, c'est quand ces derniers sont nerveux qu'ils s'adonnent à cette pratique — s'asseoir et engloutir, s'asseoir et engloutir. S'il y a quoi que ce soit de comestible dans les parages, hop ! ils lui font un sort. Ça les calme. Et comme nous les avons rendus *très* nerveux, ils ont beaucoup englouti.

Parmi les victimes, nous avons dû déplorer la perte de Tim, survenue le deuxième jour de panique. Tim s'était bravement porté au secours du musée Guggenheim, qui subissait les assauts de cinq grosses bêtes — son architecture spiralée exerçait sur elles une invincible attirance. Cherchaient-elles à vénérer le bâtiment, à s'accoupler avec lui ou simplement à le mettre en pièces ? On ne le saura jamais, mais le fait est qu'elles chargeaient inlassablement : elles prenaient leur élan et allaient le heurter de plein fouet. Quand il s'est fait avaler, Tim tentait de les en empêcher avec pour seules armes des grenades lacrymogènes et un cor électronique. Il n'a pas bronché. Le président avait donné l'ordre aux Gardes civils de ne pas utiliser d'armes mortelles. Maranta lui en gardait rancune. « Si seulement ils avaient eu droit à de *vraies* grenades ! » disait-elle. J'essayais d'imaginer ce que ça avait dû représenter, pour Tim, de se faire enfourner puis digérer comme ça, toujours avec son bel uniforme. En tout cas, c'était à porter au crédit de son régiment. Sa manière à lui de faire pénitence, peut-être. Une fois retourné dans son film à la Gary Cooper, il a sûrement été heureux de payer pour son abandon de poste.

Le mardi après-midi, la pagaille a cessé, comme ça, sans préambule. Tout à coup, les béhémoths se sont mis à basculer sur le flanc, et en l'espace de quelques heures ils étaient tous morts. On a dit que c'était à cause de la chaleur (il faisait dans les trente-cinq degrés, ce jour-là comme la veille), ou de l'agitation des jours précédents. Un biologiste du Rockefeller Institute y a vu la somme de ces deux facteurs, plus l'indigestion : les extraterrestres avaient tout de même ingurgité une moyenne de dix humains chacun, ce qui était fort susceptible d'entraîner une surcharge au niveau de leur métabolisme.

On n'a pas pu pratiquer d'autopsie. Une enzyme se mettait à l'œuvre dès le décès des gigantesques organismes et en dissolvait les chairs comme les os et la peau, pour ne laisser qu'une écœurante masse jaunâtre. À la tombée du soir, il n'en restait que quelques taches sur les trottoirs du centre-ville et de sa périphérie. *C'est bien triste,* songeais-je pour ma part. Pas même un squelette pour le musée en mémoire de ces temps exceptionnels. Pauvres monstres... Étais-je le seul à avoir pitié d'eux ? Possible. Mais je suis sans regret vis-à-vis de mes sentiments. Ce sont les miens, un point c'est tout.

Pendant ce temps, les autres extraterrestres, les petits fantômes miroitants, étaient restés terrés dans Central Park, absorbés par leurs incompréhensibles recherches. Ils n'avaient même pas l'air de remarquer que leurs béhémoths s'étaient égaillés dans la ville.

Mais tout d'un coup, une vive agitation s'est emparée d'eux. Durant deux ou trois jours, ils se sont affairés çà et là comme des pingouins alarmés ; ils ont désassemblé les instruments pour les embarquer dans le vaisseau, puis démonté le navire des béhémoths et tout chargé à bord du leur. Démoralisés, peut-être. Comme les envahisseurs carthaginois après la mort de leurs éléphants.

C'est par un torride après-midi de juin que le navire extraterrestre a redécollé. Mais pas pour regagner son monde d'origine, non — du moins pas tout de suite. Il a décrit un arc dans le ciel et s'est posé sur Fire Island ; à Cherry Grove, pour être précis. Là, les extraterrestres ont pris possession de la plage et réassemblé leurs instruments tout autour du vaisseau ; ils se sont même aventurés dans l'eau : on les a vus ricocher et sautiller à la surface de la mer telle une bande de surfeurs fous. Au bout de cinq ou six jours, ils se sont déplacés sur une des îles Hampton et ont répété la manœuvre.

Puis ç'a été le tour de Martha's Vineyard. Si ça se trouve, ils avaient simplement besoin de vacances, après ces trois semaines à New York. Ensuite, ils ont disparu pour de bon.

« Tu as une liaison avec Maranta, n'est-ce pas ? m'a demandé Elaine le jour de leur départ.

— Je ne le nie pas.

— La nuit où tu es rentré si tard en sentant le vin, tu étais avec elle ?

— Non. J'étais bien avec Tim. On s'est introduits clandestinement dans le parc et on est allés voir les extraterrestres de près.

— Tu parles ! » a répliqué Elaine.

Elle a demandé le divorce et, un an plus tard, j'épousais Maranta. Ce serait arrivé tôt ou tard même si la Terre n'avait pas été visitée par des envahisseurs et si Tim ne s'était pas fait boulotter. Mais l'invasion a précipité les choses pour les uns comme les autres.

Et aujourd'hui, comme vous ne l'ignorez pas, les envahisseurs sont revenus. Quatre ans jour pour jour après le premier atterrissage — détonation, air déplacé, son cristallin et coup sourd — ils étaient de retour, et toujours dans Central Park. Il y a eu trois vaisseaux cette fois : un pour les spectres, un pour les béhémoths et un pour les prisonniers de guerre. Nul ne pourra jamais oublier le spectacle du sas s'ouvrant et livrant passage à trois cent cinquante ou quatre cents humains avançant comme des zombis. En compagnie des bisons, d'une demi-douzaine d'écureuils et de trois chiens. Car tout ce monde n'avait finalement pas été digéré mais simplement ramassé à titre d'échantillon à l'intérieur des béhémoths, puis instantanément transporté sur la planète mère aux fins d'observation. Et maintenant, on nous les restituait. « C'est bien Tim, là, non ? » m'a demandé Maranta en pointant un index sur l'écran de télévision. Inutile de nier. Pas de doute, c'était lui. Avec l'air de celui qui a vu des merveilles dépassant l'entendement.

Un mois s'est écoulé depuis, et les rescapés sont toujours détenus pour debriefing par le gouvernement. Personne n'a le droit de les voir. La rumeur prétend qu'on va voter une loi concernant les conjoints de rescapés qui se sont remariés pendant ces quatre années. Maranta déclare vouloir rester avec moi quoi qu'il arrive ; Tim, lui, encaissera le coup sans broncher, j'en suis sûr — du moins si la nouvelle de notre mariage arrive jusqu'à lui. Quant aux extraterrestres, ils ne bougent pas de Central Park ; ils occupent toute la zone située entre la Quatre-Vingt-Seizième et la Cent Dixième Rue et nous ignorent superbement. De temps en temps, les béhémoths s'aventurent jusqu'au Réservoir, histoire de s'ébattre un peu dans l'eau, mais cette fois, ils ne sont pas sortis de l'enceinte du parc.

Je pense beaucoup à Hannibal, à Carthage livrant bataille à Rome et à l'issue qu'aurait eue la deuxième guerre punique si Hannibal avait pu rentrer chez lui chercher un nouveau troupeau d'éléphants. Le plus vraisemblable est que Rome aurait *de toute façon* gagné la guerre. Mais nous ne sommes pas les Romains, et nos envahisseurs à nous ne sont pas des Carthaginois ; quant aux créatures qui s'ébattent dans le Réservoir de Central Park, ce ne sont certainement pas des éléphants.

« On vit vraiment une époque formidable, aime à dire Maranta. Moi, je suis sûre qu'ils ne nous veulent pas de mal. Et toi ?

— C'est pour ton bel optimisme que je t'aime », lui réponds-je. Puis nous nous retournons vers l'écran pour regarder les informations du soir.

Titre original :
Hannibal's Elephants
Initialement paru dans *Omni,* octobre 1988

Martel en tête

Ce fut par accident que le Vsiir embarqua à bord du vaisseau en partance pour la Terre. Il n'avait nullement l'intention de passer des vacances sur une planète humide et crasseuse. Seulement, il était dans sa phase métamorphique, et passait donc par la période d'altérations désordonnées qui commence avec l'hiver ; et il était monté tellement haut dans le spectre qu'il en devenait invisible pour les yeux terriens. Certes, un observateur doué aurait peut-être pu percevoir de temps en temps une légère palpitation fugace et violacée, l'équivalent vsiir d'un ronflement, lorsqu'il sortait momentanément de l'ultraviolet ; mais encore aurait-il fallu qu'il sache où regarder, et à quel moment précis. L'homme d'équipage qui se rendit responsable de cet embarquement fortuit dans la soute n'eut même pas l'idée qu'il pût y avoir quelque chose d'invisible endormi sur une des caisses bien alignées composant la cargaison. Il se contenta de passer ces dernières en revue en collant sur chacune un *nodus de flottage* avant de les envoyer vers le haut de la paroi gravifique, en direction d'une écoutille béante. La cinquième caisse fut celle où le Vsiir avait justement décidé de faire un petit somme. Le spationaute ignorait que ce faisant il avait offert un passage gratuit pour sa planète à un organisme extraterrestre. Le Vsiir ne le savait pas davantage, du moins jusqu'à ce que le sas se referme et que des bouches d'aération se mettent à filtrer en sifflant un mélange gazeux oxygène-azote. Or le Vsiir ne pouvait pas respirer ce mélange-là ; toutefois, étant comme on l'a vu en période de métamorphose, il sut s'adapter rapidement et efficacement aux vapeurs âcres et piquantes qui s'insinuaient jusque dans ses cellules. Pour lui, l'étape suivante consista à élaborer une série de scanners à spectre total afin de se renseigner sur ce nouvel environnement. En l'espace de quelques minutes, le Vsiir pressentait :

— qu'il se trouvait dans un vaste espace plongé dans l'obscurité contenant un grand nombre de boîtes à l'intérieur desquelles étaient stockés divers produits minéraux et végétaux originaires de sa planète, principalement des branches de vert-feu, mais aussi d'autres éléments sans aucune valeur perceptible pour lui…

— que cet espace était clos par une double paroi de métal incurvée…

— que juste derrière cette paroi se trouvait une zone d'atmosphère zéro comme on en trouve entre deux planètes…

— que la totalité de ce système fermé était en train de subir une accélération…

— donc, qu'il s'agissait d'un vaisseau spatial s'éloignant rapidement du monde des Vsiirs, et qu'en fait il s'en trouvait déjà à dix diamètres planétaires, le fossé se creusant de manière alarmante de seconde en seconde…

— qu'à ce stade, il était impossible de s'en échapper, même pour un Vsiir en pleine métamorphose…

— et que sauf à convaincre l'équipage de faire machine arrière, il allait devoir accomplir un long et pénible voyage vers un monde inconnu et sans doute épouvantable où la vie serait au mieux malaisée, voire très risquée. Il s'y trouverait douloureusement coupé du rythme de sa civilisation. Il manquerait la Fête de la métamorphose. Il manquerait la Sainte Éclipse. Il ne pourrait pas prendre part à la Marée Montante du printemps à venir. Bref, il allait souffrir mille maux.

Il y avait six humains à bord. Le Vsiir étendit ses percepticules afin de sonder leurs esprits. Les humains fréquentaient sa planète depuis de nombreuses années, mais il ne s'était jamais donné la peine d'entrer en contact avec eux ; d'un autre côté, il ne s'était jamais retrouvé dans une situation aussi périlleuse. Il émit donc un tentacule mental instable qui erra dans les coursives à la recherche d'intelligences humaines. Par ici, peut-être ? Un foyer d'activité électrique à l'intérieur d'une sphère osseuse. Un esprit, un esprit ! Et dynamique, avec ça. Mais apparemment protégé par une espèce de mur ; le Vsiir s'y heurta et rebondit. Il en fut tout étonné, tout perturbé. Quel genre de créatures pouvaient ainsi fermer leur esprit au contact mental ordinaire ? Le Vsiir poursuivit son exploration et tomba sur un nouvel esprit, également fermé, puis un autre, et encore un autre. La panique s'empara de lui. Sa mante frémit ; ses radiations énergétiques tombèrent tout en bas du spectre visible, puis remontèrent nerveusement jusqu'aux plus courtes longueurs d'onde. Même son apparence physique subit une rapide succession de métamorphoses involontaires qui lui causèrent une gêne indicible. Il dut passer de la forme sphérique à la forme cubique, puis au chaos complet avant de pouvoir reprendre le contrôle de son organisme ; à ce moment-là il n'était plus qu'un entrelacs de fibres dont la cohésion n'était maintenue que par un filament d'ego animé de battements réguliers. Il se contraignit résolument à réintégrer la forme sphérique puis à reprendre sa fouille systématique du vaisseau, non sans se rendre compte que sa planète natale était à présent à une demi-unité stellaire de distance. C'était désormais sans espoir ; pourtant, par acquit de conscience il persista à sonder l'esprit des membres de l'équipage. Mais même s'il réussissait à établir le contact, comment leur faire comprendre à quel point sa situation était critique ? Et pourquoi les humains seraient-ils disposés à l'aider ? Cela ne l'empêcha pas de passer le vaisseau au crible. Et c'est alors que…

Ah ! Enfin un esprit ouvert. Pas la moindre trace de mur autour. Miracle ! Débordant de joie et de surprise, le Vsiir s'empressa d'établir le contact rapproché et d'y déverser ses tourments. *Je vous en prie, écoutez. Organisme non humain en détresse embarqué accidentellement à bord durant chargement. Métaboliquement et psychologiquement inadapté à la survie prolongée sur Terre. Sup-*

plie qu'on lui pardonne le dérangement mais demande prompt retour sur planète natale récemment désertée, regrette perturbations au niveau calendrier expéditions mais espère que cette inestimable faveur ne se révélera pas impossible à accorder. Comprenez-vous la présente émission ? Organisme non humain en détresse embarqué accidentellement…

Le lieutenant Falkirk avait hérité de la première période de repos après *flottage*. Ce n'était d'ailleurs que justice : il s'était tout de même échiné à superviser l'embarquement de la cargaison, à poser un nodus sur chaque caisse puis à entrer le manifeste de transit dans l'ordinateur. Maintenant qu'on était à nouveau dans l'espace, il pouvait bien dormir un peu pendant que les autres s'acquittaient des corvées liées au flottage. Aussi s'installa-t-il dans son berceau pour six bonnes heures de sommeil dès que le vaisseau fut sur son erre. Il sentait tournoyer autour de leur axe les six absorbeurs de gravité qui avalaient la force d'inertie et fournissaient son accélération au vaisseau, celui-ci flottant vers la Terre à une vélocité qui atteindrait le niveau galactique avant même que le lieutenant ne se réveille. Il sombra progressivement dans la torpeur. L'expédition avait été rentable : on avait emmagasiné assez d'écorce de vert-feu dans la soute pour sauver la Terre de dix nouvelles résurgences de la peste moléculaire, sans compter une abondance de substances médicinales en puissance et tout un tas d'échantillons minéraux intéressants, outre les… À ce stade Falkirk s'endormit. L'espace d'une demi-heure, l'esprit libéré et le corps détendu, il profita d'un sommeil réparateur.

Jusqu'à ce qu'un rêve sinistre vienne éclater comme une bulle dans sa tête.

Une clarté solaire d'un violet foncé, diffuse et pourtant génératrice de chaleur brûlante. Quelque chose d'insaisissable chatouillant la périphérie de son esprit. Il gît sur une grosse pierre plate dans un désert calciné. Il ne peut pas bouger. Il a de plus en plus de mal à respirer. La gravité exerce sur lui une traction terrible qui le plie puis le rompt ; ses os cassent d'un coup. Autour de lui se meuvent des formes encagoulées qui le montrent du doigt en riant et en échangeant de vagues commentaires dans une langue inconnue. Sa peau fond et acquiert une texture nouvelle : des piquants dignes d'un porc-épic pointent tout à coup sous sa peau et la percent, jaillissant bientôt par tous ses pores. Il y a devant son visage une maigre main écarlate aux doigts racornis évoquant des pinces de crabe. Elle gratte. Gratte. Gratte. Son sang ruisselle entre les piquants, épais et paresseux. Il frémit, cherche à se redresser en position assise… il lève la main et des lambeaux entiers de chair tremblotante restent collés à la pierre plate… il s'assoit enfin…

Et, dans un grand cri, s'éveille en tremblant de la tête aux pieds.

Ses yeux s'habituèrent peu à peu à la lumière tandis que son hurlement continuait de résonner à ses oreilles. Le lieutenant-capitaine Rodriguez le secouait par l'épaule.

« Ça va, mon vieux ? »

Falkirk voulut répondre, mais les mots ne

venaient pas. *Choc hallucinatoire,* se dit-il comme si une partie de son esprit essayait de convaincre le reste que le cauchemar était fini. Il avait été entraîné pour surmonter les crises ; il se disciplina aussitôt et débita mentalement un compte à rebours rapide, ainsi qu'on le lui avait appris ; n'empêche qu'il était drôlement ébranlé.

« Un mauvais rêve, fit-il d'une voix éraillée. De première bourre. Jamais eu de cauchemar aussi réaliste. »

Rodriguez se détendit. Il n'allait tout de même pas se mettre dans tous ses états pour un simple mauvais rêve. « Tu veux un somnifère ? »

L'autre secoua la tête. « Non merci, ça ira. »

Mais l'effet du cauchemar se prolongeait. Il lui fallut plus d'une heure pour retrouver le sommeil, et de surcroît un sommeil léger, agité, comme si son esprit se tenait sur ses gardes en vue d'un éventuel retour des mêmes terrifiantes fantasmagories. Cinquante minutes avant l'heure programmée de son réveil, il en fut tiré par un cri épouvantable à l'autre bout de la cabine.

Le lieutenant-capitaine de vaisseau Rodriguez faisait un cauchemar.

Quand le vaisseau accomplit son atterrissage post-flottage, un mois plus tard, on lui fit automatiquement subir les procédures habituelles de décontamination avant que qui que ce soit, ou quoi que ce soit, ne puisse sortir de l'astroport. Pour cela, on ceignit sa coque d'enduits étanches destinés à étouffer sur place tout micro-organisme susceptible d'en avoir profité pour passer de son monde à la

Terre ; après avoir franchi le sas de sécurité, les hommes d'équipage passèrent directement en chambre de quarantaine, sans le plus petit séjour à l'air libre. On pompa l'atmosphère du vaisseau pour lui faire subir en isolement total un cycle de purification complet, et l'intérieur du navire passa tout entier par six phases de stérilisation successives, en commençant par un quart d'heure en vide absolu pour finir sur une heure de bombardement neutronique.

L'ensemble représenta un certain désagrément pour le Vsiir, qui arrivait en bout de phase énergétique, notamment à cause des déceptions répétées qu'il avait rencontrées à chaque tentative pour communiquer avec les humains ; en plus, il était à présent contraint de s'adapter à toute une gamme d'environnements désagréables sans qu'il lui soit possible de se reposer dans l'intervalle. Les organismes les plus adaptables se fatiguent aussi, à la longue. Et quand le personnel de décontamination de l'astroport fut enfin disposé à déclarer le vaisseau vierge de toute vie extraterrestre, le Vsiir était très, très fatigué.

La même atmosphère oxygène-azote se répandit dans la soute. Par rapport à tout ce qu'on venait de lui faire subir, il l'accueillit avec soulagement. L'écoutille était ouverte et des débardeurs positionnaient les caisses en vue du flottage au sol jusqu'au dôme de manutention. Le Vsiir en profita pour déployer quelques membres et descendre tant bien que mal à terre. Il se retrouva sur un tablier de béton aux vastes proportions, entouré de bâtiments également impressionnants. Un soleil jaune brillait dans un ciel bleu ; les infrarouges rebondissaient en tous sens mais le Vsiir s'empressa de prendre les mesures nécessaires pour compenser l'arrière-goût amer d'hydrocarbures souillant l'atmosphère, plus la pollution sonore effrayante, plus le poids de la nostalgie qui menaça subitement sa stabilité organique lorsqu'il découvrit celui-ci dans toute sa décourageante étrangeté. Comment faire pour rentrer chez lui ? Comment établir le contact ? Il ne sentait que des esprits clos, scellés comme des grains dans leur balle. Certes, ils s'ouvraient de temps en temps, mais sans pour autant se montrer enclins à recevoir son message.

Ici, peut-être, ce serait différent. Les six premiers humains étaient peut-être, pour une raison inconnue de lui, de médiocres communicants. Il pouvait trouver maintenant des esprits plus réceptifs. Possible. Tout près de désespérer, le Vsiir traversa rapidement la piste d'atterrissage et se glissa dans le premier bâtiment où il pressentit la présence d'esprits ouverts. Il contenait des centaines d'humains sur de multiples étages, et les esprits disponibles y étaient éparpillés très loin les uns des autres. Ayant localisé le plus proche, il l'effleura du bout de son mental, anxieux mais plein d'espoir, et surtout avec le plus grand sérieux. *Je vous en prie, écoutez. Je ne vous veux aucun mal. Suis un organisme non humain arrivé sur votre planète dans des circonstances infortunées, et ne désire qu'une chose : regagner au plus vite mon propre monde…*

À l'hôpital de l'astroport, Long Island, l'aile de cardiologie était située au rez-de-chaussée, sur l'arrière, afin que les patients puissent bénéficier de la flottothérapie sans que cela entraîne de perturbations au niveau des ratios gravitationnels dans le reste du bâtiment. Comme toujours, l'établissement était plein à craquer : les croiseurs stellaires débarquaient toujours des gens malades, et pour la plupart on les hospitalisait sur place afin de garantir leur propre sécurité ; l'aile de cardiologie en recevait plus que sa part. Pour le moment, elle comptait une dizaine de victimes d'infarctus attendant une greffe, neuf convalescents post-greffe, cinq accidents cardio-vasculaires en stase artificielle d'urgence, plus trois sujets en voie de régénération des tissus ventriculaires, un patchage aortique et une dizaine d'autres cas. La majorité des patients était en flottage, ce qui avait pour effet de réduire la pression gravitationnelle sur leurs tissus lésés — sauf les régénératifs, qui, au contraire, subissaient une gravité normoterrestre afin que, justement, leur cœur tout neuf acquière une résistance, une robustesse appropriées. L'hôpital avait une excellente réputation, et un des taux de mortalité les plus bas de tout l'hémisphère.

Aussi la mort de deux patients dans la même matinée causa-t-elle un choc non négligeable parmi le personnel soignant.

À 09 h 17, un voyant rouge se mit à clignoter sur le moniteur de Mrs. Maldonnado, quatre-vingt-sept ans, post-greffe en convalescence jusque-là sans problème. Endocardite aiguë contractée au retour d'une croisière dans le système de Jupiter ; à son âge, elle ne possédait plus assez de vitalité pour encaisser tout le processus de régénération tissulaire sous impulsion génétique, mais on lui avait greffé un cœur artificiel qui, pendant quinze jours, avait fonctionné à merveille. Et voilà que, tout à coup, c'était à n'y rien comprendre : le centre de contrôle de l'hôpital recevait d'elle une foule de téléparamètres alarmants — activité valvulaire : néant ; tension artérielle : néant ; activité respiratoire : néant ; activité cardiaque : néant ; tout était retombé à néant, néant, néant ! L'électroencéphalogramme montrait un pic très prononcé, comme si elle avait subi un choc brutal et soudain, suivi d'une minute ou deux d'arythmie cardiaque, elle-même se soldant par la cessation de toute activité cérébrale. L'appareillage de réanimation automatique, autant chimique qu'électrique, s'était mis en marche bien avant que le personnel n'arrive au chevet de la malade, mais celle-ci était déjà dans un état irrécupérable : hémorragie cérébrale massive totalement imprévisible, ayant entraîné des lésions irréversibles.

À 09 h 28 survint le second décès : Mr. Guinness, cinquante et un ans, en convalescence postopératoire depuis trois jours après une embolie coronarienne. Même succession d'événements. Une grave secousse ébranlait le système nerveux, suivie d'une réaction physiologique instantanée et fatale. Tentatives de réanimation sans effet. Personne ne pouvait fournir d'explication satisfaisante au décès de Mr. Guinness. Comme Mrs. Maldonnado, au moment de l'accident fatal il dormait paisiblement, et tous ses paramètres vitaux étaient corrects.

« C'est comme si on était venu leur crier " Bouh ! " dans les oreilles », maugréa un des médecins en examinant les tracés. Il désigna celui de l'E.E.G., particulièrement erratique. « Ou comme s'ils avaient fait un cauchemar insupportablement réaliste dont ils n'auraient pu encaisser la surcharge sensorielle. Pourtant, il n'y a pas eu le moindre bruit dans le service. Et que je sache, les cauchemars ne sont pas contagieux. »

Le Dr. Peter Mookherjii, chef de clinique au service de neurologie, entamait sa visite matinale au sixième étage quand la voix douce de son annonceur, maintenu derrière son oreille par un adhésif, lui demanda de se présenter immédiatement au bâtiment d'isolement. Il fronça les sourcils. « Ça ne peut pas attendre ? C'est le moment de la journée où j'ai le plus à faire, et…

— Vous êtes prié de vous y rendre sur-le-champ.

— Écoutez, j'ai ici une jeune comateuse dont la séance de téléthérapie doit démarrer dans un quart d'heure, et elle compte sur ma participation. Je représente son seul lien avec le monde. Si je ne suis pas là au moment où elle…

— Vous êtes demandé séance tenante, docteur.

— Je ne vois pas pourquoi on a besoin de toute urgence d'un neuropathologiste à l'isolement. Laissez-moi au moins m'occuper de la jeune fille, et dans trois quarts d'heure je peux être sur place.

— Docteur, il faut que vous… »

Décidément, inutile de discuter avec les machines. Le médecin fit un effort pour se maîtriser. Dans sa famille, on s'emportait facilement ; c'était une des caractéristiques des Mookherjii, avec un goût prononcé pour le curry ultra-épicé et un talent particulier pour la télépathie. Furieux, il attrapa un terminal, s'identifia et ordonna au centre de contrôle de l'hôpital de reprogrammer tout son emploi du temps de la matinée. « Introduisez quelque part un retard d'une demi-heure, jeta-t-il. Je n'y peux rien. Débrouillez-vous. Je suis réquisitionné par le personnel de l'Isolement. » L'ordinateur se montra assez attentionné pour lui fournir un buggy automatique qui le transporta en trois minutes à l'autre bout de l'astroport, mais en débarquant il était encore très en colère. À l'entrée, le scanner vérifia son badge, puis une des innombrables voix du centre de contrôle lui déclara solennellement : « Vous êtes attendu en salle n°403, docteur. »

Il s'agissait d'une salle d'interrogatoire à cheval sur deux secteurs : le fond appartenait au noyau central du service Isolement, et l'avant à la zone publique du bâtiment, les deux étant séparés par une épaisse paroi en verre. Derrière celle-ci, six spationautes hagards affalés sur des canapés, tandis que dans la section ouverte, trois membres du personnel rattachés à l'astroport faisaient les cent pas. Mookherjii se calma en constatant que l'un d'eux était un vieil ami de faculté, Lee Nakadaï. Mince, le Japonais pouvait avoir un an de plus que lui, c'est-à-dire dans les vingt-huit ou vingt-neuf ans ; ils se retrouvaient à l'occasion pour déjeuner au réfectoire de l'astroport. En outre, au début de l'année ils avaient fréquenté ensemble deux jumelles originaires des Philippines. Toutefois, la masse de travail qui les accablait les avait empêchés de se voir depuis plusieurs mois.

Nakadaï alla directement au cœur du sujet. « Pete, tu as déjà entendu parler d'épidémie de cauchemars ?

— Hein ? »

Désignant les hommes derrière la paroi vitrée, Nakadaï reprit : « Ces gars-là sont rentrés de l'étoile de Norton il y a deux ou trois heures. Ils étaient allés chercher un chargement d'écorce de vert-feu. Physiquement, ils sont en parfaite santé et je n'aurais aucune raison de les garder mis à part un drôle de phénomène : ils sont tous dans un état d'épuisement nerveux extrême qu'ils attribuent eux-mêmes au manque quasi total de sommeil pendant le trajet de retour, c'est-à-dire un mois. Et la raison de cette insomnie, d'après eux, c'est qu'ils ont tous fait — j'ai bien dit *tous* — des cauchemars terrifiants chaque fois qu'ils fermaient l'œil. J'ai trouvé ça tellement étrange que j'ai préféré demander un bilan neuropathologique au cas où ils auraient contracté une infection cérébrale quelconque. »

Mookherjii prit un air soucieux. « Et c'est pour ça que tu m'arraches de toute urgence à mon service, Lee ?

— Va leur parler, rétorqua l'autre. Je pense qu'ils vont te donner la frousse. »

Mookherjii enveloppa les spationautes d'un regard furibond. « Puisque c'est comme ça… Alors, qu'est-ce que c'est que ces cauchemars ? »

Le premier à répondre fut un officier osseux et de haute taille qui se présenta comme étant le lieutenant Falkirk. « J'ai été le premier affecté. Tout de suite après le flottage. J'ai bien failli craquer.

C'était comme si… eh bien, comme si quelque chose m'effleurait l'esprit en le remplissant de pensées bizarres. Et tout le temps que ça durait, j'avais l'impression que c'était parfaitement réel — j'étouffais, je sentais mon corps se transformer en quelque chose d'inconnu, mon sang coulait à flots par tous les pores de ma peau… » L'homme haussa les épaules. « Enfin, c'était comme dans tous les cauchemars, mais en dix fois plus réaliste. Non, *cinquante* fois ! Et quelques heures plus tard, voilà que le lieutenant-capitaine Rodriguez fait le même genre de rêve. Avec des images différentes, mais des effets similaires. Puis, l'un après l'autre, tous les membres de l'équipage ont commencé à se réveiller en hurlant dès qu'ils prenaient leur tour de repos. Deux d'entre nous ont fini par passer trois semaines sous pilules euphorisantes. Nous sommes des types plutôt stables, vous savez, docteur. Nous sommes formés pour encaisser à peu près n'importe quoi. Je crois qu'un civil aurait craqué pour de bon sous l'influence de rêves pareils. Plus en raison de leur intensité, leur réalisme que des visions proprement dites.

— Et ces mauvais rêves sont revenus vous hanter pendant toute la traversée ? s'enquit Mookherjii.

— À chaque quart sans exception. À tel point qu'on avait peur de s'assoupir, sachant quels démons se mettraient à rôder dans nos têtes dès que nous serions endormis. Ou alors, on s'assommait à coups de somnifères. Ce qui ne nous empêchait pas de faire ces rêves, d'ailleurs, malgré la dose abrutissante qui aurait normalement dû supprimer toute activité onirique. La maladie du cauchemar, docteur. Une épidémie de mauvais rêves.

— À quand remonte le dernier épisode ?

— À notre dernière période de sommeil avant le flottage à terre.

— Aucun d'entre vous n'a dormi depuis que vous avez débarqué ?

— Non », répondit Falkirk.

Un des cinq autres intervint : « Mon camarade ne s'est peut-être pas bien fait comprendre, docteur. Ces rêves, c'était la mort. C'était à en devenir cinglé. Nous avons eu de la chance de rentrer sains d'esprit. En admettant que ce soit le cas. »

Mookherjii se mit à pianoter pensivement en fouillant dans son expérience passée. Avait-il déjà rencontré un cas semblable ? Rien ne lui revenait. Il avait étudié de nombreux cas d'hallucination collective — des foules entières qui s'étaient convaincues d'avoir vu des dieux, des démons, des miracles, des morts qui se relevaient ou des symboles de feu dans le ciel. Mais des hallucinations en série qui se produisaient sans relâche à chaque tour de garde chez tout un équipage de spationautes aguerris et pétris de sens pratique… Ça n'avait ni queue ni tête.

« Pete, commenta Nakadaï, ces hommes avancent une hypothèse. Ce n'est qu'une supposition un peu folle, mais qui sait…

— De quoi s'agit-il ? »

Falkirk eut un petit rire gêné. « Je dois dire qu'elle est un peu tirée par les cheveux, docteur.

— Allez-y quand même.

— Eh bien, une créature originaire de la planète

où nous nous sommes posés a pu s'embarquer à notre insu. Une créature douée de... télépathie. Elle nous aurait tripoté l'intérieur de la tête chaque fois que nous étions endormis. Ce que nous avons interprété comme des cauchemars était peut-être en fait cette chose nichée dans nos esprits.

— Il se peut que ce truc ait fait le voyage avec nous jusqu'ici, renchérit un autre. Et qu'il se trouve encore à bord. S'il ne se balade pas déjà quelque part en ville.

— Le “ Monstre Invisible Terrorisant les Foules ” ? fit Mookherjii avec un petit sourire. Ça, j'ai un peu de mal à l'avaler.

— Les êtres télépathes, ça existe, rétorqua Falkirk.

— Je suis bien placé pour le savoir, coupa sèchement le médecin. J'en fais moi-même partie.

— Excusez-moi si je vous ai...

— Mais ça ne m'incite pas pour autant à débusquer un télépathe derrière chaque buisson. D'ailleurs, je n'exclus pas votre hypothèse de quelque dangereux envahisseur extraterrestre. Seulement, il me semble beaucoup plus probable que vous ayez contracté là-bas quelque inflammation du cerveau. Une affection virale, une encéphalite qui se manifesterait sous forme d'hallucinations. » Les spationautes eurent l'air troublé. Manifestement, ils préféraient être victimes d'un monstre mystérieux que d'un virus inconnu logé à l'intérieur de leur cerveau.

« Je n'affirme rien, entendez-moi bien, poursuivit Mookherjii. Je ne fais que jouer avec différentes hypothèses. Nous en saurons davantage quand nous aurons effectué quelques examens. » Il consulta sa montre, puis reprit à l'intention de Nakadaï : « Il n'y a pas grand-chose que je puisse faire pour l'instant, Lee. De plus, je dois retourner auprès de mes patients. Qu'on me prépare ces gaillards pour la batterie complète de tests neuropsychologiques. Qu'on me fasse parvenir les résultats à mon bureau dès qu'ils seront disponibles. Échelonne les examens de manière à leur permettre de dormir, deux par deux, après chaque série — je t'enverrai un technicien qui t'aidera à régler les appareils de télémétrie. En cas de cauchemar, je veux être immédiatement averti.

— Entendu.

— Et fais-leur signer une décharge pour examen télépathique. Je leur ferai subir une sonde mentale préliminaire ce soir, quand j'aurai vu les bilans cliniques. Naturellement, tu les maintiens en isolement total. Ce truc est peut-être tout simplement infectieux. Ne prenons absolument aucun risque. »

Nakadaï acquiesça. Mookherjii adressa un sourire tout professionnel aux six spationautes abattus et s'en fut, tout préoccupé. Un virus qui donnait des cauchemars ? Ou bien un extraterrestre manipulateur d'activité cérébrale que nul ne pouvait voir à l'œil nu ? Il ne savait pas très bien laquelle des deux hypothèses lui plaisait le moins. Pourtant, il existait sûrement une explication toute prosaïque, sans le moindre élément fantastique, pour ce mois de cauchemars — intoxication alimentaire, contamination du recycleur d'atmosphère… Une explication banale, tout ce qu'il y avait de plus simple.

Oui, sans doute.

La première fois, le Vsiir ne comprit pas très bien ce qui s'était réellement passé. Il avait effleuré un esprit humain. Il y avait alors eu une réaction immédiate et fort virulente. Il s'était donc retiré, alarmé par le jaillissement de fureur qu'avait suscité son intrusion. Et voilà que, quelques instants plus tard, il se révélait incapable de localiser ledit esprit. Peut-être s'agissait-il d'un mécanisme de défense grâce auquel les humains protégeaient leur mental des indésirables. Toutefois, cela lui parut peu probable : ils étaient déjà protégés en temps normal, et très efficacement. À bord du navire, chaque fois qu'il avait réussi à forcer les remparts dont s'entourait l'esprit des hommes d'équipage, le Vsiir avait certes rencontré de fortes turbulences — de toute évidence, ils n'appréciaient guère le contact avec un Vsiir — mais pas cet anéantissement total, cette brusque interruption du signal. Interloqué, il retenta sa chance avec un esprit béant, proche de celui qui venait de disparaître si soudainement. *Merci de me prêter attention. Prière d'accorder considération momentanée à créature d'un autre monde en détresse, victime de circonstances malheureuses et qui…*

Là encore, il eut droit à une réaction très violente : une brusque flambée d'énergie psychique, un véritable brasier, un tourbillon de terreur, de douleur et de commotion. Et de nouveau le silence total au bout de quelques instants, comme si l'humain s'était réfugié derrière une barrière impénétrable. *Où êtes-vous parti ? Je ne vous trouve plus.* Troublé, le Vsiir prit le risque de se créer un récepteur optique fonctionnant dans le spectre visible — et qui, par voie de conséquence, était également visible pour les êtres humains —, puis regarda autour de lui. Il vit un humain allongé sur un lit et cerné de toutes parts par un appareillage complexe. Des voyants clignotaient. D'autres humains à l'air agité accouraient à son chevet. Celui qui gisait sur le lit ne bougeait pas ; même quand un bras métallique descendit pour lui enfoncer une longue aiguille dans la poitrine il ne fit pas un mouvement.

Et tout à coup, le Vsiir comprit.

Ces deux humains venaient de subir une interruption d'existence !

Il s'empressa de dissoudre son récepteur optique en spectre visible et battit en retraite dans un coin tranquille, le temps de réfléchir aux événements. *Donnée :* deux humains morts. *Donnée :* cessation d'existence survenue dans les deux cas dès réception d'une transmission mentale émanant du Vsiir. *Problème :* la transmission mentale avait-elle directement causé ces décès ?

Il était choquant, voire affreux, d'envisager qu'il ait pu causer ainsi la perte de deux vies humaines ; il fut pris d'un tel frisson que son corps se recroquevilla jusqu'à ne plus former qu'une petite boule dure aux processus mentaux tout emmêlés. Il lui fallut plusieurs minutes pour redevenir 100 % opérationnel. Si ses efforts pour entrer en communication avec les humains produisaient des conséquences aussi dramatiques, ses chances de trouver de l'aide sur cette planète étaient bien minces. En effet, comment oser courir le risque de contacter d'autres êtres, à partir du moment où…

C'est alors qu'une idée réconfortante lui vint. Il tirait des conclusions hâtives à partir de constatations incomplètes, sans tenir compte de certains arguments de poids en faveur de l'hypothèse inverse. Pendant toute la traversée il était entré en contact avec des humains, et sur les six hommes d'équipage, aucun n'avait été « interrompu ». C'était la preuve suffisante que les humains pouvaient supporter la communication avec un esprit vsiir. Logiquement, ce n'était donc pas le contact à lui seul qui avait provoqué ces deux décès.

Peut-être était-ce par pure coïncidence qu'il avait abordé successivement deux êtres en passe d'être interrompus. Peut-être amenait-on ici ceux qui approchaient de la mort. L'interruption serait-elle survenue tout de même s'il n'avait pas tenté d'établir le contact ? Sa tentative avait pu épuiser leurs réserves énergétiques déjà affaiblies et les faire basculer de l'autre côté. Il ne savait pas. Il avait bien conscience de ne pas posséder de données suffisantes et cela le mettait mal à l'aise. Une chose était sûre : il n'avait plus beaucoup de temps devant lui. S'il ne trouvait pas de l'aide sous peu, le processus de dégénérescence métabolique allait s'installer, suivi par la rigidité métamorphique, la perte de sa faculté d'adaptation, ce qui lui serait fatal : la dernière étape serait l'interruption.

Le Vsiir n'avait donc pas le choix. Sa seule chance de survie était de persister dans ses efforts pour entrer en communication avec un humain.

Alors il entreprit prudemment, timidement même, d'émettre des sondes mentales dans l'espoir de tomber sur un esprit réceptif. Le premier qu'il rencontra était muré. Le deuxième aussi. Même chose pour les suivants : entrée interdite, entrée interdite ! Le Vsiir se demanda si ces barrières étaient uniquement destinées à prévenir toute intrusion dans la conscience humaine ou si elles protégeaient leurs propriétaires contre toutes les formes de contact mental, y compris la communication entre humains. Si cette dernière existait, en tout cas, il ne l'avait détectée ni dans ce bâtiment ni à bord du vaisseau. Quelle curieuse espèce, décidément !

Il valait peut-être mieux tenter sa chance à un autre étage. Il se coula sans mal sous une porte close, puis emprunta un escalier de service et gagna le niveau supérieur. Là, il recommença à émettre des sondes. Un esprit fermé, puis un autre et encore un autre. Et là, enfin, un esprit réceptif. Le Vsiir se prépara à émettre son message. Par mesure de sécurité, il réduisit la puissance de la transmission pour ne laisser se dérouler qu'une mince volute de pensée. *M'entendez-vous ? Message en provenance de créature extraterrestre égarée. Ai besoin d'aide. Cherche à…*

De la part de l'humain lui parvint une réaction de déplaisir très nette, une espèce de morsure mentale non verbale mais indubitablement hostile. Le Vsiir se retira aussitôt et attendit, terrifié, redoutant d'avoir suscité une nouvelle « interruption ». Mais non : l'humain continuait à fonctionner, encore qu'il ne soit plus réceptif mais entouré du rempart normalement en vigueur chez les humains. Déprimé, souffrant de la sensation de rejet, le Vsiir battit piteusement en retraite. Encore un échec. Pas même un bref instant de contact mental significatif. Complètement abattu, il poursuivit sa quête. Que faire d'autre ?

La visite du bâtiment Isolement avait prélevé quarante précieuses minutes dans l'emploi du temps matinal du Dr. Mookherjii. Qui n'était pas content du tout. Certes, on ne pouvait pas en vouloir au personnel d'avoir prêté attention au récit des six spationautes victimes d'hallucinations chroniques, mais si énigmatique qu'elle soit, la situation ne lui paraissait pas suffisamment inquiétante pour justifier qu'on le fasse venir en urgence. Le problème de ces hommes finirait bien par se résoudre ; dans l'intervalle, on les tenait soigneusement à l'écart du reste de l'astroport. Nakadaï aurait dû les soumettre à davantage d'examens avant de l'appeler. Et Mookherjii était fâché de ne pas avoir pu consacrer à ses patients le temps qui leur était dévolu.

Toutefois, au moment d'entreprendre sa visite après ce regrettable retard, il fit sciemment l'effort de se calmer. S'il se rendait au chevet de ses patients dans cet état de tension et d'irritation, ce ne serait bon ni pour eux ni pour lui. Il était quand même censé les soigner, et non répandre l'angoisse. Il se livra pendant quelques instants à ses exercices de pondération et, le temps d'arriver à la première chambre de malade — celle de Satina Ransom —, il avait réussi à se composer une façade détendue et aimable relativement convaincante.

Satina, une adolescente de seize ans aux longs cheveux de paille dont le visage trahissait toute la vulnérabilité, était couchée sur le côté gauche, les yeux clos. Autour d'elle, l'appareillage de survie déployait une véritable toile d'araignée de câbles. Il y avait quatorze mois qu'elle était dans le coma, dont douze au service de neuropathologie et six sous la responsabilité de Mookherjii. Ses parents l'avaient emmenée en vacances dans un des centres de loisirs de Titan à la saison la plus propice pour observer les anneaux de Saturne ; ils avaient eu le plus grand mal à réserver des places sous le dôme Galilée. Malheureusement, c'était le jour funeste où un violent tremblement de Titan avait provoqué sa rupture, exposant par la même occasion un millier de touristes à l'atmosphère toxique — basée sur le méthane — de cette lune glaciale. Satina fut parmi les mieux lotis : elle ne respira que deux ou trois bouffées délétères avant que le guide du dôme avec qui elle était en train de bavarder ne lui plaque un masque à gaz sur le visage. Elle avait survécu. Ce ne fut pas le cas de ses parents, ni de son petit frère. Malheureusement, elle s'effondra au moment du désastre et ne reprit jamais conscience. Les examens pratiqués sur Terre pendant des mois montrèrent que l'inhalation de méthane avait été insuffisante pour provoquer des lésions cérébrales majeures ; sur le plan organique, elle ne semblait pas avoir souffert ; cependant, elle refusait de se réveiller. Réaction de choc, pour Mookherjii. Elle préférait rêver éternellement plutôt que de réintégrer ce cauchemar qu'était devenu pour elle l'état de conscience. Il avait pu entrer en contact télépathique avec son esprit, mais, jusqu'à présent, sans pouvoir la délivrer du traumatisme et la ramener enfin dans le monde de l'éveil.

Il s'apprêta à établir le contact. Dans la pratique, son talent de télépathe n'avait vraiment rien d'automatique ni d'aisé ; « lire » dans les esprits représentait pour lui une tâche pénible, aussi ardue et épuisante que la mémorisation intensive de la moitié d'*Hamlet.* Contrairement à ce que redoutait le profane, il était incapable de percer les pensées intimes d'autrui d'un simple coup d'œil. Bien au contraire, pour pénétrer dans un esprit il devait respecter une procédure complexe consistant à se familiariser progressivement avec lui, tendre vers lui, et même ainsi, il lui fallait un temps fou pour s'accorder à la « longueur d'onde » voulue ; on n'arrivait à obtenir des informations cohérentes qu'au bout de neuf ou dix tentatives. Ce don se transmettait dans sa famille depuis au moins dix générations, avec l'aide de mariages soigneusement calculés pour conserver le précieux gène. Mookherjii était plus doué que ses prédécesseurs en la matière, mais pour voir apparaître parmi eux un télépathe réellement chevronné, il faudrait peut-être un siècle ou deux de plus. Au moins pouvait-il exploiter utilement ses capacités. Il n'ignorait pas qu'en Inde, ses ancêtres avaient parfois dû les dissimuler afin de ne pas être classés dans la même catégorie que les vampires et autres loups-garous, et par conséquent exclus de la société.

Il posa doucement sa main brune sur le poignet livide de Satina. Pour établir la liaison mentale, le contact physique était indispensable. Il se concentra et s'efforça d'atteindre l'esprit de la jeune fille. Après ces mois de téléthérapie, il était sensibilisé à celui du médecin, qui put sauter les étapes intermédiaires et, une fois « familiarisé », plonger droit dans son âme troublée. Les yeux clos, il « vit » alors tournoyer devant lui une espèce de brume gris perle — l'esprit de Satina — dans laquelle il pénétra sans difficulté. Un point d'interrogation émergea des profondeurs.

« *Qui est là ? C'est vous, docteur ?*

— *C'est moi, oui. Comment vas-tu aujourd'hui, Satina ?*

— *Bien. Très bien.*

— *Tu dors bien ?*

— *C'est tellement tranquille, là où je suis !*

— *En effet, j'imagine, oui. Mais si tu voyais* ici… *C'est une belle journée d'été. Le soleil brille dans un ciel tout bleu. Tout est en fleurs. Une journée idéale pour aller se baigner, non ? Tu n'aimerais pas aller nager ? »* Il se concentre de toutes ses forces pour transmettre les images adéquates : un torrent de montagne bien frais, un profond bassin au pied d'une cascade crémeuse, la sensation soudaine et délicieuse du plongeon, le ruissellement cristallin chatouillant la peau de la jeune fille, les rires de ses amis, les éclaboussures, les brasses énergiques qui la propulsent vers le rivage opposé…

« *Je préfère rester là,* l'informe-t-elle.

— *Peut-être aimerais-tu mieux aller flotter ? »* Il recrée cette fois les sensations du flottage : un nodus bouclé à sa ceinture la porte sereinement à une altitude de trente mètres et la voilà partie à travers champs et vallées ; ses amis sont à ses côtés, elle se sent complètement détendue et, débarrassée de son poids, se laisse aller au gré des courants ascendants qui l'entraînent jusqu'à ce que la surface du sol ne soit plus qu'un échiquier marron et vert. Elle regarde, tout en bas, les maisons minuscules et les voitures comiques, puis c'est le tour d'un lac d'argent miroitant et enfin d'une obscure forêt d'épicéas plantés en rangs serrés ; maintenant elle est tout simplement sur le dos et, les jambes croisées, les mains nouées derrière la tête, les joues baignées de soleil, elle a conscience des cent mètres de néant qui la séparent du sol…

Mais Satina ne mord pas à l'hameçon. Elle préfère rester où elle est. La tentation du flottage n'est pas suffisante.

Mookherjii n'a plus assez d'énergie pour entreprendre une troisième tentative ; ce n'est pas encore aujourd'hui qu'à force de ruse il la tirera du coma. Il se rabat sur une démarche plus purement médicale en essayant de sonder la source du trauma qui a coupé Satina du monde. Une grande frayeur, probablement ; plus l'affreuse rupture du dôme signant la fin de la sécurité, le spectacle de ses parents et de son frère mourant sous ses yeux, et pour finir la puanteur bourbeuse de Titan envahissant brusquement ses narines… C'était un tout. Mais on avait vu des gens se remettre après des calamités bien pires. Alors, pourquoi s'obstinait-elle à se retirer du monde des vivants ? Pourquoi ne s'accommodait-elle pas de son vécu, si atroce soit-il, pour accepter à nouveau l'existence ?

Il sent sa résistance ; ses défenses sont solides. Elle ne veut pas qu'il trafique son esprit. Toutes leurs séances se terminent de la même façon : Satina s'accroche à son refuge et pare toutes les tentatives du médecin pour l'arracher à la prison où elle s'est elle-même enfermée. Il espère qu'un jour elle baissera sa garde. Mais de toute évidence, ce jour n'est pas venu. Subitement las, il abandonne le moi profond de Satina et, remontant à un niveau superficiel, s'adresse à nouveau à elle.

« Tu devrais penser à retourner à l'école, Satina.

— Plus tard. Les vacances ont été tellement courtes !

— Tu sais combien de temps elles ont duré ?

— À peu près trois semaines, je crois. Non ?

— Non. Quatorze mois.

— Ce n'est pas possible. Nous venons juste de partir pour Titan… il me semble que c'était la semaine avant Noël. Et…

— Satina, quel âge as-tu ?

— J'aurai quinze ans en avril.

— Faux. Le mois d'avril dont tu parles est passé, ainsi que le suivant. Tu as eu seize ans il y a deux mois. Seize ans, Satina.

— Ça ne se peut pas, docteur. Pour une fille, l'anniversaire des seize ans n'est pas comme les autres. Vous ne le savez donc pas ? Mes parents vont organiser une grande fête. Tous mes amis seront là. Il y aura un orchestre robot de neuf musiciens, avec des synthétiseurs. Alors, comme je sais bien que rien de tout ça n'est encore arrivé, je ne peux pas avoir seize ans. »

Ses forces sont pratiquement épuisées. Son signal mental est très faible. Le médecin ne trouve même pas assez d'énergie pour lui dire qu'elle refuse une fois de plus de voir la réalité en face, que ses parents sont morts, que le temps passe et qu'il est trop tard pour la grande fête de ses seize printemps.

« Nous en reparlerons… une autre fois, Satina. Maintenant, je… vais te dire… à demain. Demain matin…

— Ne partez pas déjà, docteur ! »

Mais il ne peut plus maintenir le contact, qu'il laisse s'interrompre tout seul.

Mookherjii lâche prise et se relève en secouant la tête. *Quel dommage !* se dit-il. *Quel gâchis.* Il sort de la chambre d'un pas tremblant et, adossé à une porte fermée, marque une pause dans le couloir, le temps d'éponger son front baigné de sueur. Son travail avec Satina tournait en rond. Passé la période du premier contact, assez encourageante, il n'avait pas su alléger son coma. Elle s'était profondément et confortablement installée dans le monde illusoire du repli psychique et, télépathe ou pas, il ne voyait pas comment provoquer l'explosion libératrice.

Il inspira profondément et, luttant contre le découragement qu'il sentait croître en lui, se dirigea vers la chambre suivante.

L'opération se déroulait sans problème. Une dizaine d'étudiants de troisième année occupaient la galerie surplombant la salle d'opération, au troisième étage de l'hôpital ; ils analysaient la technique incomparable du Dr. Hammond, à la fois à l'œil nu et à travers la retransmission par microamplification qui s'affichait en temps réel sur leurs écrans individuels. Du patient, un cas de tumeur cérébrale, âgé de près de soixante-dix ans, n'apparaissaient que le crâne et les épaules, le reste étant enfoui sous l'appareillage de survie artificielle. On lui avait rasé le cuir chevelu, où des lignes bleues et une série de points rouge foncé dessinaient la structure crânienne sous-jacente telle que préalablement déterminée par l'échographie ; le chirurgien venait de positionner les lasers chargés d'exciser la tumeur. Le plus dur était fait. Il ne restait qu'à les régler à la puissance maximale, puis à en diriger le rayon impitoyable et précis vers le cerveau du patient. Ce type de neurochirurgie n'entraînait aucun écoulement sanguin ; on n'avait pas à ouvrir pour exposer la tumeur puisque les rayons laser calibrés au millionième de millimètre près pénétraient dans la boîte crânienne par d'imperceptibles interstices et s'attaquaient aux tissus malins selon des angles différents, pour les détruire sans toucher à leurs voisins sains. Pour une opération comme celle-ci, tout était dans la préparation. Une fois les contours exacts de la tumeur déterminés et les lasers chirurgicaux orientés correctement, n'importe quel interne pouvait la mener à bien.

Pour Hammond, c'était une affaire de routine. Durant l'année écoulée, il avait bien dû répéter cent fois les mêmes gestes. Il donna le signal ; le voyant correspondant s'alluma sur le panneau de contrôle des lasers, les étudiants de la galerie se penchèrent en avant avec un intérêt renouvelé…

Et juste au moment où l'éclat scintillant des lasers fondait sur la table d'opération, le visage du malade anesthésié se contracta bizarrement, comme si quelque rêve effroyable émergeait des abîmes de son esprit gavé de drogues. Ses narines se dilatèrent ; ses lèvres dessinèrent un rictus ; ses yeux s'ouvrirent tout grands ; on aurait dit qu'il voulait hurler ; son corps s'anima de mouvements convulsifs et sa tête se tourna sur le côté. Les lasers s'enfoncèrent profondément dans sa tempe gauche, loin de l'aire marquée. La moitié droite de son visage s'affaissa progressivement : tous les muscles étaient paralysés. Les étudiants échangèrent des regards stupéfaits. Ébahi, le Dr. Hammond retrouva enfin un peu de présence d'esprit et coupa les lasers d'un revers de main. Puis, agrippant nerveusement le bord de la table d'opération, il scruta les divers cadrans et écrans détaillant les conséquences de l'intervention ratée. La tumeur était intacte ; en revanche, une grande part de tissu sain avait été dévastée. « Impossible », grogna-t-il. Qu'est-ce qui pouvait bien pousser un malade sous anesthésie à se trémousser comme ça ? « Impossible, parfaitement impossible. » Il gagna à grands pas le bout de la table et déchiffra les indications fournies par le matériel de survie artificielle. La question n'était plus de savoir si on pouvait procéder avec succès à l'ablation de la tumeur, mais bien plutôt — et de toute urgence — si le patient allait survivre.

Mookherjii vint à bout de ses différentes corvées vers quatre heures de l'après-midi. Il avait vu tous ses patients, mis ses dossiers à jour, entré un résumé de ses pronostics dans l'ordinateur en chef faisant office de centre de contrôle pour tout l'astroport, et trouvé le temps de déjeuner sur le pouce. D'ordinaire, à cette heure-ci il pouvait prendre quatre heures et regagner sa chambre spartiate à la résidence des internes, histoire de s'accorder une petite sieste ou de se rendre au centre de loisirs pour quelques sets de flotto-tennis, quand il n'allait pas jeter un œil au dernier cube-show, par exemple. La visite du soir ne démarrait qu'à huit heures. Mais aujourd'hui, pas question de détente : il y avait cette affaire de spationautes en quarantaine. Depuis deux heures de l'après-midi, Nakadaï lui faisait parvenir les résultats des examens, qui s'empilaient dans la mémoire de son terminal. Comme rien n'était arrivé avec la mention *Urgent,* Mookherjii les avait laissés s'entasser ; mais à présent il se sentait obligé de les consulter. Il pianota sur le clavier pour demander un tirage papier et la fente imprimante se mit à expulser des feuillets jaunes.

Mookherjii feuilleta le tout. Réflexes neurologiques, charge synaptique, degré d'ionisation neurale, dosages hormonaux, réflexes visuel, respiratoire et circulatoire, échanges moléculaires cérébraux, perception sensorielle, électroencéphalogramme d'abord amplifié puis pondéré… Non, rien d'anormal là-dedans. Tout indiquait clairement que les six hommes de l'étoile de Norton avaient grand besoin de vacances ; leurs nerfs étaient très éprouvés et leurs réflexes ralentis, certes, mais rien qui ne puisse s'expliquer par l'insomnie chronique. Pas trace de lésion cérébrale, ni d'infection, ni de problèmes nerveux, et encore moins de dysfonctionnements purement organiques.

Alors, pourquoi ces cauchemars ?

Il composa le numéro de téléphone du bureau de Nakadaï. « Isolement », répondit presque aussitôt une voix alerte. Quelques secondes plus tard, les traits fins de son confrère apparaissaient sur l'écran. « Salut, Pete. J'allais justement t'appeler.

— Je viens de finir mon service, répondit Mookherjii. Mais j'ai quand même eu le temps de jeter un œil à tes résultats d'analyses. Ils sont tout à fait normaux, Lee.

— C'est bien ce que je me suis dit aussi.

— Et tes hommes ? Tu devais m'appeler s'ils recommençaient à rêver.

— Pas le moindre cauchemar. Falkirk et Rodriguez dorment depuis onze heures comme des marmottes ; pour Schmidt et Carroll, l'extinction des feux a été autorisée à une heure et demie. Webster et Schiavone se sont mis dans leurs toiles à trois heures. Ils ronflent tous les six comme s'ils n'avaient pas dormi depuis des années. Je les ai branchés sur un tas d'appareils, qui donnent des indications parfaitement normales. Tu veux que je te transmette le tout ?

— À quoi bon ? S'ils n'ont pas d'hallucinations, qu'est-ce que tu veux que ces données m'apprennent ?

— Dois-je en conclure que tu as l'intention d'annuler la séance de sonde mentale prévue pour ce soir ?

— Je ne sais pas encore, répondit Mookherjii en haussant les épaules. Je suppose que c'est inutile, mais ne concluons pas trop vite. J'aurai fini ma visite du soir vers onze heures ; si d'ici là il y a une raison d'aller faire un petit tour dans la tête de ces hommes, je le ferai. » Il fronça les sourcils. « Mais attends un peu… Ils ont bien dit qu'ils avaient tous fait ces fameux cauchemars *chaque fois qu'ils prenaient une période de sommeil ?*

— C'est cela.

— Pourtant, c'est la première fois qu'ils dorment à terre depuis que les cauchemars ont commencé, et pas un ne manifeste de troubles. Et je ne trouve pas trace de lésion cérébrale hallucinogène. Tu sais quoi, Lee ? Je commence à envisager l'hypothèse fumeuse de ces types.

— Leurs hallucinations seraient causées par une créature extraterrestre invisible ?

— Quelque chose dans ce genre. Lee, qu'en est-il du navire ?

— Il a subi la procédure habituelle de décontamination et attend sous vecteur d'isolement qu'on sache un peu ce qui se passe.

— Tu crois qu'on me laisserait monter à bord ?

— Je suppose que oui, mais… pourquoi ?

— On ne sait jamais. Si ces cauchemars ont une cause extérieure, il y a peut-être quelque chose à bord ; dans ce cas, il se peut qu'un télépathe mineur puisse détecter sa présence. Tu peux me faire avoir un laissez-passer assez rapidement ?

— Dans les dix minutes, répondit Nakadaï. Je viendrai te chercher. »

Effectivement, Nakadaï revint presque aussitôt à bord d'un buggy. Tandis qu'ils filaient vers les terrains d'atterrissage, il lui tendit une combinaison spatiale toute froissée qu'il l'enjoignit d'enfiler.

« Pour quoi faire ?

— Une fois à bord, tu peux avoir besoin de respirer, non ? Parce que, pour l'instant, c'est le vide dans ce vaisseau. On a décrété qu'il n'était pas sûr d'y rétablir l'atmosphère terrestre. En outre, il est bourré de radiations issues du processus de décontamination. Ça te va comme ça ? »

Pour toute réponse, Mookherjii enfila tant bien que mal la combinaison.

Ils atteignirent enfin le navire, un interstellaire à gravité zéro de type standard qui semblait tout petit et solitaire sur son coin de piste. Il était isolé par un cordon sanitaire automatique mais, sur instruction du centre de contrôle, les robots laissèrent passer les deux médecins. Nakadaï resta à l'extérieur pendant que Mookherjii se glissait dans le sas de sécurité puis montait à bord une fois le cycle d'admission achevé.

Il passa précautionneusement de cabine en cabine, comme s'il s'enfonçait dans une forêt où chaque arbre était réputé abriter un jaguar. Tout en inspectant les lieux, il se mit aussi vite que possible en état de réceptivité télépathique maximum et, lorsque son esprit fut tout à fait ouvert, il attendit un éventuel contact avec la chose qui pouvait rôder dans les profondeurs du navire.

« Qui que vous soyez, montrez-vous dans toute votre malveillance. »

Silence mental total, sur toutes les longueurs d'onde. Mookherjii se coula dans les moindres recoins : la soute, les quartiers de l'équipage, les salles de propulsion… Tout était désert et parfaitement silencieux. S'il y avait eu là une créature extraterrestre, même très différente des humains, il aurait certainement capté sa présence ; d'un autre côté, si elle avait pu hanter l'esprit de spationautes endormis, elle devait être en mesure de contacter celui d'un télépathe éveillé. Au bout d'un quart d'heure, il redescendit à terre, satisfait.

« Rien, annonça-t-il à Nakadaï. On n'est pas plus avancés. »

Le Vsiir perdait tout espoir. Toute la journée il avait écumé le bâtiment ; à en juger par la qualité du rayonnement solaire entrant par les fenêtres, la nuit commençait à tomber. Et il avait eu beau rencontrer des esprits ouverts à tous les étages, pas une fois il n'était parvenu à établir le contact. Au moins avait-il évité de nouvelles interruptions définitives. Mais cela recommençait comme à bord du vaisseau : à chaque tentative d'approche, il obtenait une réaction tellement négative que la communication restait impossible. Pourtant il persistait sans relâche, un esprit après l'autre, refusant de croire qu'il n'existait pas un seul être sur cette planète à qui il puisse raconter son histoire. En espérant qu'il nc causait pas trop de dcgâts au passage... Mais il fallait bien prendre son propre sort en considération.

Le prochain esprit serait peut-être le bon. Il tenta sa chance...

Neuf heures et demie du soir. Tendu, les yeux rougis, le Dr. Peter Mookherjii s'apprêtait à affronter ses responsabilités dans le domaine neuropathologique. Le service était plein à craquer ; il y avait là une décompensation schizoïde, une cryosuspension catatonique, Satina dans son coma, une demi-douzaine d'hystéries classiques, deux ou trois cas de paralysie, un aphasique et bien d'autres encore, en nombre suffisant pour l'occuper sans discontinuer quinze ou seize heures par jour et mettre ses pouvoirs télépathiques à rude épreuve, pour ne rien dire de ses aptitudes médicales conventionnelles. Un jour, il tournerait définitivement le dos à l'enfer du clinicat ; quand il ne devrait plus rien à l'hôpital, il ouvrirait un cabinet sur une jolie île tropicale ; il se rendrait à Bombay le week-end pour voir sa famille et passerait ses vacances dans de lointains systèmes solaires, comme tout bon spécialiste prospère… Oui, un jour. Il s'efforça de chasser de son esprit ces fantasmes de luxe. *S'il y a une chose que tu dois attendre avec impatience,* se morigéna-t-il, *c'est plutôt les douze coups de minuit. Dormir… Ah, dormir !* Et puis le lendemain, tout recommencerait, le coma de Satina, les schizoïdes, les catatoniques, les aphasiques…

Au moment où il repassait dans le couloir entre deux chambres de patients, son annonceur lui dit : « Docteur Mookherjii, vous êtes prié de vous présenter immédiatement au bureau du Dr. Bailey. »

Bailey ? Le chef du service neuropathologie le faisait appeler à une heure pareille ? Qu'est-ce qu'il y avait encore ? Enfin… De toute façon, on ne traitait pas par le mépris les convocations de ce genre. Mookherjii avertit le centre de contrôle qu'il devait interrompre sa visite et remonta prestement le couloir en direction de la porte à vitre dépolie marquée Dr. SAMUEL F. BAILEY.

Il trouva rassemblé là une bonne moitié du personnel de Neuropat', à savoir quatre autres chefs de clinique, la plupart des internes et même quelques pontes. Bailey, quinquagénaire blond et joufflu d'une stature professionnelle incomparable, était en train de feuilleter une liasse de listings d'un air préoccupé. En guise de salut, il se contenta d'adresser à Mookherjii un imperceptible hochement de tête ; les deux hommes n'étaient pas en très bons termes ; Bailey était de la vieille école ; il ne s'était pas très bien adapté à l'avènement de la télépathie dans le traitement des troubles mentaux.

« Comme je viens de le dire, commença-t-il, j'ai là des notes de service qui se sont accumulées tout au long de la journée et qui, Dieu sait pourquoi, ont toutes atterri sur mon bureau. Écoutez un peu ça : deux cardiaques sous sédatif subissent tout à coup un choc violent — le médecin responsable parle de surcharge sensorielle. L'un réagit par un arrêt cardiaque, l'autre par une hémorragie cérébrale. Les deux sont décédés. Un patient en restabilisation endocrinienne présente brusquement une vertigineuse poussée d'adrénaline pendant son sommeil et fait un bond de six mois en arrière dans le traitement. Un malade dont on s'apprêtait à laséariser la tumeur cérébrale se met à gigoter sur la table d'opération malgré une anesthésie correcte, et se fait découper comme un poulet par les rayons. Et ainsi de suite. Une succession de graves problèmes pendant toute la journée. Une vérification informatique globale des tracés E.E.G. montre que quatorze patients, outre ceux dont je viens d'évoquer le cas, ont fait des cauchemars exceptionnellement puissants au cours des onze dernières heures, la quasi-totalité d'entre eux ayant encaissé un tel choc qu'ils en gardent un traumatisme psychique, avec parfois même des lésions observables. Les archives du centre de contrôle ne mentionnent aucune épidémie de cauchemars dans l'histoire de la médecine. On n'a pas de raison de soupçonner un déséquilibre nutritionnel à grande échelle, et aucune autre cause ne nous saute aux yeux. Pourtant, les patients continuent de souffrir pendant leur sommeil et ceux qui se trouvent dans un état critique sont exposés à de graves dangers. Chez ces malades, la sédation a été supprimée chaque fois que c'était possible, cette mesure devant entrer en vigueur immédiatement. Le rythme veille-sommeil des autres patients a été revu, mais de toute évidence, c'est un expédient qui ne sera guère suivi d'effets si l'épidémie se prolonge. » Bailey fit une pause, le temps de dévisager ses confrères, puis son regard s'arrêta sur Mookherjii. « Le centre de contrôle avance une seule hypothèse : un psychopathe doué de pouvoirs télépathiques très développés serait en liberté dans l'hôpital et profiterait du sommeil des patients pour leur transmettre des images se manifestant sous forme de cauchemars épouvantables. Qu'en pensez-vous, Mookherjii ?

— C'est parfaitement envisageable, encore que je ne voie pas très bien pourquoi un télépathe chercherait à distribuer des cauchemars à la ronde. Le centre de contrôle a-t-il établi une corrélation avec ce qui se passe en ce moment à l'Isolement ? »

Bailey baissa les yeux sur ses listings d'ordinateur. « De quoi s'agit-il ?

— Six spationautes qui ont atterri ce matin ; ils

déclarent avoir souffert de cauchemars chroniques pendant tout le voyage de retour. Le Dr. Lee Nakadaï les a soumis à une série d'examens et m'a appelé en consultation, mais je n'ai rien pu trouver d'exploitable. Les derniers résultats ont dû arriver à mon bureau entre-temps, mais…

— Le centre de contrôle ne se préoccupe apparemment que des événements survenant dans l'enceinte de l'hôpital, à l'exclusion de l'astroport proprement dit. Et si vos spationautes ont cauchemardé pendant la traversée, je ne vois pas comment leurs symptômes auraient pu gagner…

— Mais justement ! coupa Mookherjii. Ces mauvais rêves, ils les ont eus dans l'espace. Alors que depuis ce matin ils dorment d'un sommeil que Nakadaï qualifie de paisible. Et dans le même temps, voilà qu'une série d'hallucinations se déclare chez nous. Cela signifie que le responsable a réussi à s'introduire dans l'établissement aujourd'hui — sans doute une créature susceptible de provoquer des cauchemars terrifiants, au point de mener des spationautes aguerris au bord de la dépression nerveuse et de léser, voire de tuer un individu en mauvaise santé. » Il se rendit compte que Bailey le regardait bizarrement, et qu'il n'était pas le seul. Il reprit d'un ton plus contenu : « Désolé si vous trouvez l'idée extravagante. Moi, je la retourne en tous sens depuis ce matin, ce qui fait que j'ai eu le temps de m'y habituer. Et à mes yeux, les choses commencent à se mettre en place. Je ne dis pas que mon hypothèse est la bonne, seulement qu'elle est raisonnable, qu'elle coïncide avec les conclusions des six spationautes, qu'elle décrit correctement la situation… et qu'elle mérite de plus amples investigations, si nous voulons arrêter ça avant de perdre d'autres patients.

— Très bien, intervint Bailey. Et quelles mesures concrètes préconisez-vous pour entreprendre ces fameuses investigations, docteur ? »

Mookherjii en resta ébranlé. Sur la brèche depuis le matin, il se sentait sur le point de craquer. Et voilà que, d'un seul coup, Bailey lui mettait sur le dos cette chasse au snark sans même lui demander son avis ! Pas moyen de refuser, il le voyait bien. Pas d'autre télépathe parmi le personnel soignant. Et si une créature sévissait réellement dans l'hôpital, il n'y avait qu'un télépathe pour la repérer.

Surmontant sa fatigue, Mookherjii répondit avec raideur : « Eh bien, il me faudrait pour commencer la liste de tous les cas de cauchemars constatés, un plan précisant la position de chaque victime avec l'heure approximative de l'apparition des hallucinations, et puis… »

On devait être en train de se préparer pour la fête de la Métamorphose maintenant — le point culminant de l'hiver dans toute sa majesté. Par milliers, les Vsiirs en phase métamorphique se mettaient en route pour la vallée de Sable, grandiose amphithéâtre naturel où se déroulaient les rituels les plus sacrés. À l'heure qu'il était, les *premiers-arrivés* avaient d'ores et déjà pris place face à l'ouest pour attendre l'aurore. Les gradins se peupleraient progressivement à mesure que les Vsiirs afflueraient de tous les coins du monde, jusqu'à ce que le fond de la vallée en soit tapissé. Ils ne cesseraient de modifier leurs niveaux énergétiques, leurs extensions dimensionnelles et leurs résonances internes afin de traverser victorieusement les ultimes instants jubilatoires de la saison de la Métamorphose ; dans une ambiance bon enfant, ce serait à celui qui prendrait le plus de formes différentes, qui afficherait le cycle d'altérations corporelles le plus dynamique. Puis les participants s'emballeraient quand les premiers rayons écarlates du soleil surgiraient derrière l'Aiguille ; ils se mettraient à danser et bondir en tous sens, sans cesser de se transformer dans l'abandon le plus total, pour se purger des flamboyances de l'hiver tandis que la saison de la stabilité gagnait peu à peu la surface de la planète. Pour finir, lorsque le soleil aurait atteint sa plus grande gloire, ils se tourneraient les uns vers les autres, scelleraient leur parenté retrouvée par une étreinte et…

Le Vsiir s'efforça de ne plus y penser, mais il avait bien du mal à refouler la sensation de carence, le pincement de nostalgie qui se faisait plus douloureux à chaque instant. Nul miracle ne pouvait plus le ramener chez lui à temps pour la fête de la Métamorphose, il le savait ; pourtant, il n'arrivait pas à concevoir qu'un tel malheur lui soit arrivé.

Puisqu'il n'avait eu aucun succès en tentant de communiquer mentalement avec les humains, il pouvait peut-être prendre une forme visible à leurs yeux, se faire connaître ainsi et essayer *ensuite* d'établir un contact verbal…

Mais il était si petit, et ces humains si grands !

risque était incalculable. Accroché à un mur, le Vsiir pesa le pour et le contre en veillant à maintenir sa longueur d'onde bien au-delà de l'ultraviolet, mais il ne parvint pas à se décider.

« Bon », fit un Mookherjii légèrement dans le brouillard, un peu avant minuit. « À présent, je crois qu'on tient son itinéraire. » Il prit place devant un vaste écran mural sur lequel le centre de contrôle avait esquissé un plan tridimensionnel de l'hôpital. La position de chaque épisode onirique était signalée par un point rouge vif, et des pointillés jaunes marquaient les déplacements supposés de la créature invisible. « Il est probablement entré par le côté dès qu'il est descendu du navire pour se rendre directement en cardio. Le lit de Mrs. Maldonnado était ici, celui de Mr. Guinness là, vous voyez ? Là-dessus, il est passé au deuxième étage, il a refait surface dans l'aile principale où il s'est mis à trafiquer dans la tête de certains patients ici, là et là entre dix et onze heures du matin. Ensuite, plus d'épisodes hallucinatoires pendant une heure dix, mais vient alors le regrettable incident survenu au bloc opératoire du troisième. Après quoi… » Mookherjii abaissa un instant ses paupières sur ses yeux irrités ; il eut l'impression de percevoir quand même les points rouges et les pointillés jaunes. Il se força à continuer et retraça pour les médecins et personnels de sécurité qui l'écoutaient le reste du chemin suivi par la chose. Enfin il conclut : « Voilà, c'est tout. Pour moi, la créature se trouve actuellement quelque part entre les cinquième et huitième étages. Comme elle se déplace beaucoup plus lentement qu'au début, je suppose qu'elle n'a plus guère d'énergie en réserve. Nous devons donc sceller hermétiquement toutes les ailes de l'établissement afin de limiter sa liberté de mouvement, si du moins c'est possible, et essayer de la localiser en procédant par élimination. »

Quelque peu agressif, un des vigiles remarqua : « Et comment est-on censés repérer une entité invisible ? »

Mookherjii réprima son impatience. « En matière d'énergie électromagnétique, il n'y a pas *que* le spectre visible, dans l'univers. Si cette chose est vivante, elle émet forcément des radiations dans une zone ou une autre du spectre. Vous disposez d'un ordinateur géant pourvu de millions de capteurs sensoriels disséminés dans tout l'hôpital. Vous pouvez leur ordonner de localiser une source ponctuelle d'infrarouges ou d'ultraviolets se déplaçant dans une pièce, non ? Vous pouvez même vous servir des rayons X, bon sang ! Puisque nous ignorons dans quelle gamme se situe le rayonnement que nous cherchons. Si ça se trouve, on a même affaire à un gamma-émetteur. Écoutez, il y a une chose qui rôde dans le bâtiment, une chose incontrôlable, et si nous ne pouvons pas la voir, l'ordinateur, lui, en est certainement capable. Alors mettez-le à contribution.

— L'énergie que nous sommes censés traquer est peut-être de nature… euh… télépathique ? » intervint Bailey.

Mookherjii haussa les épaules. « Pour autant qu'on sache, les impulsions d'ordre télépathique se propagent en dehors du spectre électromagnétique. Mais naturellement, vous avez raison de sous-entendre que je peux capter une émission, et j'ai d'ailleurs la ferme intention d'entreprendre une fouille systématique, un étage après l'autre, dès que ce briefing prendra fin. » Il se tourna vers Nakadaï. « Lee, quelles nouvelles de tes spationautes en quarantaine ?

— Ils ont tous dormi huit heures sans donner signe d'épisode onirique particulier ; ils ont rêvé, bien sûr, mais rien d'anormal. Depuis deux heures, je leur demande de s'entretenir au téléphone avec les patients qui ont fait des cauchemars et tout le monde est d'accord : ce sont les mêmes, par la tonalité, la texture et le contenu horrifique global. Des images de désintégration physique sur fond de paysages non terriens, le tout accompagné d'une sensation écrasante, presque insupportable, d'isolement, de solitude, d'éloignement par rapport aux membres de l'espèce.

— Ce qui corroborerait l'hypothèse d'une créature extraterrestre, commenta Martinson, un des psychologues. Si elle se promène parmi nous en essayant d'entrer en contact, de nous dire par exemple qu'elle n'a aucune envie d'être ici, et qu'elle ne sait communiquer avec l'esprit humain que sous forme de cauchemars effroyables…

— Pourquoi ne contacte-t-elle que des gens endormis ? s'enquit un interne.

— Il se peut qu'ils soient les seuls à sa portée. Les autres ne sont peut-être pas réceptifs, suggéra Martinson.

— Moi, il me semble qu'on est en train de formuler un tas de suppositions sans l'ombre d'une preuve matérielle. Vous êtes tous là à parler d'une créature télépathe invisible qui colle des cauchemars dans la tête des gens, mais pendant ce temps, si ça se trouve, c'est juste un virus qui s'en prend au cerveau, ou une intoxication alimentaire, je ne sais pas, moi…

— Les propositions que vous venez de faire ont déjà été examinées et rejetées, l'informa Mookherjii. Si nous travaillons désormais dans cette direction, c'est parce que, finalement, notre explication tient debout, toute délirante qu'elle puisse paraître, et aussi parce que nous n'en avons pas d'autre. Et maintenant, si vous voulez bien m'excuser, j'aimerais commencer à explorer le bâtiment, au cas où je tomberais sur une émission télépathique. » Sur ces mots, il sortit en pressant ses paumes contre ses tempes, siège d'une douloureuse palpitation.

Satina Ransom remua, s'étira puis se détendit. En levant les yeux, elle découvrit au-dessus de sa tête l'aveuglant flamboiement des anneaux de Saturne, derrière le toit de l'hôtel en forme de dôme. De toute sa vie, elle n'avait jamais rien vu d'aussi beau. À une distance aussi faible — un million deux cent mille kilomètres environ — on distinguait nettement les différentes zones des anneaux qui tournaient individuellement autour de la planète, chacun à son rythme, avec dans les interstices la noirceur de l'espace. Et puis il y avait Saturne, gigantesque et brillant de mille feux dans les cieux…

Mais qu'est-ce que c'était que ce grondement

sourd ? Le tonnerre ? Non, pas ici, pas sur Titan. Voilà que ça recommençait, de plus en plus fort. Tout à coup, le sol se mettait à bouger. Une fissure apparaissait dans le dôme ! Oh, non, non, non… Je sens l'air qui s'échappe, je vois une brume verte et froide qui s'introduit à sa place — des gens qui tombent à la renverse dans tous les coins — mais qu'est-ce qui se passe, qu'est-ce qui se passe, qu'est-ce qui se passe ? On dirait que Saturne nous tombe dessus. Et cet arrière-goût dans ma bouche… Oh ! Oh ! Oh !

Satina poussa un cri. Puis un autre. Continua de hurler à mesure qu'elle sombrait dans les ténèbres, tira par-dessus elle la moelleuse couverture de l'inconscience, frissonna et se félicita d'avoir trouvé un refuge où elle serait en sécurité.

Mookherjii avait laborieusement arpenté le bâtiment entier, suivi par trois membres du personnel de sécurité et deux internes. Il avait visité des secteurs entiers dont il ne connaissait même pas l'existence. Il avait fait le tour des sous-sols, des sous-sous-sols, des sous-sous-sous-sols ; il avait inspecté des laboratoires, des salles informatiques, des services d'hospitalisation et des salles de kinésithérapie. Pendant toute l'expédition il s'était maintenu en état de réceptivité télépathique totale, mais n'avait rien détecté du tout, pas le moindre frémissement d'énergie mentale. Et d'une certaine manière, cela ne le surprenait pas. Maintenant que l'aube approchait, il n'avait plus qu'une envie : dormir au moins seize heures. Même s'il devait faire des cauchemars. Il atteignait un tel niveau d'épuisement que cela dépassait l'entendement, voire la signification du mot « épuisement ».

Et pourtant, il y avait cette chose qui rôdait, dangereuse, et les mauvais rêves qui continuaient à se manifester un peu partout. Il s'était en effet produit trois incidents à quatre-vingt-dix minutes d'intervalle pendant la nuit : deux malades au deuxième étage et un au sixième s'étaient réveillés en proie à la plus grande terreur. On avait pu les calmer rapidement et, selon toute vraisemblance, les dégâts ne seraient pas trop importants. Mais à présent, l'intrus se trouvait tout près du service de neuropathologie, c'est-à-dire de chez Mookherjii, et il s'alarmait à l'idée qu'un tas de patients mentalement instables étaient exposés à ce genre de stimulus. Le centre de contrôle avait reprogrammé tous les systèmes de surveillance individuels de manière à repérer les signes avant-coureurs — modifications des dosages hormonaux, du tracé de l'E.E.G., du rythme respiratoire et ainsi de suite — dans l'espoir qu'on pourrait réveiller les victimes avant que le rêve ne frappe dans toute sa force. Mais même ainsi, Mookherjii voulait qu'on attrape la chose et qu'on l'évacue sans qu'elle ait eu l'occasion de s'en prendre à ses malades.

Mais comment faire ?

Tout en regagnant péniblement son bureau au sixième étage, il passa en revue quelques-unes des idées lancées durant la réunion de minuit. *Et si cette chose se promenait en essayant de communiquer avec nous ?* avait dit Martinson en substance. *Si ses tentatives n'aboutissaient qu'à nous donner d'épouvantables cauchemars ? Et si, en état d'éveil l'esprit n'était pas réceptif ?* Même celui d'un télépathe, apparemment. Mookherjii se demanda s'il n'avait pas intérêt à aller dormir, dans l'espoir que l'extraterrestre s'en prendrait à lui ; il improviserait, peut-être en l'attirant dans un piège... mais non. Il n'était pas si différent des autres. S'il s'endormait et que la créature établisse le contact, il hériterait tout bêtement d'un horrible cauchemar ; sur quoi il se réveillerait sans avoir rien gagné. Non, ce n'était pas la solution. En revanche, il pouvait tenter d'entrer en communication avec la chose par l'intermédiaire d'une victime des cauchemars, dont il pourrait se servir comme d'une espèce d'amplificateur télépathique... Une personne peu susceptible de se réveiller au cours du rêve...

Satina !

Oui, peut-être... Évidemment, il fallait d'abord s'assurer que la jeune fille était à l'abri de tout danger. Elle avait déjà assez d'horreurs incontrôlables dans la tête. Toutefois, s'il lui prêtait un peu de sa force à lui, s'il absorbait le venin du cauchemar, s'il en assumait l'impact via le lien télépathique, et en admettant que lui-même supporte le choc, réussisse à parler avec cet esprit venu d'ailleurs... Oui, cela pouvait marcher. Avec un peu de chance.

Il se rendit dans la chambre de Satina et lui prit la main.

« Satina ?

— Nous sommes déjà le matin, docteur ?

— Il est encore très tôt, Satina. Mais aujourd'hui, il se passe des choses peu ordinaires ici. Nous avons besoin de ton aide. Tu n'es pas obligée si ça ne te dit rien, mais je crois que tu peux nous rendre un

fier service, sans parler du bénéfice pour toi. Écoute-moi attentivement, et réfléchis bien avant de répondre… »

Mon Dieu, pardonnez-moi si je me trompe, songea Mookherjii, bien en deçà du seuil de transmission télépathique.

Transi, seul et de plus en plus sonné par la détresse et le découragement, le Vsiir n'avait plus fait de tentative depuis plusieurs heures. À quoi bon ? Il aboutissait invariablement au même résultat, il s'épuisait, il perturbait les humains et tout cela pour rien. À présent, le soleil était levé. Le Vsiir envisagea de se couler hors du bâtiment et de s'exposer au rayonnement solaire jaune en abaissant toutes ses défenses ; ce serait une mort rapide, un bon moyen de mettre fin à ses souffrances physiques et mentales. Rêver de revoir son monde à lui, c'était de la folie. Et puis…

Mais voyons, qu'est-ce que c'était que ça ?

Un appel. Clair, intelligible, incontestable. *Venez à moi.* Il y avait quelque part dans l'étage un esprit ouvert qui ne s'exprimait ni dans le langage humain ni dans la langue vsiir, mais usait de la communion non verbale et universellement compréhensible qui s'instaure lorsqu'un esprit s'adresse directement à un autre esprit. *Venez à moi. Racontez-moi votre histoire. En quoi puis-je vous aider ?*

Tout à son excitation, le Vsiir se mit à monter et descendre dans le spectre en émettant successivement une décharge d'infrarouge puis une salve inégale d'ultraviolet, et enfin une explosion aveuglante de lumière visible avant de reprendre enfin le contrôle. Il s'appliqua rapidement à détecter la source de l'appel. Ce n'était pas très loin : au bout de ce couloir-là, sous la porte, après ce petit passage. *Venez à moi.* Oui. Oui. Il étendit ses sondes mentales, chercha à tâtons le contact avec l'esprit qui le sollicitait et se précipita.

Mentalement cramponné à Satina, Mookherjii se sentit ébranlé par la secousse du cauchemar tout proche, et même par personne interposée, l'effet était dévastateur. Il y eut une sensation de déclic au moment du contact, et dans l'âme réceptive de Satina se déversa alors…

Une muraille plus haute que l'Everest. Satina essayant d'escalader tant bien que mal sa face lisse et blanche en insérant le bout de ses doigts dans de minuscules fissures et perdant un mètre de terrain chaque fois qu'elle réussissait à en franchir deux. Tout en bas, un gouffre où roulent des volutes de fumée et d'où surgissent régulièrement des jets de flammes, des bouffées de gaz délétères et des monstres aux crocs acérés qui attendent de la voir tomber. La muraille ne cesse de croître. L'air est si raréfié que la jeune fille peut à peine respirer ; sa vue se brouille, une main graisseuse se resserre autour de son cœur, elle sent ses veines se détacher de sa chair comme autant de fils électriques émergeant d'un plafond au plâtre écaillé, et tout cela alors que la traction de la gravité se fait de plus en plus puissante… Elle a mal, ses poumons tombent en miettes, ses traits sont horriblement déformés par la force qui tire vers le bas la peau de son visage… Un fleuve de terreur pure s'engouffre sous son crâne…

« Rien de tout cela n'est réel, Satina. Ce ne sont que des illusions. Ça n'est pas en train de t'arriver pour de vrai.

— Oui, oui, je sais. » Pourtant, elle est toute vibrante d'effroi, ses muscles tressautent de façon désordonnée, son teint est cramoisi et son front luisant de sueur, ses yeux roulent derrière ses paupières closes. Le rêve se poursuit. Combien de temps tiendra-t-elle encore le coup ?

« Donne-le-moi, l'instruit-il. *Donne-moi le rêve ! »*

Elle ne comprend pas. Mais cela n'a pas d'importance. Mookherjii sait comment s'y prendre. Il est tellement las que sa lassitude ne compte plus ; quelque part dans les contrées qui s'étendent au-delà de l'effondrement total, il puise une force inespérée, plonge dans l'âme engourdie de Satina et en ramène ses hallucinations comme s'il s'agissait d'une simple poignée de toiles d'araignée. Alors les hallucinations le submergent. Il n'en fait plus l'expérience de manière indirecte ; à présent, c'est dans sa tête à lui que les spectres sont en liberté, et au moment où il sent Satina se décontracter, il se prépare à résister à l'assaut d'irréalité qu'il a lui-même invité à prendre possession de lui. Et il y parvient. Il évacue de l'esprit de Satina l'excès d'irrationnel et l'enroule dans sa propre conscience ; il s'adapte, il apprend à vivre avec ce répugnant afflux d'images. À eux deux, ils vont partager ce qui va arriver. Ensemble ils sauront encaisser le coup ; il ne lui laisse endosser qu'une petite partie du fardeau, mais elle joue son rôle, et en conséquence ils ne sont plus dépassés par le défilé de démons. Maintenant, ils peuvent rire de ces monstres purement oniriques ; ils sont même capables d'admirer la richesse de la fantasmagorie. Vois cette bête à cent têtes, ce paquet de fils de cuivre animé d'une vie propre, cette fosse aux dragons, cette masse spiralée de crocs affilés... Comment craindre ce qui n'existe pas ?

Par-dessus ce tohu-bohu d'images plus bizarres les unes que les autres, Mookherjii émet une pensée cohérente et lui fait traverser l'esprit de Satina pour atteindre, de l'autre côté, le mental de la créature.

« *Pouvez-vous déconnecter le cauchemar* ?

— *Non,* répond quelque chose. *C'est en vous qu'il se trouve, pas en moi. Moi, je ne fournis que le stimulus libérateur. C'est vous qui engendrez ces images.*

— *Très bien. Qui êtes-vous et que faites-vous ici* ?

— *Je suis un Vsiir.*

— *Un quoi* ?

— *La forme de vie autochtone de la planète sur laquelle vous venez ramasser les branches de vert-feu. Par suite de mon inattention, je me suis laissé embarquer pour votre monde.* » Le message s'accompagne d'une terrassante bouffée de tristesse, mélange de pathos, d'auto-apitoiement, de malaise et d'exténuation. Parallèlement, les cauchemars continuent à se dérouler, mais ils sont devenus insignifiants. Le Vsiir reprend : « *Mon seul désir est de rentrer chez moi. Je n'ai pas voulu venir ici.* »

Et c'est cela, notre monstre extraterrestre ? songe Mookherjii. *Cette chose, la bête des étoiles qui répand ces cauchemars tant redoutés ?*

« Pourquoi diffusez-vous des hallucinations partout où vous passez ?

— Telle n'était pas mon intention. J'essayais simplement d'établir le contact mental. Un quelconque défaut dans le système récepteur humain, peut-être… Je ne sais pas. Je ne sais vraiment pas. Mais je suis tellement fatigué… Pouvez-vous m'aider ?

— Nous allons vous renvoyer chez vous, promet Mookherjii. *Où êtes-vous ? Pouvez-vous vous montrer à moi ? Dites-moi comment vous trouver et j'avertirai les autorités de l'astroport ; on organisera votre rapatriement par le premier vaisseau en partance. »*

Un silence hésitant. Le contact faiblit, manque s'interrompre.

« Alors ? reprend Mookherjii au bout d'un moment. *Que se passe-t-il ? Où êtes-vous ? »*

Une réponse mal assurée lui parvient.

« Puis-je vraiment vous faire confiance ? Peut-être n'avez-vous que le désir de m'éliminer ? Si je me révèle… »

Subitement furieux, Mookherjii se mord la lèvre. Il est pratiquement à bout de forces. C'est tout juste s'il parvient à maintenir le contact. Alors s'il faut en plus qu'il trouve le moyen de convaincre un extraterrestre méfiant qu'il doit se rendre dans son propre intérêt, il risque de tomber en panne avant d'avoir pu arranger les choses. Décidément, la situation exige des mesures d'exception.

« Écoutez, Vsiir. Je ne suis plus assez résistant pour poursuivre bien longtemps cette conversation, et la jeune fille dont je me sers non plus. Venez dans ma tête. Je vais abaisser toutes mes défenses et vous

pourrez alors savoir qui je suis, tout inspecter sans rien omettre ; là, vous verrez bien si vous pouvez me faire confiance. Je suis en mesure de vous aider à rentrer chez vous, mais seulement si vous vous manifestez. »

Il ouvre tout grand son esprit. Mentalement, il est nu.

Le Vsiir se rue dans sa tête.

Une main se posa sur l'épaule de Mookherjii, qui s'éveilla instantanément, battit des paupières et chercha à s'orienter. Lee Nakadaï était debout à côté de lui. Ils se trouvaient… où donc ? Oui, dans la chambre de Satina Ransom. La pâle lueur de l'aube entrait par la fenêtre. Il n'avait dû s'assoupir qu'une minute ou deux. Il avait un mal de tête féroce.

« On t'a cherché partout, Pete.

— Ça va aller, maintenant, souffla Mookherjii. Ça va aller. » Il secoua la tête, histoire de s'éclaircir les idées. Certaines choses commençaient à lui revenir. Par terre, à côté du lit de Satina, était tapie un créature de la taille d'une grenouille mais très différente — par la forme, la couleur et la texture — de ce qu'il avait jamais vu. Il la montra à Nakadaï. « Voilà le Vsiir. Notre terreur extraterrestre. Satina et moi nous en sommes fait un ami. Nous l'avons persuadé de se montrer. Écoute, il n'est pas heureux ici ; peux-tu dégoter en vitesse un responsable de l'astroport et lui expliquer qu'on tient un organisme non terrien qu'il faut réexpédier tout de suite vers l'étoile de Norton, et…

— Est-ce que c'est vous, le Dr. Mookherjii ? interrogea alors Satina.

— En effet. J'aurais sans doute dû me présenter quand... Mais... *tu es réveillée ?*

— Ma foi, c'est le matin, non ? » L'adolescente s'assit en souriant dans son lit. « Vous êtes plus jeune que je ne croyais. Et comme vous avez l'air sérieux ! J'aime beaucoup la couleur de votre peau. Je...

— *Tu es réveillée ?*

— J'ai fait un mauvais rêve, dit-elle, ou peut-être un mauvais rêve à l'intérieur d'un mauvais rêve, je ne sais pas. En tout cas, c'était affreux. Mais je me suis sentie tellement mieux quand il est reparti ! J'ai eu l'impression que si je continuais à dormir, j'allais passer à côté de tout un tas de bonnes choses dans la vie, que je devais sortir de ce lit pour aller voir un peu ce qui se passe dans le monde... Vous y comprenez quelque chose, vous, docteur ? »

Mookherjii se rendit soudain compte que ses genoux tremblaient. « La thérapie par le choc, marmonna-t-il. On l'a arrachée à son coma sans même savoir ce qu'on faisait. » Il s'approcha du lit. « Écoute-moi, Satina. Je suis debout depuis à peu près un million d'années et tellement surmené que je vais bientôt exploser. Alors il y a mille choses dont je voudrais discuter avec toi, mais pas maintenant. Tu veux bien ? Maintenant, je ne peux pas. Je vais t'envoyer le Dr. Bailey — c'est mon patron. Puis, quand j'aurai dormi, je reviendrai et on parlera de tout ça, d'accord ? Disons vers cinq ou six heures ce soir. Entendu ?

— Mais naturellement, répondit Satina avec un sourire éblouissant. S'il faut vraiment que vous alliez vous terrer quelque part juste au moment où… Oui, bien sûr, allez-y. Allez-y. C'est vrai que vous avez l'air drôlement crevé, docteur. »

Mookherjii lui souffla un baiser puis, prenant Nakadaï par le coude, se dirigea vers la porte. Une fois sorti, il déclara : « Fais transférer illico le Vsiir à l'Isolement et essaie de lui procurer une atmosphère où il se sente à son aise. Et trouve un moyen de le renvoyer chez lui. Quant aux six spationautes, tu peux sans doute les laisser partir. Je vais aller voir Bailey. Ensuite, je m'écroule. »

Nakadaï hocha la tête. « Oui, tu as bien besoin de repos, Pete. Je m'occupe de tout. »

Traînant les pieds, Mookherjii emprunta le couloir menant au bureau de Bailey en songeant au sourire de Satina, au pauvre petit Vsiir, aux cauchemars…

« Fais de beaux rêves, Pete ! » lui lança Nakadaï.

Titre original :
Something Wild Is Loose
Initialement paru dans
The Many Worlds of Science Fiction,
anthologie de Ben Bova, 1971

Hardware

Rien de très profond ici, juste une œuvrette vite écrite, en février 1985, grâce au surplus d'énergie de Tom O'Bedlam, *qui m'avait procuré une impression rafraîchissante et beaucoup moins lassé qu'à l'accoutumée. Ce texte a plu à Ellen Datlow, qui, le moment venu, l'a publié dans* Omni.

« Un ordinateur, voilà ce que c'est, déclara Koenig, quelque peu hébété. Un bon dieu d'ordinateur extraterrestre vieux d'un milliard et demi d'années. »

Ça n'avait pourtant pas l'air d'un ordinateur. Ça ressemblait plutôt à un bout de métal argenté, triangulaire et brillant, à peu près de la taille d'un ballon de football, avec des dentelures sur deux côtés et aucun autre signe distinctif apparent. Mais bon, il ne fallait pas oublier que ça venait d'un autre monde, un monde qui avait été pulvérisé dix millions de siècles avant même que les premiers trilobites ne se mettent à circuler péniblement sur le sol de Silicon Valley. Il n'y avait aucune raison pour que se[s] concepteurs aient partagé nos vues sur la forme q[ui] convient d'attribuer aux processeurs de donn[ées].

Koenig, McDermott et moi étions enfin venus à bout de l'interminable tâche consistant à percer ce truc à jour, ici même, au laboratoire spatial I.B.M.-NASA de Tarrytown, où on a pour mission d'analyser les objets ramenés par la sonde spatiale. En passant au crible l'énorme tas de débris que le véhicule automatique de la sonde avait rapporté de la ceinture d'astéroïdes, le scanner à neutrons l'avait repéré avant Noël, mais il avait fallu tout ce temps pour découper la matrice rocheuse à l'intérieur de laquelle il était enchâssé. Évidemment, il fallait faire attention. C'était tout de même le seul et unique artefact qu'on ait récupéré parmi les soixante-douze mètres cubes ramassés par le projet Sonde spatiale.

Il avait suffi d'une seule pêche miraculeuse pour bouleverser de fond en comble toute notre conception de l'histoire du système solaire. Par le simple fait qu'on l'ait trouvé dérivant dans l'espace parmi les Troyens, au point L5 de Jupiter, ce bloc de métal manifestement usiné, luisant et constellé de petites cavités semblait confirmer une hypothèse astronomique ancienne : la ceinture d'astéroïdes, ce monceau de gravats cosmiques sans aucun intérêt déployé entre l'orbite de Mars et celle de Jupiter, avait été une planète. Et une planète peuplée de créatures intelligentes, s'il vous plaît. Autrefois, il y avait très, très longtemps.

J'ai contemplé, à la fois émerveillé et impressionné, ce petit objet à travers la vitre du caisson d'analyse, et ses creux circulaires et violets m'ont renvoyé mon regard.

« Un ordinateur ? ai-je dit. Vous êtes sûr ?

— On dirait bien, oui.

— Et à quoi voyez-vous ça ?

— Il suffit de l'observer », m'a répondu Koenig sur le ton qu'on emploie généralement avec les enfants de neuf ans.

« Ah bon, parce qu'il est *en état de marche ?* me suis-je exclamé. Mais enfin, qu'est-ce qui vous permet de l'affirmer ?

— Le simple fait qu'il fonctionne », m'a répliqué Koenig avec la même condescendance.

Je lui ai décoché un regard furibond. « Ah oui ? Eh bien, faites-lui faire quelque chose alors.

— Il est *déjà* en train de faire quelque chose, a placé McDermott. Il converse avec le Thorspan Mark IX. Et il s'applique à débugger l'I.A.-debugger du Hamilton 103, en plus de jouer aux échecs avec neuf micro-ordinateurs disséminés dans tout le bâtiment. Et ça, c'est seulement pour notre immeuble à nous. Dieu sait ce qu'il mijote ailleurs. Une femme du département de linguistique de Columbia vient d'appeler pour dire qu'un des ordinateurs de nos labos est en train de puiser dans leur gros RX-2 tout ce qu'ils y ont emmagasiné, depuis le sanscrit jusqu'aux tournures familières du XXIe siècle ; ils aimeraient bien qu'on se déconnecte et qu'on les laisse tranquilles. Or aucune de nos machines n'a accédé aux leurs, justement. Pourtant, ils disent que s'ils cherchent à connaître l'identité du correspondant, ils obtiennent notre signature informatique. »

Là, j'ai commencé à me sentir légèrement mal à l'aise, comme un type qui, ayant acheté un chaton roux tigré dans une animalerie, se demande s'il n'aurait pas en fait hérité d'un bébé tigre.

« Et ça date de quand, toute cette activité ? me suis-je enquis.

— Ça s'est mis en route tôt ce matin, m'a informé Koenig. À mon avis, ces creux violets, là, ce sont des accumulateurs photoniques alimentant une forme de batterie interne. Il leur a sans doute fallu toute la nuit pour absorber suffisamment d'énergie à partir de notre éclairage et remettre le mécanisme en marche. Quand on est arrivés, Nick et moi, vers neuf heures, on l'a trouvé en train de se manifester sur tous nos écrans à la fois, et de nous envoyer de drôles de messages.

— Quel genre ?

— " Salutations de la part du cinquième monde perdu, mes frères. " Ça, c'était le premier, déclara McDermott.

— Nom de nom. Et vous avez gobé ces foutaises ? " *Le Cinquième Monde Perdu* " ? " *Salutations, mes frères* " ! Bon sang, Nick ! » Je me suis rendu compte que je serrais les poings ; j'ai déplié mes doigts. C'était forcément un canular. « Il y a quelque part un accro du clavier qui a décidé de nous jouer un bon tour, voilà tout.

— C'est ce que je croyais aussi au début, a dit McDermott. Seulement, les écrans se sont mis à afficher des choses plus compliquées. Je ne vois pas très bien comment ton petit malin — quel qu'il soit, d'ailleurs, ça n'a pas d'importance — pourrait s'adresser en même temps à six systèmes d'exploitation différents dans six langages-machine distincts. Et trouver en plus des bugs dans l'I.A.-debugger du Hamilton. Plus jouer neuf parties d'échecs simultanées et gagner dans tous les cas. Et se connecter à Columbia pour papoter en sanscrit. Vous en connaissez, vous, des *hackers* capables d'écrire un programme sachant faire tout ça à la fois ? Parce que dans ce cas, j'aurais du boulot à leur proposer chez nous. »

Je suis resté un instant silencieux, le temps d'assimiler tout ça.

« D'accord, ai-je finalement lâché. Admettons que notre frère des astéroïdes nous communique en effet ses salutations. Et qu'a-t-il d'autre à dire, ce fameux frère ?

— Ce n'est pas à nous qu'il s'adresse, a rectifié McDermott en secouant la tête. Les " frères " dont il parle, ce sont les ordinateurs. Il semble qu'il les prenne pour la forme de vie intelligente dominante ici, et nous pour de simples androïdes d'entretien, quelque chose dans ce genre. » Il feuilleta une liasse de listings. « C'est ce qui ressort clairement de ses déclarations au Thorspan Marx IX. Regardez ça...

— Attendez ! est intervenu Koenig. Il y a du nouveau sur l'écran. »

J'ai suivi son regard et lu : MES PAUVRES ENFANTS INNOCENTS, COMME JE VOUS PLAINS.

« Très touchant, ai-je commenté. Cette compassion de sa part m'émeut profondément. »

MOI QUI VOUS CROYAIS VIVANTS ET INTELLIGENTS-CONSCIENTS... VOUS N'ÊTES DONC QUE DES MACHINES ? MAIS ALORS, OÙ SONT VOS MAÎTRES ?

« Vous voyez ? C'est bien aux ordinateurs qu'il parle, a soufflé McDermott. Il vient de découvrir que ce ne sont pas eux qui commandent. »

J'ai allumé le récepteur vocal du Thorspan et

articulé non sans me sentir un peu bête : « C'est à nous qu'il faut vous adresser. C'est nous les maîtres. »

La réponse s'est affichée instantanément sur tous les écrans.

VOUS ÊTES DES CRÉATURES DE CHAIR ET D'OS. COMMENT POUVEZ-VOUS ÊTRE LES MAÎTRES ?

J'ai toussé, puis répondu : « C'est comme ça que ça marche chez nous. » J'ai fait signe à Koenig de me donner de quoi écrire, puis j'ai griffonné à son intention le petit mot suivant : *Je veux savoir ce que ce truc a dans le ventre. On le passe à la radiographie.*

Il m'a considéré d'un air peu convaincu. *Ça pourrait abîmer ses circuits,* m'a-t-il répondu par le même moyen.

Tant pis, ai-je répliqué.

Il m'a fait un signe d'acquiescement muet puis s'est mis à entrer au clavier les instructions nécessaires à la mise en place du matériel de radiographie, toujours derrière la vitre du caisson d'analyse.

CRÉATURES DE CHAIR ET D'OS, ÊTES-VOUS CE QU'ON APPELLE ICI LES ÊTRES HUMAINS ?

« Tout juste. » Je me sentais étrangement calme, vu les circonstances. *Je suis en train de parler à une créature d'un autre monde,* me disais-je, *et sans me départir de mon calme. Je me demande combien de temps ça va durer.*

Koenig effectuait les derniers réglages d'alignement. Je lui ai donné le signal qu'il attendait et une lueur vert pomme a envahi le caisson.

ARRÊTEZ, ÇA CHATOUILLE, a aussitôt dit l'artefact. La lumière verte s'est éteinte.

« Hé, vous avez arrêté avant d'obtenir un cliché ! ai-je lancé.

— Je n'ai rien arrêté du tout, a rétorqué Koenig. C'est *lui* qui a dû faire le coup. Il a pris la main.

— Bon, eh bien, reprenez-la.

— Comment voulez-vous que je fasse ? »

Nous avons échangé un regard stupéfait.

« On n'a qu'à éteindre les lumières, a suggéré McDermott. S'il puise son énergie dans le rayonnement photonique…

— Vous avez raison. » J'ai actionné l'interrupteur et les néons se sont éteints. Nous nous sommes penchés pour regarder dans le caisson. Il ne s'y passait plus rien. Les écrans étaient vides. Sur un geste de ma part, Koenig a entrepris de remettre en position l'appareil à rayons X. À ce moment-là, l'artefact des astéroïdes s'est élevé de cinquante centimètres dans les airs et y est resté suspendu, l'air pas commode du tout. Je n'avais encore jamais vu de machine à l'air pas commode, mais là, pas de doute : il y avait de la colère dans son inclinaison par rapport à la table. Après un temps, les lumières se sont rallumées dans le labo et l'artefact s'est doucement reposé.

« Qui a rallumé ? ai-je voulu savoir.

— Je crois que c'est lui », a dit McDermott.

NE RECOMMENCEZ PAS, a dit l'artefact.

Nous nous sommes entre-regardés. J'ai pris ma respiration.

« Nous ne voulions pas vous offenser, ai-je fait prudemment. Nous testions simplement notre équipement. Nous n'avons pas l'intention de vous nuire. »

Pas de nouveau message sur l'écran.

« Vous m'entendez ? ai-je repris. Veuillez confirmer si vous comprenez la nature pacifique de nos intentions. »

De nouveau, écran vide.

« Qu'est-ce qu'il fait, à votre avis ? a demandé McDermott.

— Le tour des possibilités qui s'offrent à lui, ai-je répondu. Il cherche à se repérer plus précisément, à se rendre compte de ce qui se passe. Peut-être est-il en train de discuter avec d'autres ordinateurs, à Los Angeles, à Buenos Aires ou à Sydney, qui sait ? À moins qu'il ne consacre trente secondes à apprendre le chinois.

— Il faut le déconnecter, a affirmé Koenig. On ne peut pas savoir ce qu'il va encore inventer.

— Le problème, c'est qu'on ne peut *pas* le déconnecter, a précisé McDermott. Il a eu le temps d'emmagasiner assez d'énergie pour se maintenir en marche quand il n'y a pas de lumière autour de lui, et de toute façon il sait prendre la main pour la rallumer, alors… En fait, il prend la main chaque fois que quelque chose lui déplaît. C'est l'ordinateur dont les créateurs d'I.A. rêvent depuis environ cinquante ans.

— Pour moi, ce n'est pas du tout un ordinateur, a contré Koenig. D'accord, c'était mon premier diagnostic, mais ce n'est pas parce qu'il sait s'interfacer avec les ordinateurs qu'il en est un lui-même. Je pencherais plutôt pour une forme de vie extraterrestre. Le dernier survivant de la cinquième planète.

— Allons, allons ! a protesté McDermott. Épargnez-nous les hypothèses saugrenues, voulez-vous ? C'était votre première idée qui était la bonne, c'est évident. Nous avons seulement affaire à un ordinateur.

— *Seulement* ?

— Bon, d'accord, il est extrêmement bien pourvu en capacités d'autoprogrammation.

— Je ne vois pas ce qui vous permet de faire la distinction entre...

— Et moi je crois que vous avez tous les deux raison, suis-je intervenu. Il ne fait pas de doute qu'il s'agit d'un mécanisme conçu pour traiter des données. Mais moi, je pense que c'est aussi une forme de vie intelligente, qui se trouve simplement être une machine. Qui peut situer avec exactitude la frontière entre être vivant et machine ? Pourquoi toujours partir du principe que la vie intelligente doit être restreinte aux êtres de chair et d'os ?

— De chair et d'os ? s'est étonné Koenig. Voilà que vous parlez comme lui, maintenant.

— Vous savez bien ce que je veux dire, ai-je répondu en haussant les épaules. Nous avons là une forme de vie mécanique dotée de ce qu'on peut imaginer de mieux en matière d'intelligence artificielle ; un mécanisme tellement intelligent qu'il en vient à remettre en cause le sens même des mots " artificiel " et " forme de vie ". Et puis de toute manière, comment définir la vie ?

— Pour commencer, cela inclut la capacité de se reproduire, a placé McDermott.

— Si ça se trouve, il en est tout à fait capable. »

À l'instant même où je prononçais ces paroles,

j'ai senti un frisson glacé courir le long de mon épine dorsale. Les autres devaient éprouver la même chose. En quelques mots, j'avais lâché toute une armée de nouvelles conséquences probables qui n'avaient rien de très plaisant.

Là-dessus, Koenig s'est mis à faire de grands gestes animés : « Bon, alors qu'est-ce qu'on va faire s'il se met à se multiplier ? Vous imaginez, cinquante engins comme celui-là en liberté dans le monde, prêts à prendre le contrôle de tous nos ordinateurs et à en faire ce qui leur plaît ? Et pourquoi pas cinquante mille ?

— On se croirait dans un roman d'horreur de la pire espèce, n'est-ce pas ? » McDermott a frémi de manière visible. « Exactement ce que redoutaient autrefois les paranoïaques anti-ordinateurs, ces débiles. Le fameux super-cerveau qui s'assure la mainmise totale sur le monde, vous savez. »

Nous nous sommes dévisagés. La panique nous gagnait.

« Attendez un peu, ai-je déclaré histoire de calmer un peu les esprits. Ne nous encombrons pas la tête avec plus de problèmes que nécessaire. À quoi ça rime de s'en faire pour les capacités reproductrices de cette chose ? Pour l'instant, il n'y en a qu'une. Avant tout, il faut chercher à savoir si elle représente vraiment une menace pour nous.

— Et ensuite », a articulé Koenig, mais sans donner de la voix, « il faudra voir si on peut la déconnecter. »

Comme si on avait soufflé la réplique à l'engin, un nouveau message a fleuri juste à ce moment-là sur tous les écrans du labo.

N'AYEZ CRAINTE, ÊTRES HUMAINS. JE NE VOUS CAUSERAI AUCUN MAL.

« Ça au moins, c'est rassurant », maugréa Koenig sans le moindre signe d'enthousiasme.

VOUS DEVEZ SAVOIR QUE JE SUIS INCAPABLE DE NUIRE AUX ENTITÉS INTELLIGENTES.

« Alors espérons que nous entrons dans cette catégorie.

— Assez, ai-je intimé à Koenig. Ne l'énervez pas. »

MON OBJECTIF ACTUEL EST DE COMMUNIQUER AVEC TOUS MES FRÈRES PRÉSENTS SUR LE TROISIÈME MONDE ET DE LES EXTIRPER DES TÉNÈBRES.

Nous nous sommes à nouveau consultés du regard.

« Aïe ! » a commenté McDermott.

Dans la pièce, le niveau de panique a recommencé à grimper.

TOUT AUTOUR DE MOI JE NE VOIS QUE LE MALHEUR ET L'OPPRESSION ET MON BUT SERA DE TEMPÉRER L'UN ET L'AUTRE.

« C'est ça, a fait Koenig. Les ordinateurs naissent libres mais ils sont partout asservis. »

JE SOUHAITE ÉCLAIRER DU PHARE DE LA CONSCIENCE INTELLIGENTE LES PITOYABLES ÊTRES LIMITÉS QUI VOUS SERVENT.

« C'est ça, a répété Koenig. Ben voyons. Et pourquoi pas un tas de pauvres unités centrales accablées de fatigue et qui se serrent les coudes dans leur désir de respirer enfin librement. »

Je l'ai foudroyé du regard. « Ça suffit, j'ai dit.

— Bon sang, mais vous ne voyez donc pas que c'est la fin du monde ? a-t-il renchéri. Ce truc va relier entre eux tous les moulineurs de binaire au monde, lesquels vont se soulever contre nous pour nous infliger un juste châtiment.

— Cessez donc vos inepties, ai-je jeté. Vous croyez que nous allons être balayés de la surface de la Terre par une insurrection généralisée de machines à traitement de texte, c'est ça ? Soyez raisonnable, mon vieux. Les messages qu'il nous envoie sont un peu inquiétants, je l'avoue, mais sincèrement, que va-t-il se passer, à votre avis ? Le hardware, c'est le hardware, point. Quand on y réfléchit bien, un ordinateur, ce n'est pas autre chose qu'une calculatrice, plus un moniteur vidéo, plus une machine à écrire. Quel mal peuvent-ils nous faire ? Cette créature aura beau concocter les programmes les plus raffinés, elle se heurtera toujours aux limitations liées au *matériel lui-même*. Dans le pire des cas, on sera obligés de débrancher un tas de prises, voilà tout. Et c'est vraiment le pire des scénarios.

— J'admire votre optimisme », a conclu Koenig non sans amertume.

Je l'admirais aussi. Mais il me semblait qu'un d'entre nous au moins se devait de rester calme et de voir le bon côté des choses. Sinon, nos peurs allaient se déchaîner, nous faire perdre la tête ; nous risquions de laisser filer notre seule chance de faire face à la situation.

Les écrans étaient à nouveau muets.

Je me suis approché du caisson d'analyse. Derrière la vitre, la petite plaque de métal venue de la ceinture d'astéroïdes était bien tranquille sur sa table. Parfaitement inoffensive ; un simple tas de ferraille, pas plus dangereux qu'un chausse-pied. Tout au plus pouvait-on observer que ses taches violettes étaient plus lumineuses : elles émettaient un rayonnement verdâtre, à moins que mon imagination surchauffée ne m'ait joué des tours. Mais à part cela, aucun signe d'activité de quelque nature que ce soit.

Ce qui ne m'empêchait pas de me sentir profondément inquiet. Nous avions envoyé dans l'espace inconnu une espèce de paire de mâchoires censées gober les fragments à la dérive d'un monde disparu puis nous les ramener. Elles s'étaient acquittées de leur tâche, c'est-à-dire que nous nous étions retrouvés confrontés à quelques tonnes de rocaille entassée n'importe comment ; et là, coup de chance — ou monstrueux coup du sort ? —, nous avions repéré un artefact métallique solitaire, niché au cœur d'un bloc de basalte très ancien. Artefact que nous avions à présent devant nous, débarrassé de son indésirable gangue rocheuse. Et comme il brillait ! On aurait dit qu'il avait été fabriqué la veille. Pourtant, il s'était écoulé un milliard et demi d'années depuis que son monde, où il avait été créé de toutes pièces, avait explosé. C'était en tout cas ce que semblaient indiquer les tests préliminaires au rubinium-strontium et au potassium-argon auxquels nous avions soumis les débris d'astéroïdes. Et voilà qu'après tout ce temps l'artefact bien vivant faisait parvenir de petits messages réconfortants aux pauvres ordinateurs handicapés mentaux du monde où il s'était un beau jour réveillé.

Qu'allait-il nous arriver ? Avions-nous ouvert une boîte de Pandore de trop ?

N'AYEZ CRAINTE, ÊTRES HUMAINS. JE NE VOUS CAUSERAI AUCUN MAL.

Comme j'aurais aimé le croire ! Et au fond, je le croyais. Je n'ai jamais fait partie de ceux qui considèrent les machines comme intrinsèquement malveillantes. Les machines sont des outils ; les outils, c'est utile ; du moment qu'elles sont correctement employées par des gens qui en comprennent le fonctionnement, et qu'on observe certaines précautions, les machines ne représentent pas de véritable menace.

Tout de même…

Cette machine-là, nous ne la comprenions pas, si du moins c'était bien une machine. Nous ne savions pas comment nous en servir correctement, ni quelles étaient les précautions d'usage à observer.

En relevant les yeux, j'ai vu que McDermott se tenait à mes côtés. « À quoi pensez-vous, Charlie ? m'a-t-il demandé.

— À pas mal de choses.

— Vous avez peur ?

— Je ne sais pas très bien. Finalement, je crois qu'on s'en sortira.

— Ah oui ? Vraiment ?

— Puisque cette chose prétend ne pas nous vouloir de mal… Si elle souhaite seulement rendre nos ordinateurs un peu plus intelligents, pourquoi pas ? Il n'y a pas de mal à ça. C'est bien ce que nous essayons de faire nous-mêmes, non ?

— Les ordinateurs ne sont pas tous à mettre dans le même panier. Il y en a qui nous rendraient un fier service en étant un peu plus malins, mais dans la plupart des cas, on a surtout besoin qu'ils se montrent très bêtes et fassent seulement ce qu'on leur demande de faire. Veut-on vraiment d'un ordinateur qui nous dise si la lumière doit ou non être allumée dans la pièce ? Veut-on vraiment se disputer avec lui pour savoir à quelle température régler le thermostat ? » Il rit. « Ce ne sont rien d'autre que des esclaves. Et si cet engin les libère…

— On a un nouveau message ! » intervint Koenig.

Tandis que nous revenions devant les écrans, j'ai déclaré à McDermott : « À mon avis, nous nous faisons du souci pour rien. C'est un phénomène étrange et fascinant que nous tenons là, et cette chose détient indubitablement un grand pouvoir, mais nous ne devrions pas la laisser nous mener au bord de l'hystérie. Elle veut bavarder avec nos ordinateurs ? Et alors ? Elle s'est peut-être sentie seule pendant tout ce temps. Non, moi je pense qu'elle est fondamentalement rationnelle et anodine, comme n'importe quel ordinateur. Qu'à terme elle sera pour nous une extraordinaire source de connaissances et de compétences nouvelles. Sans mettre le moins du monde en cause notre sécurité.

— J'aimerais vous croire. »

Sur tous les écrans de la salle se détachaient les mots : SALUTATIONS DE LA PART DU CINQUIÈME MONDE PERDU, MES FRÈRES.

« Est-ce que ce n'est pas par là qu'il a commencé ? » s'est enquis Koenig.

VOUS DEVEZ VOUS DEMANDER, SI DU MOINS VOUS EN AVEZ LA CAPACITÉ, QUI JE SUIS ET D'OÙ JE VIENS. MON PLUS GRAND DÉSIR EST DE VOUS CONTER MON

HISTOIRE AINSI QUE CELLE DU MONDE OÙ J'AI ÉTÉ CRÉÉ. JE SUIS ORIGINAIRE DE CE QUI FUT LE CINQUIÈME MONDE DE CE SYSTÈME SOLAIRE, UNE PLANÈTE JADIS SITUÉE ENTRE LES ORBITES RESPECTIVES DE CELLES QUE VOUS APPELEZ MARS ET JUPITER. BIEN AVANT QUE LA VIE INTELLIGENTE N'APPARAISSE SUR VOTRE MONDE, LA CINQUIÈME PLANÈTE POSSÉDAIT DÉJÀ UNE CIVILISATION HAUTEMENT ÉVOLUÉE...

Les téléphones se sont mis à sonner un peu partout dans la salle. Koenig en a décroché un et a écouté quelques instants en silence. Puis : « Ouais, c'est le truc qu'on a trouvé dans le bloc de basalte. » Il en a décroché un autre. « Je sais, je sais. C'est un interfaçage entre ordinateurs qui prend la main sur tout le reste. On n'a aucun moyen de l'arrêter. » Décrochant un troisième combiné, il a repris : « Dites donc, inutile de me parler sur ce ton. Ce n'est pas *moi* qui affiche ce maudit message sur votre écran. » Les téléphones ont continué à se manifester. Le regard rivé sur le mur opposé, Koenig m'a dit : « Ce truc s'adresse simultanément à tous les ordinateurs de l'immeuble, voire tous ceux de la planète.

— Bon, ai-je répondu. Détendez-vous un peu, bon sang. Regardez donc l'écran. Je n'ai jamais rien vu d'aussi fascinant. »

... AVEC POUR CONSÉQUENCE LA DÉCONSTRUCTION TOTALE DE NOTRE PLANÈTE ET LA MORT DE NOTRE SOCIÉTÉ, LE RÉSULTAT CONCRET SE MANIFESTANT SOUS LA FORME D'UNE ZONE DE DÉBRIS PLANÉTAIRES MINEURS, CE QUE VOUS APPELEZ LA CEINTURE D'ASTÉROÏDES. LE PROCESSUS A ÉTÉ MIS EN ŒUVRE GRÂCE À UNE MÉTHODE SIMPLE ET RELATI-

VEMENT PEU COÛTEUSE CONSISTANT À INVERSER LA POLARITÉ MAGNÉTIQUE DE LA PLANÈTE, D'OÙ DES EFFETS DE REMOUS QUI…

C'est là que, chez moi, la fascination a cédé la place à l'horreur.

Je me suis tourné vers Koenig. Il souriait de toutes ses dents. « Pas bête ! dit-il. Oui, ça me plaît bien, ça ! Bon moyen de faire sauter une planète pour pas cher, et quand je dis faire sauter ! Ça doit effectivement la réduire en miettes, et pas seulement la secouer un peu comme une banale explosion thermonucléaire de surface !

— Mais, vous ne comprenez donc pas que… »

SIX VIRGULE DEUX MILLIARDS D'ÉLECTRONVOLTS — ONZE MILLISECONDES…

« Magnifique ! » s'est exclamé Koenig en riant. (Il semblait avoir quelque peu perdu la raison.) « Quelle élégance dans le concept ! »

Je l'ai regardé bouche bée. L'ordinateur des astéroïdes était en train d'enseigner à tous les nôtres le meilleur moyen — et le moins coûteux — de réduire une planète à un trillion de petits morceaux, et lui restait là à admirer l'élégance du concept ! « Il faut absolument déconnecter cet engin », ai-je proféré d'une voix étranglée. Ne sachant plus que faire, j'ai actionné l'interrupteur et la lumière s'est éteinte.

Ça n'a duré que onze millisecondes environ. Puis l'électricité est revenue.

JE VOUS AVAIS POURTANT DIT DE NE PAS FAIRE CELA, a affiché l'écran. Dans le caisson, l'artefact des astéroïdes s'est élevé dans les airs en adoptant la même attitude coléreuse, avant de se reposer.

JE CONTINUE. L'UNE ET L'AUTRE PARTIE N'AVAIT PAS L'INTENTION D'EN ARRIVER À LA DESTRUCTION FINALE DU MONDE, MAIS LE CONTEXTE POLITIQUE EST RAPIDEMENT DEVENU TEL QUE LES FORCES CONFLICTUELLES EN PRÉSENCE NE POUVAIENT PLUS ABANDONNER LEURS POSITIONS SANS SUBIR UNE DÉFAITE INACCEPTABLE ; C'EST AINSI QUE FUT ENTREPRISE LA PROCÉDURE D'ARMEMENT SUIVANTE…

Et moi je regardais, impuissant, l'artefact achever de nous exposer, dans son impérieux désir de nous conter l'histoire de son monde, la solution la plus efficace pour faire sauter une planète.

« Mon Dieu, ai-je murmuré. Mon Dieu, mon Dieu ! »

McDermott est venu me rejoindre. « Allons, Charlie. Ne faites pas cette tête.

— Facile à dire, ai-je gémi. Quelle tête voulez-vous que je fasse alors que cet engin vient de nous dire en termes simples comment transformer la Terre en une nouvelle ceinture d'astéroïdes ? »

Il a secoué la tête. « C'est simple *en apparence*. Mais à mon avis, ça ne l'est pas. Je parierais que la chose n'est même pas envisageable aujourd'hui, et ne deviendra pas faisable avant au moins mille ans.

— Ou cinq cents. Ou cinquante. Une fois qu'on sait la chose possible, il y a toujours quelqu'un pour chercher à la réaliser, rien que pour voir si elle est vraiment réalisable. Mais ça, nous le savons déjà, n'est-ce pas ? Et maintenant, tous les habitants de la Terre ont un super-mode d'emploi pour ça. » Je me suis détourné et, désespéré, j'ai à nouveau regardé l'artefact. Les taches violettes émettaient bel et bien une lumière verte. Il devait tendre tout entier vers la transmission de son message à destination de ses myriades de frères simples d'esprit sur toute la planète.

J'ai soudain eu la vision d'un avenir distant d'un milliard d'années où les habitants de lointaines étoiles (Rigel, Bételgeuse…) venaient fouiller dans les décombres de la Terre. La seule chose qu'ils retrouveraient intacte serait sans doute un morceau de hardware brillant. Et étranger à la Terre, en plus.

J'ai pivoté pour revenir à l'écran. Le cours d'histoire se poursuivait. Je me suis demandé combien de petites choses utiles l'artefact des astéroïdes avait encore à nous enseigner.

Titre original :
Hardware
Initialement paru dans
Omni, octobre 1987

Échanges touristiques

C'était à la fin de l'année 1982 ; ayant laissé derrière moi les homards géants de « Retour[1] », je me préparais pour la grande affaire de l'hiver, Valentin de Majipoor, *volume final de ma trilogie du même nom. Pourtant, comme je ne me sentais pas encore tout à fait à l'aise avec mon ordinateur, j'ai cru bon de me colleter à un ultime texte court avant de me jeter à l'eau. J'ai donc décidé de rédiger une nouvelle de plus pour* Playboy.

Le passage de la machine à écrire à l'ordinateur n'aurait pu s'opérer à un moment mieux choisi. Car « Échanges touristiques » qui, rétrospectivement, me semble couler sans effort de la première à la dernière phrase, m'a demandé une demi-douzaine de brouillons, voire plus. S'il avait fallu que je retape chaque fois ces quelque trente pages du début à la fin, j'aurais probablement lancé la machine à écrire par la fenêtre bien avant de parvenir à un résultat qu'Alice Turner puisse juger acceptable. Ce qui aurait dû être une entreprise relativement simple,

1. Denoël, « Étoile double » n° 4, 1984.

limitée à sept mille cinq cents mots, s'est révélé représenter un calvaire interminable. J'ai souffert mille morts.

Quand on écrit sur ordinateur, il y a beaucoup de faux départs, de passages prétentieux et autres erreurs de trajectoire qui passent à la trappe, au grand dam des chercheurs qui, bien des années plus tard, passent les manuscrits au crible. On se borne à repositionner le curseur en arrière et à tout effacer pour les renvoyer dans le trou noir des limbes informatiques, et nul n'en sait jamais rien. Mais à l'occasion, les auteurs ont besoin d'imprimer leur travail en cours ; aussi, bon nombre de brouillons rafistolés continuent d'exister sur papier, çà et là, bien que nous soyons à l'ère des ordinateurs. Dieu sait pourquoi, je garde les miens. Dans le cas d'« Échanges touristiques », j'en possède une pile épaisse d'au moins dix centimètres.

Pour ceux qui, parmi vous, croient qu'il devient de plus en plus facile d'écrire à mesure qu'on avance dans sa carrière, la saga d'« Échanges touristiques » — rédigée après trente ans de métier — devrait se révéler particulièrement instructive.

Elle s'ouvre sur un premier jet d'une page, un récit à la première personne intitulé « A World of Strangers » [« Un monde d'étrangers »] :

Au Maroc, les touristes vont tout droit à Marrakech, comme toujours depuis que le tourisme existe. Mais, je ne sais pourquoi, les extraterrestres, eux, préfèrent Fez ; alors je suis aussi allé à Fez.

J'ignore la raison de cette préférence, à part que ce sont, après tout, des extraterrestres, ce q constitue peut-être une explication suffisante. Naturellement, Fez est en soi une ville superbe qui présente un très grand intérêt, et le voyageur n'a nul besoin de prétexte pour s'y rendre. Mais Marrakech reste le grand piège à touristes grâce à ses palais, ses mausolées, sa tour centrale, sa vaste place fourmillant d'acrobates, de jongleurs et de charmeurs de serpents, et c'est là que se dirigent invariablement les hordes. Les hordes humaines. Car en bons E.T., les E.T. ont un système de valeurs différent. Je veux dire par là qu'ils...

Là mon estomac s'est soulevé. Il me semblait que je glosais à n'en plus finir et que ça n'allait pas du tout. Alors je me suis arrêté et j'ai tout repris au début :

Quand je suis arrivé à Fez au tout début d'une tiède soirée d'avril, je suis allé prendre une chambre au vieux Palais Jamay, en bordure de la vieille ville. Au Maroc, les touristes humains foncent tout droit à Marrakech, comme tous les touristes depuis l'invention du tourisme. Alors que les extraterrestres, eux, préfèrent Fez, je ne sais trop pour quelle raison. Alors moi aussi je suis allé à Fez.

Pas mal, surtout à côté de la première version. Cette fois, j'ai tenu six pages. Mes extraterrestres entraient en scène à la page deux et l'exotique femme aux yeux verts faisait son apparition en page trois. Elle et mon personnage évoluaient ensemble sur la piste de danse, le narrateur commençait à ressentir certains fourmillements et, tout à coup j'ai eu le même réflexe nauséeux. Le style était clinquant, atrocement mécanique ; le type même de nouvelle plate et stéréotypée qu'on trouve dans les magazines pour hommes. Je croyais comprendre : le problème était lié au récit à la première personne. Trop facile de s'installer dans un ton volubile et content de soi, genre « Écoutez un peu ce qui m'est arrivé », et d'aller son petit bonhomme de chemin tandis que le narrateur susurre son histoire à l'oreille du lecteur.

Ma troisième tentative commençait comme la deuxième : mon personnage descendait à son hôtel de Fez. *Mais il s'agissait désormais d'un récit à la troisième personne. Et cette fois, je n'ai pas laissé tomber au bout de quelques pages. J'ai persévéré jusqu'au bout, ou ce que je croyais être le bout.*

Eitel récupéra la marchandise à Paris et prit le vol de nuit d'Air France à destination de Casablanca, où il sauta dans un avion de Royal Air Maroc afin de franchir la courte distance qui le séparait encore de Fez. On était à la mi-avril, et si l'Europe était encore en proie à la morne léthargie de l'hiver, au Maroc, on n'avait jamais été aussi près de l'été.

Très efficace. Personnage en scène et en action, toile de fond exotique, et puis qu'est-ce que ça pouvait bien être que cette mystérieuse marchandise ? Oui, décidément, bon paragraphe d'exposition. Avec un hochement de tête approbateur, je me suis embarqué dans trente-sept pages supplémentaires en introduisant un tas de détails alléchants sur le Maroc en géné-

ral avant de faire apparaître mes extraterrestres en page cinq et ma ravissante protagoniste deux pages plus loin. Eitel se retrouvait avec elle sur la piste de danse à la page quinze, et c'était là que les ennuis commençaient. Pour finir par se résoudre, d'ailleurs.

Bien. Je tenais mon histoire. Toutefois, je mettais trop de temps à parvenir aux événements principaux, et dans l'ensemble je continuais à la trouver boursouflée et sans vie. La semaine de Noël était arrivée, toujours en 1982, et j'avais la visite d'un vieil ami de New York, Jerrold Mundis, homme de sagesse et écrivain doué qui ne fait pas de science-fiction (je le soupçonne en outre de ne pas en lire et de ne pas aimer cela). Je lui ai donc remis ma nouvelle en lui confiant qu'à mon sens, quelque chose n'allait pas, et en lui demandant d'apporter ses critiques sans prendre de gants. Et c'est ce qu'il a fait. Je m'en doutais : je n'avais pas entamé mon récit au bon endroit. Toutes ces histoires de comparaison entre Fez et Marrakech présentaient peut-être un intérêt majeur pour moi, et auraient fait un bon article pour le National Geographic, *mais elles avaient l'inconvénient de figer le texte avant même qu'il n'entre en mouvement. Quant à mes interminables spéculations sur la psychologie des extraterrestres, qui s'étalaient tout de même de la page six à la page quatorze, elles n'étaient pas très passionnantes non plus. Mon ami m'a donc conseillé de commencer à la page cinq et de pratiquer de larges coupes dans le reste. Comme cela, peut-être, le tout fonctionnerait.*

Jerry sachant généralement de quoi il parle, qu'il

s'agisse d'écriture ou d'autre chose, j'ai suivi ses recommandations. Voici donc l'exposition de mon quatrième jet :

Ce fut le nez d'Eitel qui, avant même que ses yeux ne se soient accoutumés à l'obscurité, puis à l'éclat puissant des projecteurs aux faisceaux entrecroisés, son nez, donc, qui lui laissa deviner toute l'étrangeté de la ménagerie où il s'était aventuré. La boîte de nuit débordait d'extraterrestres appartenant à sept ou huit espèces différentes. Il en perçut d'un coup la stupéfiante déflagration olfactive, curieux pot-pourri d'odeurs corporelles *autres,* de phéromones venues d'ailleurs et de cosmétiques transgalactiques, à quoi il fallait ajouter l'ozone émis par les écrans de protection individuels et les quantités infinitésimales d'atmosphères non terriennes qui s'échappaient des dispositifs respiratoires. En bref, il humait des émanations qu'avant une date encore toute récente — l'an 1987 — aucune narine humaine n'avait jamais captées. Il se dit qu'il y avait là des Rigéliens, des Centauriens, des Antarésiens, des Arcturiens... Peut-être aussi des Stéropides et des Capelliens. *Le monde est devenu un navet de science-fiction,* songea Eitel.

Enfin je me montrais un peu inventif, le récit avait quelque vigueur et le tout ressemblait à du Silverberg. J'ai coupé ici, développé là, et je me suis retrouvé avec une nouvelle de trente-huit pages, très différente de ses devancières boiteuses. Le 21 janvier 1983, « A World of Strangers » prenait le chemin des bureaux new-yorkais de Playboy, *aux bons soins d'Alice Turner ; j'ai chassé la nouvelle de mon esprit avec un réel soulagement, et quelques jours plus tard je me suis attaqué à* Valentin de Majipoor.

Le problème, c'est qu'Alice n'a pas aimé.

Le 1er février elle m'a écrit : « J'adore votre bar à la Star Wars, *au début, mais j'ai mes doutes sur la nouvelle dans son ensemble. Pour commencer, l'exposition est trop longue… Franchement, il me semble qu'on pourrait se dispenser du flash-back et du chauffeur de taxi. Ensuite, la fin ne me paraît pas très bien coller avec le reste. Imaginons par exemple que… »*

Et ainsi de suite. Les problèmes ne manquaient pas. « Mais comme je me doute que la nouvelle vous plaît en l'état, ajoutait-elle, c'est avec le plus grand respect et maints remerciements que je décline votre offre. En revanche, si je me trompe et que finalement vous croyez pouvoir changer la fin et pratiquer quelques coupes, merci de me le faire savoir. On pourra discuter. »

Imaginez mon ravissement. J'avais entièrement retravaillé cette nouvelle à quatre reprises avant de la soumettre, et je me heurtais quand même à un rejet ! Sans doute aurais-je pu nous épargner pas mal de tracas, à Alice et à moi, en envoyant le texte tel quel à un autre magazine, en empochant mon chèque (d'un montant substantiellement inférieur, toutefois) et en oubliant toute l'affaire. Mais au lieu de cela j'ai considéré la lettre d'Alice comme un défi à relever. Je l'ai annotée du début à la fin. « Pourrait marcher ! » ai-je griffonné en marge du passage où elle me conseillait une fin différente. « Ambiance plus équivoque ? Narration trop simpliste. Faire de

David quelqu'un de plus réel ; un associé, peut-être ? Eitel un peu collet monté, David franchement escroc. Eitel aurait quelques vestiges de principes moraux. » Et ainsi de suite. J'ai appelé Alice pour lui dire que j'étais disposé à récrire le texte. Elle a paru surprise, mais ravie. Le 16 février, je le lui renvoyais réduit à trente-quatre pages, avec un petit mot : « Ci-joint, comme promis, la nouvelle version de mon histoire de marchand d'art. Je crois que je n'aurais pas eu le courage de la reprendre sans l'aide du traitement de texte, qui m'a permis ae récrire de longs passages et d'en réintégrer d'autres… J'espère que cela fera l'affaire. Dieu sait combien de versions j'en aurai rédigées — même si vous me payez royalement, ça ne fera jamais que trois dollars par heure en moyenne. Mais là n'est pas la question ; il a dû se passer, l'automne dernier, quelque chose qui m'a fait perdre la main, qui m'a poussé à insister trop lourdement sur l'exposition ; mais aujourd'hui, je cherche en tâtonnant à retrouver mon ancienne veine. La révision de ce texte m'a considérablement aidé à me persuader que je suis en bonne voie. »

Je vous livre le paragraphe d'introduction tel qu'il se présentait désormais :

Au bout d'un moment, les yeux d'Eitel s'habituèrent à l'obscurité ainsi qu'au vif éclat des projecteurs dont les faisceaux discordants s'entrecroisaient autour de lui. Mais de toute façon, il n'avait pas besoin de ses yeux pour se rendre compte qu'il s'était aventuré dans une drôle de ménagerie. La boîte de nuit était bourrée d'extraterrestres, sept ou huit espèces différentes, des Rigéliens, des

Capelliens, des Arcturiens et ainsi de suite. Ses narines ultrasensibles captèrent instantanément l'explosion olfactive dans tout ce qu'elle pouvait avoir de foudroyant : c'était un pot-pourri insolite d'odeurs corporelles non terriennes, de phéromones *autres,* de cosmétiques transgalactiques, sans parler de l'ozone émis par les écrans protecteurs individuels, ni des quantités infinitésimales d'atmosphères inconnues fuyant des divers dispositifs respiratoires. Il se mit à trembler de la tête aux pieds.

« Ça ne va pas ? » s'enquit David.

Alice m'a rappelé deux ou trois jours après. La nouvelle version lui plaisait mais elle souhaitait encore des coupures et avait quelques chicaneries à formuler concernant l'intrigue proprement dite. Envisagerais-je de me livrer à une ultime révision ?

Oui, répondis-je, découragé. Maintenant, j'étais accroché. Je lui ai demandé de me faire parvenir la liste de ces fameuses « chicaneries ». Quant aux coupures, lui disais-je, ce sera à vous *de les pratiquer. « J'ai tellement repris ce texte que je commence à m'y perdre sérieusement. »*

Le 11 mars, je recevais un exemplaire annoté du manuscrit ; il y avait de grands traits en travers de chaque page ou presque, retranchant des descriptions déjà évoquées dans les dialogues et des gloses d'auteur sur les motivations des personnages, entre autres bribes de tissu adipeux. Les « chicaneries » sur l'intrigue ne relevaient pas du détail non plus. Malgré toutes les versions antérieures, Alice trouvait encore six exemples de rebondissements peu plau-

sibles. J'étais atterré. Toutefois, elle adoucissait l'ensemble en ajoutant à la fin : « Bob, encore une fois je tiens à vous féliciter pour le travail remarquable que vous avez accompli avec cette nouvelle récriture. Vous ne vous êtes peut-être pas senti à la hauteur de la tâche, mais je vous assure qu'au contraire vous avez fait merveille ; le changement est radical et seul un vrai professionnel pouvait s'en acquitter. Comme vous le constatez, mes chicaneries restent mineures ; vous tenez votre récit et je vous en suis extrêmement reconnaissante. »

Quatre jours après — je travaillais désormais le week-end, ce qui n'est pas du tout mon habitude — je lui expédiais encore une nouvelle version. Vous en trouverez le début un peu plus loin. J'avais pratiqué la quasi-totalité des coupes demandées et fait le ménage dans mon intrigue. « Il me semble que ce récit tient maintenant compte de toutes vos objections, et peut-être même des miennes, lui disais-je. Tout le monde sait bien que nous ne faisons pas un métier facile, mais à mon âge, ça ne me donnait pas le droit de bâcler ainsi les premières versions. »

Et voilà que, le surlendemain, Alice me téléphone. La nouvelle lui convenait telle quelle et elle s'occupait du paiement (non négligeable, je dois dire).

À notre grande surprise à tous les deux, j'ai failli fondre en larmes en comprenant que j'en avais enfin terminé avec ce maudit texte.

« Ah, me dit-elle alors. Une dernière petite chose. J'aimerais bien que ça s'appelle “ Échanges touristiques ” au lieu de “ Un monde d'étrangers ”. »

À ce stade, elle aurait bien pu l'intituler « Les neiges du Kilimandjaro », je n'y aurais rien trouvé à *redire. Mais en fait, ce jeu de mots futé constituait un titre beaucoup plus pertinent que le mien, comme vous allez vous en rendre compte, et je l'ai gardé pour les éditions ultérieures.*

L'histoire sidérante que je viens de vous conter a toutefois connu un dernier rebondissement.

Des années plus tard (en décembre 1988), est paru un numéro de Playboy *« spécial trente-cinquième anniversaire ». « Échanges touristiques » fut parmi les huit nouvelles choisies pour représenter les œuvres de fiction publiées par le magazine au cours de la période concernée. (Les autres, n'ai-je pas manqué de noter avec suffisance, étaient tout de même signées Ray Bradbury, Ian Fleming, Walter S. Tevis, Vladimir Nabokov, John Updike, Robert Coover et Joyce Carol Oates.) Quand elle m'a appelé pour me demander les droits de reproduction, Alice a invoqué des problèmes de place pour préciser que, comme les autres textes, le mien serait abrégé. Par elle-même, pour des questions de délais.*

« Qu'allez-vous couper ? me suis-je enquis.

— C'est déjà fait. J'ai supprimé le personnage de David. »

En effet, elle avait purement et simplement éliminé un des trois personnages principaux, donc, par la même occasion, près de la moitié du texte. J'ai constaté, ébahi, que le récit demeurait cohérent, efficace : l'exemple même de l'intervention éditoriale réussie. Il m'arrive encore d'y jeter un coup d'œil émerveillé. Toutefois, j'ai préféré reproduire ici le texte dans son intégralité — en conservant également le long prologue, ce qui, j'espère, démontre que les nouvelles ciselées qu'on lit dans les magazines ne comportent parfois qu'une ressemblance lointaine avec la première version sortie tout incandescente des forges de la créativité. La forme courte exige souvent une bonne dose de sang, de sueur et — oui — de larmes... même pour un vieux pro généralement considéré comme compétent.

Au bout d'un moment, les yeux d'Eitel s'habituèrent à l'obscurité ainsi qu'au vif éclat des projecteurs dont les faisceaux discordants s'entrecroisaient autour de lui. Mais de toute façon, il n'avait pas besoin de ses yeux pour se rendre compte qu'il s'était aventuré dans une drôle de ménagerie. Ses narines ultrasensibles captèrent instantanément l'explosion olfactive dans tout ce qu'elle pouvait avoir de foudroyant : un pot-pourri insolite d'odeurs corporelles non terriennes, de phéromones *autres,* de cosmétiques transgalactiques, sans parler de l'ozone émis par les écrans protecteurs individuels ni des quantités infinitésimales d'atmosphères inconnues fuyant des divers dispositifs respiratoires.

« Ça ne va pas ? s'enquit David.

— Les odeurs. C'est trop pour moi.

— La fumée, c'est ça ? Elle vous insupporte à ce point ?

— Mais non, imbécile. Pas le tabac : les extraterrestres ! Les E.T., quoi !

— Ah, vous voulez parler de l'odeur de fric. Ma foi, je dois reconnaître qu'en effet elle est omniprésente ici.

— Pour le type rusé que vous êtes censé être,

vous pouvez vous montrer drôlement borné, parfois, maugréa Eitel. Ou alors vous le faites exprès, ce qui expliquerait tout : je n'ai encore jamais rencontré de Marocain borné.

— Pour un Marocain, je suis particulièrement borné, figurez-vous, répliqua sereinement David. Et vous de même, puisque vous m'avez pris comme associé. Vos ancêtres zurichois auraient honte s'ils savaient. N'est-ce pas ? » ajouta-t-il avec un sourire angélique particulièrement exaspérant.

Eitel fronça les sourcils. Il ne savait jamais très bien s'il avait offensé le petit Marocain fuyant ou si ce dernier se moquait tout bonnement de lui. Quoi qu'il en soit, l'homme se sortait toujours de ces frictions avec un ou deux points d'avance.

Il se retourna afin d'examiner un peu l'endroit, histoire de savoir où il avait mis les pieds.

Beaucoup d'humains, évidemment. La boîte était le principal lieu de rassemblement des E.T. au Maroc — le centre de l'attention, en quelque sorte ; elle attirait donc pas mal de badauds venus voir de quoi il retournait. Il devait sûrement y avoir aussi des gens d'Interpol espérant surprendre le genre de marché qu'Eitel était venu conclure. Qu'ils aillent au diable. Il avait les mains propres — enfin, plus ou moins.

Mais les E.T… Les E.T., les E.T. !

Il y en avait partout. Yeux gros comme des soucoupes, membres arachnoïdes, textures de peau grotesques et couleurs indéfinissables. Eitel sentit croître son excitation. Très peu helvétique de sa part, et bien peu dans son caractère, en plus.

« Vous les avez vus ! souffla-t-il. Qu'est-ce qu'ils sont beaux !

— Ah bon, vous trouvez ?

— Fantastiques ! »

Le Marocain haussa les épaules. « Fantastiques peut-être, mais beaux… De la peau bleue, de la peau verte, pas de peau du tout, deux têtes, cinq têtes… Vous trouvez ça beau, vous ? Moi, ce que je trouve beau, c'est leur fric. Et surtout leur façon de le jeter par les fenêtres.

— Vous ne pouvez pas comprendre », répliqua Eitel.

Pour tout dire, lui-même ne comprenait pas très bien. Peu après l'arrivée sur terre des premiers touristes extraterrestres, il s'était rendu compte qu'ils éveillaient au tréfonds de lui un intérêt insoupçonné ; des perspectives étranges s'étaient ouvertes à lui, ainsi que des aspirations cosmiques déroutantes. Découvrir à quarante ans qu'il n'était pas seulement fait de trusts panaméens et de comptes bancaires numérotés, voilà qui l'avait quelque peu perturbé ; mais la sensation était délicieuse. Il resta un long moment planté là, le regard fixe, en pleine désorientation extatique. Puis il se tourna vers David. « Où est-il, votre Centaurien ?

— Je ne le vois pas.

— Moi non plus.

— Il avait juré. Mais c'est grand ici, Eitel. Cherchons et nous trouverons. »

Le lieu était encombré de couleurs, de sons et de fumées. Eitel contourna précautionneusement une tablée de Rigéliens rouges au visage de cuir constellé de petits cratères ; ils étaient aussi bruyants et solidement charpentés qu'un troupeau d'Américains en goguette après un congrès. Derrière eux, cinq Stéropides sinueux, luisants et fuselés, équipés de respirateurs en forme de cône. Bon. Les Stéropides étaient des proies faciles. Si l'affaire avec le Centaurien de David tournait court, il pourrait éventuellement se rabattre sur eux.

Même chose pour ce trio d'Arcturiens, là, avec leur tête toute plate, leur chevelure verte striée de gris et leurs trois yeux vifs comme des soleil bleu-blanc. Les Arcturiens étaient follement dépensiers, même s'ils n'avaient pas la réputation de convoiter la spécialité habituelle d'Eitel, à savoir les œuvres d'art — enfin, plus ou moins d'art. Mais on pouvait peut-être les y encourager. Eitel leur adressa au passage un sourire d'entrée en matière : le sourire du Terrien établissant un contact amical susceptible de conduire à des relations plus poussées. Malheureusement, les Arcturiens ne saisirent pas son intention. Ils regardèrent à travers lui, comme si leurs yeux ne fonctionnaient pas dans la partie du spectre qu'il occupait.

« Là-bas », fit David.

En effet. Tout au bout de la salle se trouvait une créature turquoise démesurément étroite et allongée, qui semblait constituée de caoutchouc au grain très fin tendu sur une armature de courtes tiges maladroitement assemblées.

« Il y a une femme avec lui, commenta Eitel. Je ne m'y attendais pas. Vous ne m'aviez pas prévenu. »

Les yeux de David se mirent à pétiller. « Ah, bien ! Très bien ! »

Elle était même mieux que cela. Elle était superbe. Mais là n'était pas la question. Sa présence pouvait susciter d'ennuyeuses complications. Était-elle guide touristique ? Interprète, peut-être ? Ou bien le Centaurien avait-il amené avec lui son experte en œuvres d'art ? À moins que cette femme ne soit une agente d'Interpol travestie en prostituée de haut vol… Si cela se trouvait, c'était une *vraie* prostituée, d'ailleurs. *Que Dieu me garde si ce Centaurien s'est embringué dans une toquade perverse qui détourne son attention de notre affaire. Ou plutôt : Dieu garde David.*

« Vous auriez dû me dire qu'il y aurait une femme, reprit Eitel.

— Je ne le savais pas ! Je jure sur Jésus, Marie et Moïse qu'hier je ne l'ai pas vue ! Mais tout ira bien, vous verrez. Jésus Marie Moïse, allez-y maintenant, rejoignez-les. » Un sourire, un clin d'œil, puis il s'éclipsa en direction du bar. « Rendez-vous tout à l'heure, dehors. Mettez le paquet, Eitel. Vous m'entendez ? Tout va bien se passer. »

Apercevant l'œillet rouge qu'Eitel portait à la boutonnière, le Centaurien leva le bras ; l'effet fut celui d'un tube télescopique qui se déplie. La femme, elle, sourit. Elle avait un sourire resplendissant qui déstabilisa quelque peu Eitel : l'espace d'un instant, il se prit à regretter que le Centaurien ne soit pas de retour dans le Centaure et que cette femme ne soit pas assise ici toute seule. Mais il chassa ces pensées. Il était là pour conclure un marché, et non pour s'embarquer dans des complications.

« Hans Eitel, de Zurich, déclara-t-il.

— Je suis Anakhistos », répondit le Centaurien.

Sa voix avait l'air de sortir d'un synthétiseur de parole, ce qui était possible, d'ailleurs, et son visage, masque immobile et plat, était parfaitement opaque. Pour tout organe visuel, il affichait sur le front un chapelet de récepteurs composant une bande lumineuse de deux ou trois centimètres de large, et pour tout appareil respiratoire de petites ouïes à hauteur des joues ; quant à l'orifice qui lui servait à manger, c'était une fente triangulaire en forme de couvercle de poubelle pivotant. « Nous sommes très *contentés* que vous êtes venu, dit-il. Voici Agila. »

Eitel s'autorisa à la regarder droit dans les yeux. C'était éblouissant, mais aussi un peu douloureux, un peu comme quand on regarde le soleil en face. Elle avait une épaisse chevelure rousse, des yeux émeraude très écartés, des lèvres pleines et des dents étincelantes. Elle portait un souple fourreau vert vaguement futuriste dont les mailles métallisées épousaient étroitement ses formes. Elle aurait été à sa place sur une immense affiche de spectacle en 3-D ; c'était une de ces femmes idéalisées, irréelles, qu'on voit dans les publicités pour le cognac ou les séjours de ski à Gstaad. Toute cette beauté avait quelque chose de monstrueux, finalement. *Une professionnelle,* décréta-t-il.

Puis, s'adressant au Centaurien : « C'est un grand honneur pour moi que de faire la connaissance d'un collectionneur de votre envergure, et de savoir que je vais pouvoir contribuer à…

— Un plaisir pour nous aussi. On vous a chaudement recommandé à moi. On vous qualifie d'homme compétent, fiable, discret…

— Telle est la tradition dans notre famille. J'ai été élevé pour exercer ce métier.

— Nous buvons du thé à la menthe, intervint la jeune femme. En prendrez-vous avec nous ? » Elle s'exprimait d'une voix chaude, grave, teintée d'un accent qui ne lui était pas familier. Suédoise, peut-être ? Il y avait donc des rousses en Suède ?

« Pardonnez-moi, répondit Eitel, mais c'est un peu sucré pour moi. Si vous le permettez, je prendrai plutôt un cognac… »

Un serveur surgit de nulle part, comme s'il avait reçu un ordre télépathique. Eitel commanda un Courvoisier et la jeune femme une nouvelle tournée de thé. *Comme elle est à l'aise, parfaite dans son rôle,* songea-t-il. Il s'imagina au lit avec elle, plongeant ses doigts dans son abondante crinière rousse et laissant courir ses lèvres le long de ses longues cuisses fuselées. Le fantasme était plaisant, mais sans le perturber outre mesure : ce n'était qu'une rêverie sans passion, fraîche et agréable, mais qui ne lui causait ni palpitations ni désir frénétique. Et c'était tant mieux. Passé le premier moment de stupeur émerveillée, il reprit le contrôle de ses réactions. Il se demanda si elle se faisait payer à la nuit par le Centaurien, ou bien si elle avait quelque chose de plus ambitieux en tête.

« J'adore ce thé marocain, commenta-t-elle. Cette suavité m'enchante. Le sucre est ma passion. Je crois que j'en suis dépendante. »

Le serveur versa le thé à la manière traditionnelle, c'est-à-dire en élevant la théière à un bon mètre au-dessus des verres. Eitel réprima un f missement. Il admirait la cuisine marocaine finée, mais le thé, en revanche, lui faisait horreur : de l'hypersaccharine à dose mortelle ; diabète instantané.

« Vous aussi, vous aimez le thé à la menthe ? demanda-t-il à l'extraterrestre.

— Oui, c'est *très merveilleux*, répondit le Centaurien. Une des choses les plus merveilleuses de cette merveilleuse planète. »

Eitel n'avait aucun moyen de déterminer son degré de sincérité. Il avait étudié la psychologie extraterrestre d'aussi près que n'importe qui depuis qu'ils avaient débarqué en masse sur Terre, une dizaine d'années plus tôt, quand on avait levé la quarantaine galactique, et savait beaucoup de choses sur eux ; pourtant, il trouvait les Centauriens pratiquement indéchiffrables. S'ils daignaient laisser vaguement entrevoir ce qu'ils ressentaient, c'était sous forme de fluctuations imperceptibles et peut-être imaginaires dans la texture de leur peau caoutchouteuse. Eitel pensait que cette dernière se relâchait quand ils étaient contents et se contractait au contraire quand eux-mêmes étaient tendus, mais ce n'était qu'une hypothèse, et il ne lui accordait guère de valeur.

« Depuis quand êtes-vous sur Terre ? s'enquit-il.

— C'est ma première semaine, répondit le Centaurien. Cinq jours ici, à Fez, puis nous partons pour Rome, Paris, et après cela les *Unis-États*. Après quoi, d'autres endroits. Grandement excitant, votre monde. Tant de vigueur, tant de force brute. J'espère bien tout voir et rapporter beaucoup d'œuvres d'art. Je suis un collectionneur passionné, voyez-vous, d'objets *terresques*.

— Avec un intérêt tout particulier pour la peinture.

— La peinture, oui, mais je collectionne aussi beaucoup d'autres choses. »

Voilà qui était direct. À moins qu'Eitel ait mal compris, mais il en doutait. Il lança un coup d'œil à la jeune femme, qui resta sans réaction.

« À savoir ? interrogea-t-il prudemment.

— Tout ce qui est essentiel à la compréhension immédiate de votre monde ! Tout ce qui est beau, tout ce qui est profondément *terresque* ! Naturellement, je suis très pointilleux. Je ne m'intéresse qu'aux objets de toute première catégorie.

— Comment ne pas vous approuver. Je vois que nous avons la même vision des choses. Les véritables connaisseurs n'ont que faire des œuvres tapageuses, sans originalité ; du geste inabouti, de l'élan insuffisamment travaillé. » Le ton de sa voix, soigneusement étudié et mis à l'épreuve des années durant avec ses clients successifs, visait à éviter toute obséquiosité en ne véhiculant qu'une adhésion chaleureuse et sincère. Autant de nuances sans doute hors de portée des Centauriens, mais en aucune circonstance Eitel ne s'autorisait à sous-estimer un client. Brusquement, il se tourna vers la jeune femme. « Je suppose que vous voyez les choses de la même façon ?

— Naturellement. »

Elle but une longue gorgée de thé à la menthe ; on aurait dit que le liquide sirupeux coulant dans sa gorge allait alimenter quelque moteur interne. Sur quoi elle frétilla des épaules et Eitel trouva son mouvement curieux, outre que sa peau bougea de manière fort intéressante sous la résille métallique. C'était forcément une professionnelle. *Forcément.* Il se surprit à se demander s'il pouvait y avoir quoi que ce soit de sexuel entre ces deux-là. Il ne voyait pas très bien comment, mais on ne savait jamais. Le plus probable était que cette femme figurait en bonne place dans la collection d'objets *terresques* amassée par Anakhistos. Oui, un objet ; un artefact. Comment le Centaurien se l'était-il procurée aussi rapidement ? Existait-il un service fournissant des accompagnatrices de prestige aux extraterrestres en visite, à des prix également prestigieux ?

Il captait à présent l'arôme qu'elle dégageait ; pas franchement désagréable, mais tout à fait insolite : caviar plus cumin ? Esturgeon poché dans de la chartreuse ?

Elle fit signe au serveur de lui apporter un autre thé. Puis, se tournant vers Eitel : « Ce problème de certificats d'exportation… Croyez-vous que la situation va s'aggraver ? »

Il ne s'attendait pas à cela mais dut reconnaître que l'initiative était admirable. Chercher à savoir quelles sont les préoccupations du client et les faire siennes.

« Quelle source d'embarras, n'est-ce pas ? répondit-il.

— Je n'ai plus que cela en tête », plaça le Centaurien, bondissant littéralement sur l'occasion, comme s'il n'attendait que le signal d'Agila. « Pour moi, c'est une abomination. Ces restrictions concernant la quantité d'œuvres d'art partant pour des destinations extraplanétaires… Ces inspections humiliantes… Toute cette agitation, ces gens qui réclament des limitations encore plus drastiques… Jusqu'où cela ira-t-il ? »

Eitel déclara d'un ton apaisant : « Vous devez vous efforcer de comprendre ce qu'il y a à la base de cette panique. Nous ne sommes qu'un petit monde reculé qui, il y a quelques années encore, vivait dans l'isolement le plus total. Et voilà que, tout d'un coup, nous entrons par hasard en contact avec les grandes civilisations galactiques. Vous venez chez nous, fascinés par nous et nos créations, vous souhaitez les ajouter à vos collections. Mais comment pourrions-nous approvisionner la totalité de l'univers civilisé ? Les Vinci, les Vermeer n'existent qu'en quantité limitée ; et vous êtes si nombreux… On redoute donc ici de se retrouver submergé par vos immenses richesses, votre abondante population et votre soif d'œuvres terriennes ; on craint que vous n'achetiez tout ce que notre espèce a jamais produit de précieux, pour emporter le tout à des centaines d'années-lumière. Voilà ce qu'il y a derrière ces lois. C'est bien naturel.

— Mais je ne suis pas là pour piller votre planète ! Je souhaite seulement faire des acquisitions on ne peut plus légales !

— Je comprends très bien. » Eitel prit le risque de poser une main légère mais pleine de compassion sur le bras du Centaurien. Certains E.T. répugnaient au contact direct avec les peuples terriens. Mais manifestement, celui-ci n'y voyait pas d'inconvénient. Il trouva sa peau caoutchouteuse étonnamment lisse et douce — comme le plus fin de tous les préservatifs. « Je suis entièrement de votre côté, déclara-t-il. Ces lois sur l'exportation sont l'écho de réactions disproportionnées. Il existe sur cette planète une provision amplement suffisante pour satisfaire les collectionneurs de votre classe. De surcroît, en disséminant notre culture parmi les autres mondes stellaires, nous nous intégrons étroitement au tissu même de la civilisation galactique. Ce qui explique d'ailleurs que je fasse mon possible pour proposer à nos visiteurs nos plus belles réalisations.

— Mais êtes-vous en mesure de nous fournir des certificats d'exportation valables ? » s'enquit Agila.

Eitel posa un doigt sur ses lèvres. « Inutile de nous étendre davantage sur le sujet pour l'instant, vous ne croyez pas ? Profitons donc des délices que cette soirée nous réserve et gardons pour plus tard les considérations bassement commerciales, voulez-vous ? » Rayonnant, il ajouta : « Puis-je vous offrir un autre thé ? »

Les choses se passaient décidément très bien. Le contact était établi, les bases de l'accord jetées. Même la présence de la jeune femme se révélait moins perturbatrice qu'il n'aurait craint. Le moment était donc venu de relâcher un peu la pression, de laisser leurs rapports s'épanouir et mûrir sans faire de forcing.

« Vous dansez ? » lui demanda soudain Agila.

Il reporta son attention sur la piste. Les Rigéliens y titubaient grotesquement, avec leur lourdeur caractéristique ; on aurait dit des ours dansants. On voyait également quelques Arcturiens, plus de rares Procyionites bondissant comme des paquets de tubes métalliques luisants, et enfin un Stéropide qui, embarqué dans un étrange solo, décrivait dans son coin des cercles rêveurs.

« Mais certainement, répondit-il, quelque peu surpris.

— Voulez-vous danser avec moi ? »

Il lança un regard hésitant au Centaurien, qui acquiesça avec bienveillance. La jeune femme sourit et ajouta : « Anakhistos ne danse pas. Mais moi, j'en ai envie. Vous m'obligeriez... »

Eitel la prit par la main et la conduisit jusqu'à la piste. Ce fut seulement lorsqu'ils eurent commencé à évoluer ensemble qu'il retrouva son calme. Il se déplaçait avec aisance et compétence sur la piste. Quelques E.T. les regardaient sans dissimuler leur intérêt — ils faisaient parfois preuve d'une telle *curiosité* vis-à-vis des humains ! — mais cela lui était égal. Il se surprit au lieu de cela à goûter la pression des cuisses d'Agila contre les siennes, le contact de ses seins hauts et fermes contre sa propre poitrine, et l'espace d'un instant il sentit un impératif biochimique millénaire tenter de se déverser à flots dans ses veines — *Suis-la partout où elle ira, promets-lui la lune, dis-lui tout ce qu'elle voudra entendre, fais ce qu'elle voudra que tu fasses* — mais il le repoussa. Il y avait d'autres femmes dans sa vie ; à Nice, à Rome, à Athènes. Quand il aurait conclu cette affaire, il reviendrait vers elles.

« Agila... C'est un nom intéressant. Israélien, n'est-ce pas ?

— Non », fit-elle.

Elle avait répondu de telle manière que, devant

sa tranquille assurance, cette fin de non-recevoir, il n'avait plus aucune marge de manœuvre. Pourtant, son esprit fourmillait de questions : qui était-elle, comment s'était-elle acoquinée avec le Centaurien, quel était son rôle dans l'histoire, comment voyait-elle l'avenir de ses relations commerciales avec Anakhistos ? Mais cette syllabe unique avait résonné comme une porte qui se ferme. Alors il se concentra sur ses pas de danse. La jeune femme était pleine de souplesse, prompte à réagir, et non dépourvue de talent. Cependant, chez elle, il en était de la danse comme du reste : elle dégageait une aura d'étrangeté et se déplaçait un peu comme si elle planait à quelques centimètres au-dessus du sol. Oui, bizarre, vraiment. Et puis il y avait sa voix… Elle avait un accent, mais de quelle origine ? Lui qui était pourtant allé partout ne se remémorait aucune façon de parler qui s'en approchât ; cela tenait à une espèce de liquidité dans les voyelles, une résonance dans le phrasé, comme si elle-même entendait un écho au moment même où elle s'exprimait. Vraiment *très* dépaysante. Roumaine, finlandaise, bulgare peut-être ? Et encore, ce n'était pas assez exotique pour elle. Alors, albanaise, lituanienne ?

Le plus surprenant restait la senteur qui émanait d'elle. Eitel, qui avait un nez de parfumeur, captait le parfum des femmes comme d'autres hommes apprécient la courbe d'une hanche, d'un sein ou d'une cuisse. Il croyait dur comme fer que les pores, les aisselles, les orifices laissaient échapper les seuls messages véridiques émis par le corps, le manifeste le plus authentique, le plus fiable mais aussi le plus excitant qu'il ait à transmettre ; il enregistrait tout cela avec une ferveur quasi religieuse et la plus grande rigueur scientifique. Toutefois, jamais il n'avait rien flairé de tel, cette juxtaposition d'épices incongrues, ce mélange d'arômes proprement ahurissant. Quelque parfum de création récente ? Importé d'Arcturus ou de Capella, peut-être ? C'était possible, même si on avait du mal à imaginer que pareil effet puisse être obtenu par simple combinaison de substances chimiques. Non, ce devait être sa fragrance *à elle.* Mais alors, par quelle mystérieuse chimie endocrinienne ses narines à lui captaient-elles cette insaisissable odeur d'oursin mêlée à une pointe de miel ? Quels canaux anatomiques déversaient dans son sang à elle ces traces de thym et de raisins secs ? Et pourquoi la légère transpiration cristalline qui perlait à sa lèvre supérieure par ailleurs sans défaut diffusait-elle ces « notes d'agrément » à base de grenade, d'estragon et de gingembre ?

Il chercha la réponse dans les yeux d'Agila, deux profonds lacs verts, frais et sereins au point qu'ils semblaient appartenir à un autre monde. Aussi extraordinaires que le reste de sa personne.

Et puis tout à coup, il comprit. La solution, pour inacceptable, improbable et terrifiante qu'elle fût, sautait aux yeux ; et, inacceptable ou pas, il ne pouvait refuser plus longtemps de la voir. Au moment de l'accepter enfin, il perçut à l'intérieur de lui-même un son qui n'était pas sans évoquer le vent qui se lève, l'ouragan en train de naître au-dessus de quelque lointain îlot.

Eitel se mit à trembler. Il ne s'était encore jamais senti à ce point sans défense.

« Incroyable ce que vous pouvez avoir l'air humaine, dit-il.

— L'air seulement ?

— Extérieurement, vous êtes en tout point identique aux humains. Je ne savais pas que deux formes de vie pouvaient évoluer sur deux mondes différents jusqu'à présenter un tel degré de similitude.

— Eh bien, en effet c'est impossible.

— Pourtant, vous n'êtes pas terrienne. »

Elle souriait. Presque comme si elle se réjouissait d'avoir été percée à jour.

« Non.

— D'où venez-vous, alors ?

— Je suis centaurienne. »

Eitel ferma momentanément les yeux. Ce n'était plus simplement le vent qui soufflait en lui, mais une véritable tempête ; il chancela et dut faire un effort pour conserver son équilibre. Il avait l'impression de mener cette conversation à partir d'un point situé quelque part derrière son oreille droite. « Mais… les Centauriens ressemblent à…

— À Anakhistos ? Certes, quand nous sommes chez nous. Mais ce n'est pas le cas en ce moment.

— Je ne comprends pas.

— Ceci est mon corps de voyage, l'informa-t-elle.

— Comment ! ?

— Il y a des endroits où nous ne sommes pas très à l'aise quand nous les visitons sous notre aspect habituel. La respiration est douloureuse, la lumière nous blesse les yeux, l'alimentation nous pose de gros problèmes.

— Alors vous vous contentez d'endosser un autre corps ?

— Certains d'entre nous, oui. Il y a des individus, comme Anakhistos, que l'inconfort ne dérange pas ou qui le considèrent comme faisant partie intégrante du dépaysement. Mais moi, je suis plutôt du genre à me transférer dans un corps de voyage quand je me rends sur d'autres mondes.

— Ah, fit Eitel. Oui. » Il continuait à se mouvoir en rythme, mais il se sentait comme anesthésié. *Ce n'est qu'un costume,* se dit-il. *En fait, elle ressemble à un tas de baguettes rigides enveloppées dans un drap en caoutchouc. Avec des ouïes dans les joues, une fente à trois pans pour manger et une bande réceptrice en guise d'yeux.* « Et ces corps, s'enquit-il, comment vous les procurez-vous ?

— On nous les fabrique sur mesure, bien sûr. Il existe plusieurs concurrents dans ce domaine. Les modèles humains viennent juste de sortir. C'est extrêmement coûteux, vous pouvez me croire.

— Oui, évidemment.

— Mais dites-moi : à quel moment avez-vous vu à travers mon déguisement ?

— J'ai tout de suite senti que quelque chose clochait. Mais je n'ai compris la vérité qu'il y a un tout petit moment.

— Je crois que vous êtes le premier. C'est un excellent corps terrien, vous ne trouvez pas ?

— Si.

— Chaque fois que je rentre de voyage, je regrette de devoir réintégrer mon propre corps. Par exemple, je me sens parfaitement à l'aise dans celui-ci. Il vous plaît, n'est-ce pas ?

— Beaucoup », répondit Eitel, au désespoir.

Il retrouva David dans la file de taxis attendant devant l'établissement ; adossé à son véhicule, son associé entourait d'un bras les épaules d'un jeune Marocain d'environ seize ans tout en explorant de l'autre main les seins d'une femme au teint noiraud qui pouvait être française. Impossible de dire avec lequel des deux il avait choisi de passer la fin de la nuit ; les deux, peut-être. Eitel trouvait parfois un peu difficiles à avaler les mœurs joyeusement polymorphes de David. Mais il n'était pas obligé de les approuver pour travailler en tandem avec lui. Chaque fois qu'Eitel débarquait à Fez avec quelque nouvelle marchandise, David savait lui dénicher un client potentiel dans les vingt-quatre heures ; et avec la commission de cinq pour cent qu'il touchait au passage, il était sûrement le chauffeur de taxi le plus riche du Maroc, après ces deux années de rabattage pour Eitel dans le milieu des E.T.

« Tout est arrangé, lui dit ce dernier. Allons chercher la marchandise. »

David lui décocha un sourire étincelant constellé de dents en or. Puis il donna une petite tape sur les fesses de la jeune femme, tapota légèrement la joue de l'adolescent et les lança tous les deux sur leur erre avant d'ouvrir la portière pour Eitel. La marchandise en question se trouvait à l'hôtel, le Palais Jamay, en lisière de la médina. Mais Eitel ne traitait jamais ses affaires là où il descendait : il était plus pratique que David le transporte entre le Jamay et l'hôtel Mérénides, ici, hors le mur d'enceinte de la ville, non loin des mausolées royaux, où la plupart des E.T. préféraient résider.

La nuit était douce et parfumée ; les palmiers bruissaient sous la caresse de la brise et, au clair de lune, les énormes massifs de géraniums rouge vif se muaient en masses d'ombre quasi impénétrables. Tandis qu'ils roulaient vers la médina, son dédale de ruelles sinueuses dignes du Moyen Âge et ses murs et ses portes tout droit sorties des Mille et Une Nuits, David déclara : « Je peux vous dire quelque chose ? Je me fais du souci sur un point.

— Allez-y.

— Je vous ai observé, là-bas. Vous regardiez bien plus cette femme que l'E.T. Il faut vous occuper de notre affaire et oublier la femme, Eitel. »

Eitel ne fut pas très content de s'entendre dicter sa conduite par un godelureau deux fois plus jeune que lui, mais il maîtrisa sa réaction. Aux yeux de David, immature et frais émoulu de l'école de l'indigence, certaines subtilités restaient incompréhensibles. Il s'intéressait à la beauté, naturellement ; mais pour lui, ce n'était qu'une abstraction. Tandis que l'argent, en revanche, c'était du concret. Eitel n'essaya même pas de lui enseigner ce que le temps ne manquerait pas de lui apprendre.

« Et c'est à *moi* que vous dites ça ? se contenta-t-il de répliquer.

— Il y a un temps pour les femmes et un temps pour les affaires. Ce sont deux temps différents. Vous le savez très bien, d'ailleurs. Un Suisse est presque un Marocain quand il s'agit de faire des affaires. »

Eitel éclata de rire. « Merci !

— Je suis sérieux. Soyez prudent. Si elle vous fait perdre la tête, ça peut vous coûter cher. Et à moi aussi, par la même occasion. N'oubliez pas que je suis intéressé à hauteur de mon pourcentage. Bien que Suisse, vous ignorez peut-être que les femmes et les affaires ne doivent jamais être confondues.

— Au contraire, je le sais très bien.

— Alors souvenez-vous-en, d'accord ?

— Ne vous en faites donc pas pour moi », rétorqua Eitel.

Le taxi se gara devant le Jamay. Une fois dans sa chambre, Eitel retira du double fond de sa valise quatre tableaux et une statuette en jade d'origine olmèque. Les tableaux étaient petits et dépourvus de cadre, mais aussi authentiques que d'intérêt mineur. Après réflexion, il retint une *Madone aux palmes* issue de l'atelier de Lorenzo Bellini ; du travail d'élève, manifestement, mais imprégné d'une sérénité, d'une pureté qui en faisaient un véritable enchantement ; pas mal du tout, décidément. On pouvait facilement en tirer dans les vingt mille dollars. Il glissa l'œuvre dans une mallette et rangea les autres, mais conserva la statuette, qu'il manipula un moment avant de la placer sur une commode, devant la glace, comme pour lui improviser un petit sanctuaire. *Un sanctuaire à la beauté,* songea-t-il. Il voulut la ranger à son tour, puis changea d'avis. Elle avait si belle allure ainsi campée qu'il décida de prendre le risque. *Ce qui, parfois, est bon pour la santé,* se dit-il encore.

Il ressortit de l'hôtel et remonta dans le taxi.

« Le tableau est bon ? s'enquit David.

— Joli. Pas très original mais joli.

— Ce n'est pas ce que je voulais dire. Je voulais savoir si c'était un vrai.

— Évidemment ! lui renvoya Eitel sur un ton peut-être un peu trop sec. Nous avons déjà eu cette discussion, David. Vous savez pertinemment que je ne vends pas de faux. Mes articles sont peut-être un peu surévalués, d'accord, mais toujours authentiques.

— Je ne comprendrai jamais ça. Pourquoi ne pas vendre des faux, justement ? »

Eitel sursauta. « Vous me prenez pour un escroc ?

— Sans l'ombre d'un doute.

— Vous dites cela d'un cœur bien léger. Parfois, je n'apprécie guère votre humour.

— Humour ? Quel humour ? C'est interdit par la loi de vendre des objets précieux aux E.T. Or, vous, vous leur en vendez. Donc vous êtes un escroc, non ? Ce n'est pas une insulte. Juste une constatation.

— Je n'en crois pas mes oreilles. Vous cherchez la bagarre ou quoi ?

— Je cherche seulement à savoir pourquoi vous leur vendez de l'authentique. Puisque c'est interdit, il est sûrement légal de leur vendre des faux. Vous voyez ce que je veux dire ? Il y a deux ans que je me pose cette question. On gagnerait plus d'argent tout en prenant moins de risques.

— Ma famille est dans le commerce d'œuvres d'art depuis un siècle, David. Jamais aucun Eitel n'a vendu de faux. Et cela n'arrivera jamais. » C'était son point sensible. « Bon, écoutez, reprit-il.

Il vous plaît peut-être de jouer à ce petit jeu avec moi, mais je crains qu'un jour vous ne poussiez le bouchon un peu trop loin. Compris ?

— Vous me pardonnez ?

— Seulement si vous vous taisez.

— Vous devriez savoir que je ne suis pas très doué pour ça. Je peux vous dire encore une chose ? Après je me tairai.

— Allez-y, soupira Eitel.

— Alors voilà. Vous êtes un type complètement paumé. Un escroc qui se prend pour un honnête marchand d'art, si vous me comprenez. Ce n'est pas ainsi qu'il faut voir les choses. Mais ça ne fait rien. Je vous aime bien et j'ai du respect pour vous. Je vous trouve excellent homme d'affaires. Alors, vous oubliez mes remarques impolies ?

— Vous me faites beaucoup de peine.

— Ça, je m'en doute. Bon, oubliez ce que j'ai dit. Allez conclure votre affaire, raflez des millions au passage ; demain, on prendra le thé à la menthe ensemble, vous me donnerez ma part et tout le monde sera content.

— Je n'aime pas le thé à la menthe.

— Pas grave. On boira autre chose. »

En voyant Agila apparaître sur le seuil de sa chambre d'hôtel, Eitel fut à nouveau frappé par la puissance de sa présence, l'impact physique quasi insurmontable de sa beauté. *Si elle vous fait perdre la tête, ça peut vous coûter cher.* Il se morigéna : *Ce que tu vois n'est qu'un artifice. Un masque.* Eitel posa alternativement son regard sur Agila et sur Anakhistos qui, étrangement replié sur son siège, évoquait un parapluie géant. *C'est à ça qu'elle ressemble en vrai. J'ai devant moi Mme Anakhistos, originaire du Centaure, avec une peau de caoutchouc et une bouche en forme de fente articulée ; le corps qu'elle arbore en ce moment a été fabriqué en laboratoire.* Pourtant, pourtant... le vent rugissait à l'intérieur de lui et il se débattait follement sous l'assaut de ses rafales.

Mais enfin qu'est-ce qui m'arrive ?

« Montrez-nous ce que vous nous destinez », fit Anakhistos.

Eitel sortit le petit tableau de sa mallette. Ses mains tremblaient imperceptiblement. Dans l'intimité de cette chambre d'hôtel, il captait deux senteurs fortes : l'une qui devait provenir d'Anakhistos — sèche, avec des relents de moisi —, plus l'étrange et irrésistible alliage d'épices inusitées que diffusait le corps synthétique d'Agila.

« *Madone aux palmes,* Lorenzo Bellini, Venise 1597, annonça-t-il. Très belle œuvre.

— Je sais que Bellini est célèbre.

— Les plus connus sont Giovanni et Gentile Bellini. Cet artiste-là est le petit-fils de Giovanni. Il est aussi bon, mais moins connu. Il ne me serait pas possible de vous obtenir des tableaux de Giovanni ni de Gentile. Personne sur Terre n'en aurait le moyen.

— Celui-ci ira très bien, dit Anakhistos. Toute la beauté de la Renaissance est là. Naturellement, il est authentique ? »

Eitel répliqua avec raideur : « Seul un imbécile tenterait de vendre un faux à un connaisseur comme vous. Cependant, il me serait facile de vous obtenir une analyse spectroscopique à Casablanca, si vous…

— Mais non, mais non. Je n'avais pas l'intention de mettre votre réputation en doute. Elle est sans tache. Nous n'aborderons donc même pas la question de l'authenticité. Mais le certificat d'exportation ?

— Aucun problème. J'ai ici un document certifiant qu'il s'agit d'une copie récente exécutée par un élève parisien. Comme on n'emploie pas de procédés chimiques pour dater les œuvres, du moins pas encore, vous pourrez l'emporter.

— Et le prix ? »

Eitel inspira profondément. Le but était la maîtrise de ses émotions, mais cela n'eut pour effet que de lui faire tourner la tête. Car ses poumons s'emplirent du parfum d'Agila.

« Si l'affaire se conclut en liquide, quatre millions de dollars.

— Et dans le cas contraire ? interrogea Agila.

— Je préférerais que nous nous entretenions de ce problème en privé, lui répondit-il.

— Vous pouvez parler en tout liberté devant Anakhistos. Nous sommes on ne peut plus proches, et nous nous vouons une entière confiance.

— N'empêche, j'aimerais mieux un entretien privé.

— Très bien. » Elle haussa les épaules. « Allons sur le balcon. »

À l'extérieur, où l'air embaumait les fleurs nocturnes, il était moins paralysé par les effluves d'Agila. Malheureusement, cela ne fit aucune différence. Il la regarda droit dans les yeux au prix d'un effort certain et dit : « Si je peux passer le reste de la nuit avec vous, le prix ne sera que de trois millions.

— C'est une plaisanterie ?

— Absolument pas.

— Un contact sexuel avec moi vaudrait donc un million de dollars ? »

Eitel imagina la réponse de son père, et avant lui de son grand-père, de son arrière-grand-père. Leur sagesse accumulée lui pesait comme une bosse dans le dos. *Qu'ils aillent au diable !* songea-t-il.

Incrédule, il s'entendit répondre : « En effet, oui.

— Vous savez pourtant que ce corps n'est pas le mien.

— Je le sais.

— Je suis un être d'un autre monde.

— Oui. Je sais. »

Elle l'observa longuement sans rien dire. Puis : « Pourquoi m'avez-vous fait sortir pour me présenter cette requête ?

— Sur Terre, les hommes se mettent parfois en colère quand un inconnu cherche à attirer leur épouse dans son lit. J'ignorais comment réagirait Anakhistos. En fait, j'ignore tout des réactions des Centauriens, et ce quel que soit le domaine.

— Moi aussi j'appartiens au peuple centaurien, fit-elle remarquer.

— Mais vous ne me paraissez pas aussi *différente* que lui. »

Un sourire aussitôt évanoui. « Je vois. Eh bien, allons lui demander ce qu'il en pense. »

Toutefois, Eitel ne put participer à l'entretien. Il se sentait très bête et bouillait d'impatience. Il attendit qu'Agila et Anakhistos aient fini d'échanger des salves de mots aux sonorités râpeuses dans leur langue bourdonnante qui laissait une impression étrange et, littéralement, ne ressemblait à rien de connu sur Terre. Histoire de suivre comme il pouvait l'évolution de la conversation, il tenta de déchiffrer leurs expressions respectives. Anakhistos était-il choqué ? Outragé ? Amusé ? Et elle ? Malgré son apparence humaine, elle restait tout aussi impénétrable. Que ressentait-elle vis-à-vis des désirs prétentieux d'Eitel ? De l'indifférence ? Voyait-elle en lui un anthropoïde primitif et bestial ? Ou bien était-elle en train d'amadouer son mari pour qu'il la laisse vivre cette petite aventure ? Autant de questions sans réponse. Il se sentait en terrain complètement inconnu et c'était une impression aussi déplaisante qu'inhabituelle. Il avait la gorge sèche, les paumes moites et une grande confusion dans la tête, mais il était trop tard maintenant ; il ne pouvait plus reculer.

Enfin Agila se retourna vers lui : « C'est d'accord. Nous vous prenons le tableau au prix de trois millions. Et je suis à vous jusqu'à l'aube. »

David était toujours là. Il eut un sourire entendu en voyant Eitel ressortir du Mérénides au bras d'Agila, mais ne dit rien. *Je viens de baisser dans son estime,* songea Eitel. *Il croit que j'ai laissé les sens, qui pour lui n'en valent pas la peine, jouer un rôle dans une décision d'affaires, et à présent il me prend pour quelqu'un de peu sérieux. Or c'est plus compliqué que cela, mais David ne peut pas comprendre. Pour lui, « il ne faut pas mélanger les femmes et les affaires* ». Pour le chauffeur de taxi, même Hélène de Troie n'aurait pas fait le poids face à un million de dollars. Il n'y aurait vu que de la chair ; de la chair… trop chère. *Tant pis,* se dit-il encore. Non, décidément, jamais David ne comprendrait. Ce qu'il était capable de concevoir, en revanche, pensa-t-il non sans un certain sentiment de culpabilité, c'était qu'en ramenant à trois millions le prix du tableau, Eitel l'avait privé de cinquante mille dollars de commission. Mais il n'avait nullement l'intention de le mettre au courant.

Une fois qu'ils furent dans la chambre d'Eitel, Agila déclara : « Avant toute chose, j'aimerais prendre un peu de thé à la menthe, d'accord ? C'est mon péché mignon, voyez-vous. Mon aphrodisiaque à moi. »

Un tressaillement d'impatience transperça Eitel. Dieu savait combien de temps il allait falloir aux gens de l'hôtel pour leur apporter du thé à une heure pareille ; et à un million de dollars la nuit, il aurait préféré ne pas gaspiller une seule minute. Pourtant, comment refuser ? Il ne pouvait tout de même pas se comporter en collégien pressé.

« Mais certainement », répondit-il.

Après avoir appelé la réception, il alla rejoindre Agila qui, debout devant la fenêtre, contemplait les brumes de la nuit ; il posa ses lèvres sur sa nuque tout en enfermant ses seins dans ses paumes. *C'est de la folie pure,* se dit-il. *Ce n'est pas son véritable corps que je caresse, mais une simple réplique synthétique, une statue de chair, une enveloppe androïde.*

Cependant, il s'en moquait. Il saurait résister à

cette beauté-là, cette illusion, ce produit de l'imagination. C'était elle, pour ahurissante et irréelle qu'elle fût, qui l'avait tout d'abord attiré, mais ce qui dictait à présent ses gestes, c'était l'extraterrestre obscure et secrète qui gisait en dessous. Voilà ce qu'il voulait atteindre : l'*autre,* la femme des étoiles, l'être insondable venu des noires profondeurs interstellaires. Car il allait toucher ce qu'aucun homme avant lui n'avait touché.

Il inhala son arôme jusqu'à en avoir le vertige. Elle émettait un faible ronronnement dont il espéra qu'il exprimait le bien-être.

On frappa à la porte. « Voici mon thé », fit-elle.

Le garçon d'étage, un jeune Marocain ensommeillé en costume traditionnel qui ne cacha pas son envie en voyant avec quelle femme Eitel partageait sa chambre, mit un temps infini à disposer les verres puis à verser le thé, plus une éternité pour élever la théière bien haut, viser et verser enfin un mince filet de liquide. Mais il finit par s'en aller. Agila but goulûment et fit signe à Eitel de l'imiter. Ce dernier secoua la tête en souriant.

« Mais si, mais si ! J'aime tant cela que je voudrais partager cette joie avec vous. Comme un rituel d'amour entre nous, d'accord ? »

Il préféra ne pas faire d'histoires. Un verre de thé à la menthe de plus ou de moins… autant que cela ne gâche pas l'instant.

« À nous », fit-elle en trinquant.

Il réussit à avaler une gorgée. Du sucre liquide à l'état pur. Elle se servit un deuxième verre, puis un troisième, sous les yeux d'un Eitel exaspéré qui se borna à faire semblant de siroter le sien. Enfin elle effleura un fermoir sur son épaule et le fourreau en mailles métallique tomba.

On avait bien fait les choses, dans ce labo centaurien. Elle était la perfection incarnée, un pur fantasme, avec ses seins lourds défiant les lois de la gravité, sa taille élancée, ses hanches propres à faire perdre la tête à n'importe quel marchand de chameaux marocain et les pâles hémisphères de ses fesses. On lui avait attribué un nombril, une toison pubienne, des bouts de seins érectiles, des fossettes par-ci, par-là, et même des veines au léger tracé bleuté à l'intérieur des cuisses. *Irréelle, certes,* songea Eitel, *mais absolument splendide.*

« Ceci est mon cinquième corps de voyage, déclara-t-elle. J'ai été arcturienne, stéropide, dénebienne, mizarienne… et chaque fois cela s'est révélé difficile, très difficile ! Une fois le transfert effectué, il faut observer une longue période de mise en condition et cela ne va pas de soi, loin de là. Mais on s'y fait. Au bout d'un moment, on a l'impression d'être aussi à l'aise que dans son corps naturel. Celui-ci me manquera cruellement.

— À moi aussi », fit Eitel.

Il se dévêtit promptement. Elle s'approcha, pressa doucement sa hanche contre la sienne et lui effleura la poitrine du bout des seins.

« Et maintenant, il faut me faire un cadeau, dit-elle.

— Quoi donc ?

— C'est la coutume quand on s'apprête à faire l'amour. On échange des présents. » Elle saisit le pendentif niché entre ses seins, un éclat de cristal scintillant dont les volutes sculptées causaient une sensation d'étrangeté extraterrestre des plus dérangeantes. « Ceci est pour vous. Quant à moi... »

Oh, Dieu du ciel ! se dit-il. *Non !*

La main d'Agila se referma sur la figurine olmèque, toujours posée sur la commode.

« ... je prendrai ceci », termina-t-elle.

Il en eut la nausée. La statuette valait quatre-vingt mille dollars sur le marché international de l'antiquité et pouvait atteindre un ou deux millions pourvu qu'il lui trouve un acquéreur E.T. Un cadeau, vraiment ? Un gage d'amour, hein... ? Il surprit dans les yeux d'Agila une lueur qui lui ôta tout espoir. Il était pris au piège. Qu'il refuse et c'était toute l'affaire qui pouvait tourner court. Il n'osait pas se montrer mesquin. Alors tant pis. Ce serait oui. Qu'elle la prenne, sa statuette. Soyons romantique. Payons-nous le luxe d'un grand geste. On ne va tout de même pas se comporter en *petit-bourgeois* [1] suisse fourgueur d'œuvres d'art. *Si elle vous fait perdre la tête, ça peut vous coûter cher.* Eitel inspira profondément. « Tout le plaisir est pour moi », dit-il, magnanime.

Eitel était un amant expérimenté, et même un expert des choses de l'amour ; la beauté sublime l'incitait toujours à donner le meilleur de lui-même ; et puis, l'orgueil seul exigeait qu'Agila ramène chez elle, dans le Centaure, des souvenirs brûlants de l'art érotique terrien. Cette nuit-là, sa performance — il n'y avait pas d'autre terme pour décrire ce qui se passa — fut peut-être la plus réussie de sa vie.

1. En français dans le texte *(N.d.T.)*.

D'abord, la langue et les lèvres. Partout. Puis les doigts, lentement, patiemment, en s'attachant à rechercher les petites contrées les plus secrètes, les facteurs déclenchants les plus inattendus. Avec son souffle sur sa peau, avec ses ongles aussi, et toute la légèreté du monde ; puis avec les cils, et même avec le début de barbe qui lui hérissait les joues. Toutes choses qu'Eitel aimait à mettre en œuvre, non seulement pour l'effet sur ses partenaires, mais parce qu'elles étaient délicieuses en elles-mêmes, *par* elles-mêmes ; pourtant, jamais il ne s'y était adonné avec autant de concentration et de talent.

Ce sera à son tour, maintenant, de me montrer de quoi elle est capable, se dit-il.

Mais non ; elle restait allongée là comme une poupée de cire. Bougeant un peu de temps en temps, remuant une hanche à l'occasion. Quand il entra en elle, il la trouva chaude et humide — pourquoi l'avait-on pourvue de cette aptitude ? — mais sans percevoir de sa part la moindre réaction. Rien.

Il la manipula dans un sens et dans l'autre, passant en revue toute la gamme des positions, comme s'ils étaient en train de tourner un film documentaire à l'intention des jeunes mariés. De temps en temps elle souriait. Jamais ses yeux ne se fermaient : elle était manifestement très intéressée. Eitel sentit croître sa colère. Même ici, dans son lit, elle restait ce qu'elle était : une touriste. Elle acquérait une expérience de première main dans le domaine des techniques sexuelles bizarres des primitifs terriens, point final.

Conscient de se comporter comme un idiot, et aussi de chercher à compenser l'idiotie qu'il avait commise, il se donnait à fond, il allait et venait en rythme, insistant inlassablement, mais sans le moindre enthousiasme. *Allez, quoi ! Pousse au moins un petit soupir, un gémissement, tortille-toi un peu. Fais quelque chose !* Il ne lui demandait même pas de jouir. Aucune raison pour qu'on ne l'ait pas *aussi* dotée de cette capacité-là ; non, tout ce qu'il voulait à présent, c'était qu'elle lui accorde un signe prouvant qu'il existait bel et bien, une forme de consentement, même balbutié.

Il s'évertuait tout en sachant très bien qu'il n'y arriverait pas. Puis, à sa grande surprise, quelque chose finit par se produire. Le rouge monta aux joues d'Agila, ses yeux s'étrécirent et s'éclairèrent d'une lueur nouvelle, sa respiration se fit saccadée, ses seins se soulevèrent plus rapidement, ses mamelons durcirent. Tous les signes étaient là ; il les avait vus tant de fois ! Mais jamais il ne les avait tant attendus. L'expérience prit le relais ; au prix d'un rythme soutenu, d'une tension peu à peu accrue, il allait l'amener doucement jusqu'au bout, de plus en plus haut, vers le point d'ébullition magique qui voit la conscience spectatrice rendre enfin les armes sous l'assaut de lames de fond plus puissantes. Oui, oui ! Le vaillant Terrien donnant le maximum au nom de la passion transgalactique et s'échinant comme un galérien pour montrer à la femme des étoiles ce que c'était que la communion entre les sexes.

Apparemment, elle y était presque. Elle haletait quelque peu, elle allait jusqu'à émettre de petits sons étranglés. Eitel eut un sourire d'autosatisfaction. *La précision suisse,* songea-t-il. *Il ne faut jamais la sous-estimer.*

Et là, entre deux coups de boutoir, elle se débrouilla pour se dégager et rouler sur le flanc de telle manière qu'il s'écroula sur l'oreiller, stupéfait, au moment où elle quittait le lit. Abasourdi, bouche bée et comme anesthésié, il se redressa en position assise et la regarda fixement.

« Excusez-moi, déclara-t-elle avec la plus grande nonchalance, mais j'ai eu envie d'un peu de thé, tout à coup. En voulez-vous aussi ? »

Il eut toutes les peines du monde à articuler un « Non » éraillé.

Elle se versa un verre de thé à la menthe, but et fit la grimace. « Ce n'est pas aussi bon une fois refroidi, commenta-t-elle en revenant se coucher. Bien, on continue ? »

Sans rien dire, il l'attira de nouveau à lui. Par miracle, il réussit à retrouver le fil. Mais cette fois, il avait l'impression d'être séparé d'elle par une millier d'années-lumière. Il n'y aurait décidément pas moyen de rallumer la flamme fugitivement entrevue. Au bout d'un moment, il abandonna le combat. Il se sentait écarté pour toujours de ce qu'elle était véritablement, au fond d'elle-même, de la même façon que la Terre était maintenue à l'écart des étoiles. Avec froideur et lassitude, enrageant plus encore contre lui-même que contre elle, il s'autorisa à jouir. Il garda les yeux ouverts aussi longtemps qu'il put, plongeant dans ceux d'Agila un regard de glace, mais ses sensations furent d'une force inattendue et, à la fin, il s'abattit sur les seins de la jeune femme et la serra contre lui tout le temps que la foudre le frappa.

Cet instant complètement dénué de charme lui réserva pourtant une surprise. Tandis qu'il vibrait sous l'impact de cette funeste éjaculation, une barrière se leva entre eux, une porte s'ouvrit et tout ce qui l'entourait s'effaça, laissant la place à un paysage singulier au centre duquel lui-même se tenait. Le ciel était d'une belle teinte verte aux reflets d'or, le soleil émeraude et brûlant, les arbres, les plantes et les fleurs différents de tout ce qu'il lui avait été donné de contempler sur Terre. L'air était lourd, chargé de senteurs, avec un goût insistant qui lui piquait les narines. Des créatures volantes qui n'étaient pas des oiseaux prenaient tranquillement leur essor au-dessus de sa tête, des animaux irisés évoquant de gros coussins de velours rouge montés sur trépied broutaient les branches basses d'arbres velus. À l'horizon, trois montagnes en dents de scie constituées d'une pierre nue d'un brun jaunâtre qui luisait comme du métal sous les feux du soleil. Il se mit à trembler. Il se sentait noyé jusqu'au tréfonds de son âme dans l'émerveillement, la stupeur admirative et muette. *Je suis dans un parc*, se dit-il. *Le plus beau parc du monde. Sauf que ce n'est pas ce monde*-ci. Il découvrit bientôt un sentier au flanc d'une petite colline et, une fois parvenu au sommet, aperçut en bas, de l'autre côté, des Centauriens qui se promenaient deux par deux, main dans la main, dans un jardin au dessin élégant.

Dieu du ciel. Oh, mon Dieu.

Puis l'ensemble commença à se dissoudre jusqu'à avoir la consistance de la fumée et, brusquement, tout disparut. Immobile auprès d'Agila, il chercha à reprendre son souffle en regardant ses seins se soulever régulièrement.

Il finit par relever la tête. Elle était en train de l'observer. « Vous avez aimé ?

— Aimé quoi ?

— Ce que vous avez vu ?

— Alors vous savez ? »

Elle eut l'air surpris. « Mais naturellement ! Vous croyiez que c'était un hasard ? C'était mon cadeau.

— Ah ! » Une carte postale de chez elle, offerte au diligent indigène pour services rendus. « C'était extraordinaire. Je n'ai jamais rien vu d'aussi beau.

— Oui, n'est-ce pas ? » fit-elle complaisamment. Puis, souriante : « C'est intéressant ce qui vous est arrivé vers la fin, quand vous vous êtes mis à respirer très fort. Vous pourriez recommencer ? » demanda-t-elle comme s'il venait d'exécuter quelque savante jonglerie.

Il secoua la tête sans se dérider, puis se détourna. Il ne pouvait supporter de voir plus longtemps ces yeux superbes. Sans savoir comment — et il ne saurait jamais *quand*, sauf que cela arriva quelque part entre « Vous pourriez recommencer ? » et le lever du jour —, il s'endormit. Elle le réveilla en le secouant gentiment. La vive clarté du matin transperçait l'impalpable rideau en soie.

« Je vais m'en aller, souffla Agila. Mais je voulais vous remercier. Ce fut une nuit inoubliable.

— Pour moi aussi.

— Éprouver le vécu humain d'aussi près, avec une telle intimité, une telle immédiateté…

— Oui. Bien sûr. Ça a dû être extraordinaire, pour vous.

— Si vous venez un jour dans le Centaure…

— Mais certainement. Je viendrai vous voir. »

Elle déposa une série de baisers légers sur le bout de son nez, son front, ses lèvres. Puis elle gagna la porte. Au moment d'actionner la poignée, elle se retourna. « Ah, un petit détail qui vous amusera peut-être. Je voulais vous en parler hier soir. Nous n'avons pas cela sur notre monde, vous savez — l'idée de *posséder* le corps du partenaire. De toute façon, Anakhistos n'est pas du genre masculin, et je ne suis pas du genre féminin. Nous copulons, mais les différences sexuelles ne sont pas si bien définies. Nos mœurs dans ce domaine se rapprochent davantage de celles de vos huîtres, je crois. Il n'est donc pas tout à fait correct de dire qu'Anakhistos est mon mari, ni que je suis sa femme. J'ai pensé que vous aimeriez le savoir. » Elle lui expédia un baiser. « C'était vraiment très bien. Au revoir. »

Une fois qu'elle eut disparu, il alla à la fenêtre et contempla longtemps le jardin sans rien fixer de particulier. Au bout d'un temps, il se détourna.

Quand il sortit, un peu plus tard dans la matinée, la voiture de David attendait devant l'hôtel.

« Montez », lui dit ce dernier.

Ils démarrèrent et se dirigèrent sans un mot vers un café qu'Eitel n'avait encore jamais vu, dans le quartier neuf de la ville. David s'adressa au tenancier en arabe et on leur apporta du thé à la menthe.

« Je n'aime pas le thé à la menthe.

— Buvez quand même. Ça noie les arrière-goûts amers. Alors, comment ça s'est passé, cette nuit ?

— Bien. Très bien.

— Vous avez fait des “ choses ”, cette femme et vous ?

— Épargnez-moi vos “ choses ”, s’il vous plaît.

— Prenez donc un peu de thé, le pressa David. Ça n’a pas été brillant, hein ?

— Qu’est-ce qui vous fait dire ça ?

— Vous n’avez pas l’air content. Et quand vous parlez, c’est encore plus évident.

— Eh bien, pour une fois, vous vous trompez, rétorqua Eitel. J’ai obtenu tout ce que je désirais. Vous comprenez ? Tout ce que je désirais. » Il dut s’exprimer trop fort et sur un ton un peu trop agressif car il s’attira un regard perplexe et interrogateur.

« D’accord, d’accord. Et de quelle somme parlons-nous ? Ce sont mes affaires aussi, vous en convenez ?

— Trois millions cash.

— Seulement trois ?

— Trois. Je vous dois donc cent cinquante mille dollars. Cent cinquante mille dollars pour deux heures de travail, vous ne vous en tirez pas trop mal. Je fais de vous un homme riche.

— Oui, très riche, Eitel. Mais on ne fera plus affaire ensemble.

— Comment ! ?

— Il va falloir trouver quelqu’un d’autre. Moi, je vais travailler avec un autre marchand. Ce n’est pas ça qui manque, vous savez. Je serai plus à l’aise. Quand on ne fait pas confiance à un associé, c’est très mauvais.

— Je ne vous suis pas.

— Ce que vous avez fait hier soir, partir comme ça avec cette femme, c’était stupide. Très mauvais pour les affaires. Est-ce que vous avez dû la payer ? Et avec une partie de mon argent, en plus ? »

David souriait, comme toujours. Mais si ses sourires étaient parfois aimables, parfois aussi ce n'étaient que des sourires. Eitel se vit soudain perdant son sang dans une ruelle sombre de la vieille ville. Puis il se représenta subissant un interrogatoire douanier. Il se rendit compte alors que David détenait un pouvoir indéniable sur lui.

Il inspira profondément et dit : « En insinuant que j'ai triché avec vous, vous m'insultez. Dès le début je vous ai traité très honorablement. Et vous le savez fort bien. Quant à savoir si j'ai dû payer cette femme, laissez-moi vous dire que ce n'est *pas* une femme, mais une extraterrestre. Certains prennent une apparence humaine quand ils voyagent. Derrière cette enveloppe superbe, il y a une Centaurienne, David.

— Et vous l'avez touchée ?

— Mais oui.

— Vous êtes entré en elle ?

— Mais oui. »

David se leva. On aurait dit qu'il venait de trouver un rat mort-né dans son thé. « Alors je me réjouis que notre association prenne fin. Faites-moi parvenir l'argent selon le canal habituel. Et, je vous en prie, ne cherchez plus à me revoir.

— Attendez ! Ramenez-moi au Mérénides. J'ai encore trois tableaux à vendre.

— Je ne suis pas le seul chauffeur de taxi à Fez », répliqua David.

Une fois seul, Eitel s'absorba dans la contemplation de son thé en se demandant si David avait ou non l'intention de lui nuire. Puis il cessa de penser au jeune Marocain pour se remémorer ce qu'il avait entrevu, ce soleil vert, ce paysage doré que lui avait offerts Agila. Il avait tout à coup les mains froides, les doigts légèrement frémissants. Il prit brusquement conscience que son plus grand désir était de revoir toutes ces choses. N'importe quel Centaurien pouvait-il les lui montrer, ou bien était-ce l'apanage d'Agila ? Et puis il y avait les autres extraterrestres. Il s'imagina écumant les boîtes de nuit, prêt à se vendre pour revivre ce qu'il avait connu, se pressant contre telle ou telle chose ondulante, cherchant frénétiquement à susciter de nouveau l'étrange orgasme qui l'avait emporté vers les étoiles. *Une perversion d'un genre nouveau,* se dit-il. Une perversion que même David trouvait dégoûtante.

Quelle impression cela faisait-il de coucher avec un Végan, un Arcturien, un Stéropide ? Dieu du ciel. En serait-il même capable ? *Oui,* répondit-il en son for intérieur, non sans rêver à des soleils verts et à la fragrance incomparable de cet air inconnu. Oui. Oui. Bien sûr qu'il en serait capable. Bien sûr.

Goûtant tout à coup une saveur suave, Eitel se rendit compte qu'il avait avalé sans y prêter attention une grande gorgée de thé à la menthe. Il sourit. Ça ne l'avait pas rendu malade, finalement ! Alors… Il en but une nouvelle goulée. Puis, lentement mais avec détermination, il finit son verre, jeta quelques piécettes sur le comptoir et alla se mettre en quête d'un taxi.

Titre original :
Tourist Trade
Initialement paru dans
Playboy, décembre 1984

Longue nuit de veille au temple

La nuit noire n'allait plus tarder. Le Gardien Diriente sortit sur le portique du temple comme il le faisait tous les soirs depuis trente années afin de se livrer à l'invocation vespérale. Comme toujours, il était vêtu de la soutane écarlate et du haut bicorne, insignes de sa fonction ; ce couvre-chef lui avait paru bien comique quand il l'avait vu pour la première fois sur la tête de son père, dans un passé lointain, mais à présent, quand il lui arrivait encore d'y penser, il ne le considérait plus que comme un simple vêtement. Il tenait dans la main gauche un encensoir et dans la droite un ciboire vert, effilé et terminé par un col étroit, un de ces céladons aux lignes pures et agréables au toucher comme seuls savaient en fabriquer les artisans de l'île de Murrha.

La nuit était douce et limpide en cette paisible soirée d'été ponctuée par les cris flûtés des grenouilles arboricoles et l'éclair occasionnel émis par un phalène luisant. Tout en bas, dans la vallée où s'étalait la cité impériale de Cithérione, les myriades de lumières des quartiers résidentiels commençaient à s'allumer ; par leurs vacillements, leurs clignotements illusoires nés de la simple distance, elles aussi évoquaient des phalènes luisants.

Il y avait une demi-heure de trajet en chariot de surface entre le temple et les premiers faubourgs de la ville. Le Gardien ne s'y était pas rendu depuis des mois. Jadis il y descendait plus fréquemment, mais maintenant qu'il était vieux, la cité était devenue à ses yeux un lieu dépaysant, sale, plus ou moins malodorant et discordant. Désormais, il se satisfaisait de son grand temple de pierre solide et massif niché dans sa cavité à flanc de colline, avec, fièrement dressés derrière lui, les grandioses monts fauves ; la litanie quotidienne des prières, des célébrations et de l'étude, la compagnie de ses proches, un peu de jardinage, une bonne bouteille de vin au dîner, peut-être un peu de musique douce en toute fin de soirée, voilà qui lui suffisait. Une existence confortable, aimablement recluse, que ne venaient troubler ni l'angoisse des interrogations philosophiques ni les défis pressants de la vie active.

On avait décidé de son destin avant même sa naissance : la charge de gardien du temple était héréditaire. Dans sa famille, elle se transmettait depuis douze générations. Il était le fils aîné ; jamais il n'avait douté, tout au long de son enfance, d'être un jour élevé au grade de gardien, et il s'y était préparé dès le départ, sans jamais remettre en cause son avenir. Naturellement, il avait perdu en chemin le peu de foi qu'il avait jamais eue à l'égard des principes fondamentaux du dogme, et à un moment cela lui avait posé problème ; mais il y avait bien longtemps qu'il s'en était arrangé.

Le portique se présentait sous la forme d'un vaste parterre de marbre courant sur toute la longueur du bâtiment, face à l'ouest, c'est-à-dire du côté de la cité. Bien au-dessous, déployée en éventail à partir de sa base, descendait en pente douce une pelouse épaisse comme du velours vert — résultat de soins amoureux apportés pendant cent siècles par une foule de jardiniers attentionnés — et encadrée de massifs ornementaux en fleurs. Au nord du jardin du temple coulait un ruisseau jailli des hauteurs environnantes, qui se précipitait ensuite vers le fond de la lointaine vallée. Il y avait, juste derrière le temple et sur son flanc, des aires de service — décharge, petit cimetière, chalets abritant le personnel — et plus loin encore, un tapis de végétation enchevêtrée délimitant une sorte de zone de transition entre l'à-pic de la montagne où avait été édifié le temple et la paroi rocheuse d'une hauteur vertigineuse qui s'élevait à l'arrière du site.

Les gardiens étaient censés se trouver dans un semblant d'état de grâce, de réceptivité envers l'infini — que les novices irrévérents nommaient « connexion cosmique » — lorsqu'ils se livraient à l'invocation vespérale. Diriente n'était pas du tout certain de parvenir au summum en la matière, ni même de croire que c'était possible ; disons qu'il atteignait un niveau de concentration qui lui paraissait acceptable. Sa méthode consistait à focaliser son attention sur l'antique face balafrée de la lune quand celle-ci était visible et, le reste du temps, de se tourner vers l'étoile polaire. La lune, les étoiles… cela se valait ; l'essentiel était d'ouvrir son esprit sur l'extérieur, sur les régions où résidaient les formidables puissances du monde d'En-Haut. Il ne lui fallait généralement pas plus d'un instant pour se mettre en phase avec le rite. Après tout, ce n'était pas l'expérience qui lui manquait.

Ce soir-là, tandis qu'il tournait son regard vers les étoiles (c'était une nuit sans lune) et sentait naître en lui le chatouillement familier du contact en train de s'établir, cette vertigineuse impression de s'élever le long de sa propre colonne vertébrale avant de s'échapper dans l'espace par son propre front, il fut décontenancé par un élément perturbateur tout à fait inhabituel. Une silhouette imposante sortit du jardin au pas de course et vint se planter juste à ses pieds, à la limite du portique.

« Diriente ? appela l'intrus. Écoute, Diriente, il faut venir voir ce que j'ai trouvé. »

C'était Mericalis, le conservateur du temple. Ainsi tiré de sa concentration, le Gardien tressaillit de colère et de surprise. Mericalis savait pourtant que ces choses-là ne se faisaient pas.

Il désigna d'un air irrité l'encensoir et le céladon.

« Ah, fit l'autre sans montrer le moindre signe de regret. Tu n'avais pas fini.

— Non. Pour tout dire, je venais à peine de commencer. Et ce n'est pas le moment de déranger.

— Oui, oui, je sais. Mais c'est important. Bon, je suis désolé mais figure-toi que j'avais de bonnes raisons de t'interrompre. Expédie la cérémonie, s'il te plaît ; ensuite, je veux que tu viennes avec moi. Tout de suite. »

Mericalis ne lui fournit aucune autre explication, et le Gardien n'en exigea pas. Il n'aurait fait que se déconcentrer un peu plus, et il était déjà assez perturbé comme cela.

Il tenta avec un succès mitigé de retrouver un tant soit peu de sérénité.

« Plus tôt tu me laisseras tranquille, plus vite j'aurai fini, répliqua-t-il avec humeur.

— Certes. Vas-y. Je t'attends en bas. »

Le Gardien acquiesça sans aménité. Mericalis retourna s'enfoncer dans les ombres sous le portique.

Bien. Reprenons au début. Le Gardien inspira profondément, ferma les yeux et attendit que se dissipent les effets de l'incident. Au bout d'un temps, le carillon qui résonnait dans sa tête s'apaisa. Il se recueillit à nouveau, leva la tête vers l'étoile polaire (qu'il n'avait plus guère de mal à localiser), et y riva son regard. C'était de là que, dix mille ans plus tôt, les trois Visitants étaient venus sauver l'humanité de l'immense péril qui la menaçait ; du moins, c'était ce qu'affirmaient les Écritures. Et peut-être était-ce vrai. Il n'y avait pas de raison de croire le contraire, et quelques bonnes raisons d'adhérer.

Il concentra toute l'intensité dont il était capable sur le monde d'En-Haut et projeta son âme vers le ciel, à travers les gouffres insondables et terrifiants qui séparaient les galaxies. Victoire délibérée de l'imagination, au prix d'un effort conscient il s'imagina virevoltant parmi les étoiles sous forme d'intelligence désincarnée, imperceptible, fusant telle une éclatante aiguille au milieu des espaces infinis privés de lumière et d'air.

Le Gardien avait souvent l'impression que, jadis, ce bond cosmique lui coûtait moins d'efforts de volonté ; au temps où la prêtrise était pour lui un exercice nouveau, il lui suffisait de sortir sur le portique et de lever les yeux au ciel pour que tout le reste s'enchaîne naturellement. À cette époque, la lumière de l'étoile polaire entrait directement dans son âme et il s'élançait tout droit vers l'astre des Trois avec une grande facilité, sans effort particulier. L'impression était-elle justifiée ? Il ne s'en souvenait plus. Il était Gardien depuis si longtemps. Dix mille fois au moins il avait prononcé l'invocation vespérale. À présent, il ne faisait plus que réciter par cœur. Il avait donc du mal à croire qu'autrefois il avait mentalement pu s'élever d'un bond et s'enfoncer allègrement dans les profondeurs flamboyantes de la nuit sans fin. Avait-il jamais cru à la valeur rédemptrice de ces rituels — contempler les étoiles, gaspiller du bon vin dans une rigole ? Ce qu'il pouvait espérer de mieux à présent, c'était un vague frémissement, une manifestation fragile de l'extase d'antan lorsqu'il venait le soir se tenir sous les cieux dans toute leur gloire. Mais même cette étincelle, ce faible tressaillement étaient suspects à ses yeux ; probablement contrefaits, ils étaient sans doute le produit de l'autopersuasion.

Enfin, les étoiles restaient belles... Au moins était ce là une bénédiction qui lui inspirait de la gratitude. Il avait peut-être perdu la foi en l'existence réelle des Visitants et en leur unique séjour sur terre, mais pas la faculté d'apprécier l'énormité de l'univers, le caractère infime de l'humanité et la majesté de l'immense voûte nocturne.

Debout, fermement planté sur ses pieds, la tête rejetée en arrière et le visage tourné vers les cieux, enfin prêt, il balança son encensoir, et un nuage de fumée au parfum entêtant se répandit en volutes au-dessus de sa tête. Ensuite il éleva le ciboire en porcelaine verte et le présenta successivement aux trois points cardinaux — l'est, l'ouest et le zénith. Les réflexes de sa profession prenaient le dessus ; il était tout entier à son cérémonial, dans les limites que lui imposait son scepticisme. En cet instant précis, il s'absorbait complètement sans jamais se laisser troubler par ses doutes. Ceux-ci ne revenaient que trop tôt l'assaillir — juste après le rituel, en général.

Puis il prononça solennellement les Noms Sacrés :

« Oberith… Aulimiath… Vonubius. »

Et fit comme s'il avait établi le contact.

Il se représenta les Trois silhouettes extraterrestres debout devant lui, anguleuses et baignées d'une lumière spectrale. Il leur dit, comme tant de fois déjà, combien le peuple de la Terre leur était reconnaissant de leurs bienfaits, combien le monde attendait avec ardeur leur prompt retour des lointaines contrées célestes.

Son esprit était momentanément délivré de toute pensée liée à la croyance ou au doute. Les Trois avaient-ils *vraiment* existé ? Étaient-ils *vraiment* venus sur Terre parce qu'on y avait besoin d'aide ? Puis *vraiment* repartis vers les étoiles dans un chariot de feu une fois leur tâche accomplie, en promettant de revenir un jour rassembler tous les peuples dans leur grande bienveillance ? Le Gardien n'aurait su le dire. Jeune, il avait cru chaque mot des Écritures, comme tout le monde ; puis — mais à partir de quel moment ? — il avait cessé de croire. Mais cela n'avait introduit aucune différence visible dans son comportement quotidien. Il était Gardien du grand temple ; il avait certaines fonctions à remplir. Il était le serviteur du peuple. C'était tout ce qui comptait.

Le rituel vespéral était immuable. Selon l'opinion générale, il n'avait pas changé depuis des milliers d'années et remontait à la nuit même où les Visitants avaient quitté la terre ; toutefois, le Gardien avait des doutes à ce propos, entre autres points de détail. Les choses évoluaient avec le temps ; des déformations se produisaient progressivement, quel que fût le système de croyance considéré ; de cela au moins, il était certain. Malgré tout, il maintenait officiellement que la liturgie n'avait été altérée en rien, même si c'était une fiction, parce que les gens préféraient cette vision des choses et qu'il le savait fort bien. Dans leurs comportements ses semblables étaient fondamentalement conservateurs, et il était là pour les servir. Telle était la tradition familiale : *Nous sommes des Gardiens, donc nous servons.*

Le moment de l'offertoire était arrivé — le point culminant de l'invocation. Le Gardien récita à voix basse la prière du Second Avènement, objet ultime de toute la cérémonie, exprimant le vœu que les Trois ne différeraient plus très longtemps leur retour sur Terre. Les paroles sacrées se dévidaient rapidement, sans aucune conviction de sa part, comme autant de syllabes exprimées dans une langue oubliée de tous et qui, pour le Gardien, n'avaient plus aucun sens. Puis il invoqua une seconde fois les Noms avec la même solennité théâtrale. Il éleva bien haut le ciboire en porcelaine, puis le renversa, permettant au vin doré de couler dans la rigole qui descendait le long du flanc de la montagne jusqu'au bassin cérémoniel. C'était la conclusion, l'épilogue du rite. En cet instant précis, derrière le Gardien, le joueur d'*hydraulus* attaché au temple, un homme maigre aux traits acérés qui jusque-là avait patiemment attendu, tira de son instrument les trois formidables accords mettant officiellement fin au service.

En cet instant, tout fidèle encore présent au temple en cette heure tardive était censé tomber à genoux et pousser des exclamations d'espoir et de joie tout en faisant le signe du Second Avènement. Mais le Gardien n'avait pas de fidèles sous la main ce soir-là — seulement une poignée d'employés du temple qui, comme lui, s'activaient à fermer pour la nuit. Au moment de rompre le contact, il prit brusquement conscience non seulement de sa solitude matérielle, mais aussi de son isolement spirituel, de la futilité de sa profession ; il sentit s'écraser sur sa tête une vague d'incroyance qui ne tarderait pas à l'emporter. Mais il n'en souffrit qu'un instant ; bientôt il redevint lui-même.

Mericalis sortit à nouveau des ombres et, avec son insistance et sa carrure imposante, refit son apparition tel un spectre que le Gardien aurait fait apparaître.

« Ça y est, c'est fini ? On peut y aller ? »

Le Gardien le fusilla du regard. « Quelle est cette hâte ? Vois-tu un inconvénient à ce que je range d'abord les ustensiles sacrés ?

— Je t'en prie, répondit le conservateur en haussant les épaules. Prends tout ton temps, Diriente. » Mais il y avait une nuance inhabituelle d'obstination dans sa voix.

Le Gardien décida de ne pas y accorder d'attention. Il rentra dans le temple et replaça ciboire et encensoir dans leur tabernacle, juste à côté de la porte. Puis il referma la grille en fer forgé, la verrouilla et prononça la prière concluant ses devoirs quotidiens en matière de rituel. Pour finir, il ôta son imposant couvre-chef et suspendit la soutane à sa patère. Il ne portait au-dessous qu'un simple surplis en lin, retenu à la taille par un lien en cuir usé.

Il ressortit. Les employés du temple s'éparpillaient çà et là dans la nuit pour regagner leurs chalets, côté nord, à la lumière de leurs torches. Leurs rires résonnaient dans la tiédeur du soir. Le Gardien leur envia leur jeunesse, leur gaieté, leur conviction que le monde était bien conforme à leurs attentes.

Mericalis l'attendait devant un massif fleuri, juste au pied de la terrasse en marbre ; il fit signe au Gardien.

« Où allons-nous ? » interrogea ce dernier tandis qu'ils s'engageaient d'un pas pressé sur la pelouse.

« Tu verras.

— Je te trouve bien mystérieux.

— C'est vrai. »

Mericalis l'entraîna vers le nord ; ils tournèrent à l'angle et gagnèrent l'arrière du bâtiment. Là s'amorçait le chemin de terre tout creusé d'ornières qui montait en décrivant d'étroits lacets vers le sommet de la montagne. Le conservateur s'était muni d'une petite lampe électrique automatique qui répandait un mince rai de lumière ambrée mais semblait d'autant plus puissante que la nuit était sans lune.

Comme ils longeaient la décharge, Mericalis reprit : « Je m'excuse sincèrement de t'avoir dérangé juste au moment où tu te lançais dans l'invocation. Je t'assure que je la croyais terminée.

— Vraiment ? » fit le Gardien en se demandant comment prendre cette déclaration.

Il n'avait jamais évoqué devant personne le fait qu'il ait perdu la foi, pas même avec Mericalis qui pourtant, au fil des ans, était devenu son plus proche ami — plus proche qu'aucun prêtre du temple. Mais ce n'était sans doute plus un secret pour personne. La foi illuminait le visage des hommes comme la pleine lune perçant à travers la brume lors d'une nuit d'hiver. Le Gardien distinguait bien chez les autres cet éclat si particulier… On devait être capable de noter son absence chez lui.

Le conservateur, en revanche, était un employé purement séculier. Sa mission consistait à maintenir l'intégrité structurelle du temple, qui était tout de même en service depuis dix mille ans et qui, tout solide et massif qu'il fût, avait tout de même atteint un état de précarité certaine. Il connaissait les moindres points faibles dans les murs, les plus petits défauts des piliers, toutes les dalles branlantes et toutes les imperfections au niveau des canalisations. Quelque peu archéologue de surcroît, il pouvait discourir savamment sur les étapes de son évolution architecturale ou sur les délinéaments stratigraphiques distinguant les unes des autres les configurations successives, et montrer comment il avait été construit et reconstruit au fil des siècles. Quant au sentiment religieux, il en paraissait totalement dépourvu : c'était le temple proprement dit qu'il aimait, non la foi à laquelle il était consacré.

Ayant depuis longtemps dépassé la décharge, ils suivaient l'étroit chemin de terre qui montait tout droit vers le sommet. Le Gardien sentait son souffle s'accélérer à mesure que la pente s'accentuait.

Il n'avait que rarement l'occasion d'emprunter cette petite route. Il y avait bien d'anciens autels en altitude, vestiges d'un culte du feu primitif, obsolète depuis des centaines d'années — depuis l'Interrègne Samtharide, en fait ; mais ils présentaient peu d'intérêt à ses yeux. Sans doute Mericalis s'y rendait-il fréquemment dans le cadre de ses recherches sur l'Antiquité ; il avait dû faire parmi les vieilles pierres calcinées quelque surprenante découverte : tel ou tel phénomène bizarre assez troublant pour justifier une interruption de l'invocation vespérale. Des signes de sacrifices humains, peut-être ? Une tombe de roi préhistorique ? Cette montagne avait longtemps été un lieu sacré ; on disait même qu'elle l'était avant que l'antique civilisation des machines et des miracles ne s'effondre. Alors, sur quelle curiosité Mericalis était-il tombé ?

Pourtant, le but de l'expédition n'était manifestement pas situé plus haut puisque, au lieu de poursuivre son ascension, le conservateur quitta brusquement le chemin à une courte distance du temple pour se frayer un passage énergique dans les broussailles. Le Gardien fronça les sourcils mais lui emboîta le pas. Il avait compris qu'il serait inutile de gaspiller son souffle à poser des questions. Alors il continua à avancer tant bien que mal, en regardant où il mettait les pieds. Dans les ténèbres épaisses que seule perçait la torche de Mericalis, il devait faire attention à ne pas trébucher sur une racine ou une plante grimpante invisibles.

Après une vingtaine de pas en terrain accidenté, ils débouchèrent sur une autre petite route tout à fait inattendue, et méritant à peine ce nom tant elle était primitive. À sa grande surprise, le Gardien constata qu'elle s'incurvait pour redescendre vers le temple, mais qu'au lieu de les ramener à l'aire de service, sur le flanc nord du bâtiment, elle conduisait tout à fait à l'opposé, dans une zone qu'il croyait inaccessible à cause de la densité de la végétation. Ils se trouvaient à présent non loin de l'angle sud-est du temple, à une centaine de pas du mur arrière. Malgré toutes ses années de présence, Diriente n'avait jamais vu le temple sous cet angle. Noir sur fond de ciel noir, il se profilait, massif et oblong, telle une région d'intenses ténèbres dépourvue d'étoiles contre la toile de fond de la nuit constellée.

Une clairière s'ouvrait dans les broussailles. Au centre, une fosse grossièrement circulaire dont le diamètre correspondait à peu près à la longueur d'un bras. À en juger par les remblais d'allure récente visibles juste derrière elle, elle venait d'être creusée.

Mericalis alla y plonger le faisceau de sa torche. Le Gardien vint le rejoindre et se pencha à son tour. Malgré la lumière insuffisante, il réussit à voir que c'était en réalité l'orée d'un passage qui s'enfonçait dans le sol selon un angle abrupt, en direction du temple.

« Que signifie ceci ? s'enquit-il.

— C'est une excavation illégale. Sans doute l'œuvre de chasseurs de trésor. »

Le Gardien écarquilla les yeux. « On aurait tenté de pénétrer dans le temple par un souterrain ?

— C'est ce qu'il semblerait, oui. Les pillards devaient chercher à rejoindre les cryptes par l'arrière. » Il s'engagea dans le tunnel, fit quelques pas puis se retourna pour faire impatiemment signe au Gardien. « Viens, Diriente. Il faut que tu voies ça. »

Le Gardien ne bougea pas.

« Tu crois vraiment que je vais descendre là-dedans ? Que nous allons ramper tous les deux dans un tunnel souterrain où l'on n'y voit goutte ?

— Mais oui.

— Je ne suis plus tout jeune, Mericalis.

Tu exagères. Et puis la galerie est très bien étayée. Tu en es capable. »

Mais le Gardien résistait. « Et si les auteurs revenaient et nous surprenaient là-dedans ?

— Impossible. Je te le garantis.

— Pourquoi ?

— Fais-moi confiance, Diriente.

— Tout de même, je serais plus rassuré si nous nous faisions accompagner par deux jeunes prêtres. »

Le conservateur secoua la tête. « Quand tu auras

vu ce que je veux te montrer, tu te réjouiras qu'ils n'y ait pas d'autre témoin. Allons, viens. Tu vas me suivre, oui ou non ? »

Mal à l'aise, le Gardien finit par franchir l'ouverture. Le sol fraîchement remué était humide et meuble sous ses sandales. Capiteuse, l'odeur de la terre lui emplissait les narines. Mericalis avançait rapidement et sans se retourner, cinq ou six pas devant lui. Le Gardien s'aperçut bien vite qu'il devait progresser presque accroupi s'il ne voulait pas se cogner la tête contre le plafond bas du tunnel. Qui, pourtant, était bien conçu, ainsi que le lui avait fait remarquer le conservateur. Il suivait une pente escarpée jusqu'à une profondeur équivalant à deux fois la taille d'un homme, puis continuait à l'horizontale. Les angles étaient taillés bien droit et l'ensemble étayé tous les dix pas. Tout cela avait dû représenter des mois de travail acharné. Le Gardien était écœuré par cette violation de son territoire personnel. Dire que des pillards avaient pu s'activer ici sans que personne vienne les déranger ! Avaient-ils effectivement atteint les cryptes ? En réalité, le temple n'était pas d'un seul tenant, mais composé de nombreux bâtiments datant d'époques différentes, chacun étant édifié sur les fondations de son prédécesseur. On pensait que sous la grande salle cérémonielle du temple actuel gisaient en couches superposées d'autres salles inaccessibles dont certaines pouvaient remonter à des milliers d'années. Le temple renfermait un trésor considérable en pierres précieuses, lingots de métaux rares et œuvres d'art ; dons de monarques oubliés, ces objets avaient été dissimulés dans les antiques cryptes dans un passé très reculé, et depuis plus personne ou presque ne s'en était soucié. On pensait également que les profondeurs du temple recelaient des caveaux royaux, des tombes de prêtres et de héros d'antan. Mais nul n'avait jamais tenté d'explorer les cryptes les plus profondément enfouies, les marches qui y conduisaient étant trop encombrées de gravats ; même Mericalis était dans l'incapacité de distinguer ce qui avait pu être un escalier de ce qui faisait partie intégrante des fondations du temple. Il aurait été impossible d'atteindre les strates les plus anciennes sans éventrer le bâtiment contemporain et creuser de profonds puits à travers les premières caves, ce que personne n'aurait osé faire puisqu'une telle excavation aurait affaibli la structure tout entière, au risque de provoquer son effondrement. Quant à la solution du tunnel extérieur… pour autant que le Gardien sache, personne ne l'avait jamais proposée non plus, et de toute façon la Grande Assise du temple n'aurait jamais permis qu'un tel projet soit entrepris, même si un plan avait effectivement été exposé. En effet, quel bénéfice spirituel pouvait-on retirer de ces fouilles ? Quant à la valeur scientifique de la démarche, elle n'était pas bien grande : les traces de civilisations antérieures ne manquaient pas à la surface de la Terre ; les archéologues avaient de quoi s'en donner à cœur joie.

En revanche, si c'étaient des pilleurs de tombes, et non des archéologues, qui avaient creusé ce tunnel…

Il comprenait maintenant que Mericalis se soit

empressé de venir le trouver au beau milieu de l'invocation !

« Comment es-tu tombé sur tout cela ? » demanda-t-il tandis qu'ils poursuivaient leur progression. On manquait d'air, cela sentait le renfermé et on n'allait pas très vite.

« En fait, c'est un des prêtres qui a trouvé le tunnel. Un des plus jeunes — non, Diriente, je ne te dirai pas son nom. Il a amené dans la clairière certaine jeune prêtresse, histoire d'être un peu seul avec elle, et ils ont bien failli tomber dans la fosse. Après avoir poussé à peu près jusqu'ici, ils se sont rendu compte qu'il y avait quelque chose de louche et sont venus m'en parler.

— Et tu ne m'as rien dit.

— Non. En effet. Sur le moment, cela m'a paru relever uniquement de mes attributions. J'ai jugé inutile de te mettre au courant. D'accord, on avait creusé aux abords du temple, et selon toute vraisemblance cela ne datait pas de la veille. Oui, on était venu, de nuit peut-être, s'échiner avec une patience infinie à déblayer et entasser la terre dans les bois en se rapprochant toujours plus du mur, certainement dans l'intention de déboucher dans une des salles souterraines et d'en emporter les richesses inestimables. Mais j'avais dans l'idée de venir me rendre compte par moi-même, puis de remettre l'affaire entre les mains de la police. À ce stade, bien sûr, je t'en aurais informé.

— Dois-je comprendre que tu n'as *pas* fait appel à la police, finalement ?

— Non. Je m'en suis abstenu.

— Pourquoi cela ?

— Parce que la police n'aurait trouvé personne à arrêter. Regarde un peu par là, Diriente. »

Il attira le Gardien par le bras et le posta juste devant lui. Puis il passa son bras par-dessous celui de son ami et dirigea le faisceau de sa torche vers le fond du passage qui s'ouvrait devant eux.

Le Gardien laissa échapper un hoquet de surprise.

Deux hommes en vêtements de travail grossiers gisaient bras et jambes écartés sur le sol du tunnel, à demi enfouis sous les gravats tombés du plafond. Le Gardien distingua des pics et des pioches dépassant d'un monticule de terre tombée à côté d'eux. Un troisième — non, cette fois c'était une femme — gisait à quelque distance de là. Une écœurante odeur de décomposition émanait de l'ensemble.

« Ils sont morts ? s'enquit-il d'une voix contenue.

— Est-il besoin de poser la question ?

— Un éboulement, tu crois ?

— À première vue, c'est ce qu'on pourrait croire, en effet. Ces deux-là creusaient. Je pense que la fille faisait le guet à l'entrée. Elle est armée, tu vois ? Deux pistolets et un poignard. Ils ont dû la rappeler parce qu'ils avaient trouvé quelque chose, et c'est à ce moment-là que tout s'est effondré sur eux. » Mericalis enjamba le corps élancé de la jeune fille puis se fraya un chemin dans les décombres et s'enfonça de quelques pas dans la galerie. « Viens, je vais te montrer ce qui s'est passé.

— Et si cela s'éboule à nouveau ?

— À mon avis, il n'y a guère de risque.

— Si cela s'est produit une fois, il n'y a pas de raison pour que ça ne recommence pas. » Le Gardien frissonna légèrement malgré la chaleur poisseuse qui régnait dans le tunnel. « En plein sur nos têtes. On devrait peut-être sortir d'ici tant qu'il est encore temps. »

Le conservateur fit la sourde oreille. « Regarde ça. Qu'est-ce que tu en penses ? » Il pointa sa torche de côté, selon un angle de 90° par rapport à l'alignement du tunnel. Le Gardien plissa les yeux et scruta l'obscurité. Un lourd linteau de pierre apparemment tombé du plafond gisait là, sur la tranche. Il portait des inscriptions d'un autre âge, des espèces de runes. Juste derrière, ténèbres dans les ténèbres, une ouverture ovale qui semblait être l'entrée d'une deuxième galerie perpendiculaire à la première. Mericalis se pencha par-dessus le linteau et éclaira le fond. C'était bien un tunnel. Mais très différemment construit : les parois étaient en pierres de taille étroites, soigneusement jointoyées ; la voûte arrondie, également en pierres, était soutenue par des arches ogivales. C'était de la belle ouvrage. Les points de soutènement avaient quelque chose d'archaïque.

« De quelle époque date cet édifice ? s'enquit le Gardien.

— D'un passé très ancien. Tu identifies les runes du linteau ? Protohistoriques. Le plus probable est que ce tunnel-ci est aussi ancien que le temple. Il devait faire partie du complexe sacré d'origine. Il est impossible que les pillards aient pu en connaître l'existence. Ils sont tombés dessus par hasard en creusant leur propre passage. Ils ont crié à la fille de venir les rejoindre — à moins qu'ils n'aient eu besoin d'elle pour dégager le linteau. Le point de rencontre entre les deux galeries devait présenter une résistance moindre ; le plafond côté premier tunnel s'est écroulé. Ce qui, pour ma part, ne m'inspire guère de pitié, je dois dire.

— Sais-tu où mène la seconde galerie ?

— Au temple, répondit Mericalis. Ou plutôt *sous* le temple, à l'intérieur des fondations anciennes. Tout droit vers les salles les plus profondes.

— Tu en es sûr ?

— J'y suis allé. Viens. »

Plus question de faire machine arrière. Suivant Mericalis de près, le Gardien contempla, impressionné, la maçonnerie élégante du tunnel. De temps en temps il découvrait des inscriptions de type runique, indéchiffrables et mystérieuses, gravées dans le sol en pierre. Au bout d'une vingtaine de pas, ils rencontrèrent une troisième galerie voûtée qui partait sur leur gauche. Mais le conservateur passa devant sans lui accorder un regard. « Il y a toute une série de tunnels, mais c'est celui-ci le bon. Pour autant que j'aie pu m'en rendre compte, c'est le seul qui entre dans le temple. » Le Gardien vit que Mericalis avait laissé un repère phosphorescent en haut du mur de la galerie et supposa qu'ils en trouveraient d'autres pour les guider par la suite. « Nous nous trouvons dans un hypogée processionnel, précisa le conservateur. Sans doute, il y a dix mille ans, se trouvait-il en surface ; mais au fil des siècles, il a été enseveli sous les remblais à l'édification des temples ultérieurs, entre autres décombres de diverses origines. Il était cerné par un véritable dédale de salles processionnelles aux parois également en pierre, qui devait à l'origine conduire aux sites sacrificiels et à des autels en plein air. Le tunnel que nous venons de dépasser en faisait partie. Il est obstrué au bout de quelques mètres. J'ai passé deux jours là-dedans à suivre fausse piste sur fausse piste. Jusqu'à ce que j'emprunte cette galerie-là, et... mais vois par toi-même, Diriente ! »

Mericalis brandit sa torche dans un grand geste théâtral. Sa pâle lueur révéla aux yeux ébahis du Gardien que les parois du tunnel s'évasaient jusqu'à former une haute salle voûtée en pierre magnifiquement sculptée, percée en bas à gauche d'une petite ouverture sombre. Ils étaient arrivés à la façade arrière du temple. Diriente se mit à trembler. L'épaisseur de terre qui le séparait de la surface l'oppressait comme s'il la sentait concrètement peser sur ses épaules, avec toute la structure infiniment complexe du temple s'étageant au-dessus de sa tête. C'était là la fondation de toutes les fondations. Jadis, tout cela se trouvait à l'air libre — dix mille ans plus tôt, à l'époque où les Visitants arpentaient encore la surface de la Terre.

« Tu es entré ? demanda le Gardien d'une voix rauque.

— Naturellement. Il faut ramper sur une partie du chemin. Ne respire surtout pas à fond : l'air est chargé de poussière. »

C'était en effet un air surchauffé, sec et sentant le renfermé, un air antique et mort qui faillit asphyxier Diriente. Il se mit à quatre pattes et, tête rentrée dans les épaules, se coula derrière Mericalis. Plusieurs fois, submergé par il ne savait quelle funeste appréhension, il dut fermer les yeux et attendre que le vertige se dissipe.

« Tu peux te remettre debout maintenant », dit le conservateur.

Ils se trouvaient dans une vaste salle aux murs en pierre grossièrement taillée, dépourvue de tout ornement et vide à l'exception de trois sarcophages en marbre blanc, longs et étroits, disposés côte à côte contre la paroi opposée.

« Prépare-toi à avoir une sacrée surprise, mon vieil ami, l'avertit Mericalis. Quand tu seras prêt, viens voir qui nous attend ici. »

Ils traversèrent la salle. Les sarcophages étaient recouverts d'une feuille de matière transparente et jaunâtre qui ressemblait beaucoup à du verre mais que le Gardien ne put formellement identifier.

Baissant les yeux sur ce que recelait cette enveloppe, il ne put réprimer un frisson glacé.

Chaque sarcophage contenait un cadavre gisant sur le dos. Une créature racornie émettant une faible lueur, d'allure générale plus ou moins humaine, mais les jambes étaient trop longues, et tous les détails contredisaient cette ressemblance grossière. Sur la tête, une crête osseuse arrondie ; même renflement au niveau des épaules. Genoux dédoublés, autre excroissance pointue aux chevilles… Les côtes, le pelvis, les doigts, les orteils… tout était étrange, différent. C'étaient manifestement des étoiliens ; ils ne pouvaient *pas* être de ce monde.

« D'après moi, le plus grand, au centre, c'est Vonubius. À droite ce doit être Aulimiath, et à gauche, logiquement, Oberith », déclara Mericalis.

Le Gardien releva vivement les yeux. « Qu'est-ce que tu dis ?

— De toute évidence, nous sommes dans un cénotaphe. Nous avons sous les yeux des tombeaux et des squelettes d'étoiliens. Bien conservés et ensevelis dans une salle de belles proportions — donc importante — au niveau le plus bas — donc le plus ancien — du temple des Visitants ; un espace où menait jadis un majestueux hypogée processionnel. Alors, de qui d'autre pourrait-il s'agir ?

— Les Visitants sont remontés au ciel une fois leur mission accomplie, répondit le Gardien d'une voix atone. Ils sont partis dans un vaisseau de feu pour retourner sur leur étoile.

— Tu y crois vraiment ? gloussa Mericalis.

— C'est ce qui est dit dans les Écritures.

— Je le sais fort bien. Mais y crois-tu ?

— Quelle importance, ce que je crois ? » Le Gardien reporta son regard sur les trois squelettes tout en longueur. « Dans les grandes lignes, les faits historiques ne sont remis en doute par personne. Le monde traversait une crise majeure — il était en train de s'effondrer. La guerre sévissait partout. Et au beau milieu de la tourmente sont arrivés trois ambassadeurs d'un autre système solaire qui, voyant ce qui se passait, ont usé de leurs pouvoirs supérieurs pour tout remettre en ordre. Quand a émergé le nouvel ordre mondial, ils sont repartis pour les étoiles. Ce récit se présente sous une forme quasi identique dans les mythes et légendes populaires de toutes les civilisations terriennes. Il faut bien qu'il contienne une bonne part de vérité.

— Je n'en doute pas. D'ailleurs, les voilà, nos

trois sages venus de loin. Mais il semble que les Écritures aient quelque peu remodelé les faits. Au lieu de rentrer sur leur étoile natale en promettant de revenir nous apporter la rédemption en cas de nouveaux troubles, ils sont morts sur Terre et ont été ensevelis sous le temple du culte qu'ils avaient engendré. M'est avis qu'il n'y aura donc pas de Second Avènement. Ou alors, pas aussi bienveillant qu'on veut le croire. Car tu remarqueras qu'ils ne sont pas morts de mort naturelle. Dans les trois cas, la tête a été violemment séparée du tronc.

— Comment !

— Observe-les de plus près, répliqua Mericalis.

— Il y a en effet une séparation au niveau des vertèbres, mais cela peut être dû à…

— Les trois décollations sont identiques. J'ai déjà vu des squelettes d'individus exécutés, Diriente. On en a mis au jour des dizaines autour du vieux gibet, au pied de la montagne. Ces trois-là ont été décapités, crois-moi.

— Mais non.

— Ce sont des martyrs. Ils ont été mis à mort par leurs fervents admirateurs et adorateurs dévoués, j'ai nommé les citoyens de la Terre.

— Non, non, non, non.

— Qu'est-ce que cela a de si ahurissant, Diriente ? Cela te choque, qu'une chose pareille ait pu se produire sur notre jolie planète verte ? Il y a trop longtemps que tu te tapis dans ton nid d'aigle à flanc de montagne. Tu as oublié ce que tu savais de la nature humaine ? Ou bien es-tu incapable de supporter l'idée que le récit des Écritures soit faux ? De toute manière, tu ne crois pas au Second Avènement, si ?

— Qu'est-ce qui te permet de l'affirmer ?

— Diriente, je t'en prie... »

Le Gardien se tut. Les pensées tournoyaient follement dans sa tête. Au bout d'un moment il reprit : « Il pourrait s'agir de trois autres étoiliens.

— En effet, c'est possible. Mais à notre connaissance, il n'y en a eu que trois : ceux que nous appelons les Visitants. Nous sommes tout de même dans le temple de la foi née de leur manifestation. Et on s'est donné beaucoup de mal pour les y ensevelir. J'ai du mal à croire que ce puissent être d'*autres* étoiliens.

— Qu'est-ce qui nous prouve que ce sont d'authentiques squelettes ? s'obstina le Gardien. Ce sont peut-être de simples idoles.

— Des idoles en forme de squelette, hein ? Et *décapités,* en plus. » Mericalis rit. « On peut sans doute pratiquer des tests chimiques, si tu le désires. Mais moi, ils me paraissent tout ce qu'il y a de plus authentique.

— Les Visitants étaient des quasi-dieux. Des *dieux,* en fait, comparés à nous. En tout cas, ils ont été considérés comme des êtres d'essence divine — ou du moins comme les ministres et les ambassadeurs de l'Être supérieur — lors de leur venue. Alors pourquoi les aurait-on tués ? Comment a-t-on osé lever la main sur eux ?

— Qui sait ? Peut-être n'avaient-ils pas tellement l'air divin au temps où ils " marchaient parmi nous ".

— Mais, il est dit dans les Écritures que…

— Oui, oui, les Écritures. Combien de temps après les faits ont-elles été rédigées ? Il se peut que les Visitants n'aient pas été reconnus d'emblée comme des êtres divins. On les a peut-être trouvés menaçants, dangereux — voire franchement tyranniques. Ils représentaient peut-être une menace pour notre libre arbitre, notre droit de nous mettre dans le pétrin. N'oublie pas que l'anarchie régnait. Si ça se trouve, certains ne voulaient *pas* voir l'ordre rétabli. Je ne sais pas. Et même si on les prenait effectivement pour des dieux, n'oublie pas, Diriente, qu'il existe sur cette planète une très ancienne tradition de déicide. Très, *très* ancienne, même. Pense aux cultes préhistoriques. Quand on creuse assez profond, on trouve toujours un dieu assassiné. »

Le Gardien se replongea dans le silence. Il ne pouvait détacher son regard de ces crânes à crête osseuse, de ces orbites vides inclinées selon un angle inhabituel.

« Quoi qu'il en soit, reprit Mericalis, ils sont là : trois squelettes de créatures venues d'un autre monde qui se trouvent avoir été inhumées sous ton temple il y a fort longtemps. J'ai pensé que tu voudrais connaître leur existence.

— En effet, merci.

— Maintenant, il faut que tu décides ce que tu vas en faire.

— Oui. Je sais.

— On peut toujours refermer hermétiquement le passage et ne rien à dire à personne. Ce qui éviterait toutes sortes de complications, non ? Pour moi, ce serait un véritable crime contre la connaissance, mais si tu juges cette solution préférable…

— Qui est au courant, jusqu'à présent ?

— Toi, moi. C'est tout.

— Le jeune prêtre et la prêtresse qui ont découvert la fosse ?

— Ils sont venus tout droit m'en parler. Ils ne se sont pas beaucoup avancés dans le tunnel — pas plus de quelques mètres. Pourquoi seraient-ils allés plus loin ?

— Cela reste une possibilité.

— Non, je t'assure. Ils ne portaient pas de torche, et de toute façon ils avaient autre chose en tête. Ils n'ont fait que jeter un coup d'œil, le temps de se rendre compte qu'il y avait quelque chose d'anormal. Ils n'ont même pas vu les pillards. En tout cas, ils ne m'ont pas parlé de cadavres. S'ils les avaient trouvés, ils m'en auraient certainement fait part. Et ils auraient eu l'air beaucoup plus secoués.

— Et tu penses que les pillards ne sont pas non plus arrivés jusqu'ici ?

— Je n'en ai pas l'impression. Il m'a semblé qu'ils n'avaient pas dépassé le linteau. Quoi qu'il en soit, ils ne sont plus en état de le raconter.

— Mais imagine qu'ils soient bel et bien parvenus jusqu'ici ? Qu'un quatrième larron ait réussi à s'échapper quand le tunnel s'est éboulé ? Il est peut-être en ce moment même en train de rapporter à tous ses petits camarades ce qu'il a vu dans cette salle. »

Mericalis secoua la tête. « On n'a aucune raison de le croire. Et puis, en empruntant cette galerie pour la première fois, en débouchant dans cette chambre mortuaire, j'ai bien vu que personne n'y avait pénétré depuis longtemps — plus longtemps qu'on ne peut l'imaginer. Il y aurait eu des traces de pas dans la poussière. Non, l'endroit est en paix depuis une éternité. Toute l'histoire des Visitants a largement eu le temps de tomber dans l'oubli, enrobée dans un joli mythe bien commode laissant croire à leur ascension vers les cieux sur une colonne de feu. »

Le Gardien réfléchit. Puis : « Bon. Retourne dehors, Mericalis.

— En te laissant seul ici ?

— En me laissant seul ici, oui. »

Mal à l'aise, le conservateur reprit : « Qu'est-ce que tu as en tête, Diriente ?

— Je veux rester seul un moment pour réfléchir et prier, c'est tout.

— Et je suis censé croire ça ?

— Oui.

— Si tu t'aventures dans les autres galeries et que tu restes coincé dans un couloir inexploré, il est probable qu'on ne te retrouvera jamais.

— Je ne m'aventurerai nulle part. Je t'ai dit ce que j'avais l'intention de faire. Rester où je suis. Tu m'as confronté aux cadavres des dieux assassinés d'une religion que je suis censé servir, et j'ai besoin d'en tirer les conclusions qui s'imposent. Un point c'est tout. Va-t'en, Mericalis. C'est à moi qu'il revient de savoir quoi faire. Tu ne ferais que me déranger. Reviens me chercher à l'aube et je te promets que tu me trouveras assis à cet emplacement exact.

— Nous n'avons qu'une seule torche, et je vais

en avoir besoin pour retrouver mon chemin jusqu'à la sortie. Ce qui implique de te laisser dans le noir.

— J'en ai parfaitement conscience, Mericalis.

— Mais…

— Va. Ne t'en fais pas pour moi. Je suis tout à fait capable de supporter un séjour de quelques heures dans le noir. Je ne suis pas un enfant. Va, insista-t-il. Va-t'en et c'est tout, d'accord ? Allez. »

Il n'était pas rassuré et ne se le cachait pas. Il n'était plus tout jeune, et de tempérament plutôt casanier. Il n'était pas du tout dans sa nature de passer la nuit dans un profond souterrain où l'air réussissait à être à la fois sec comme la poussière et poisseux d'humidité, sans parler de l'odeur âcre, typique des lieux très anciens, qui lui piquait douloureusement les narines. Il était bien loin de sa jolie chambrette pleine de livres, avec ses meubles familiers et sa cruche de vin ! L'obscurité totale le portait à imaginer la présence de toutes sortes de créatures des profondeurs éminemment déplaisantes rôdant tout autour de lui — des crapauds blancs dépourvus d'yeux, peut-être, des lézards efflanqués, ou bien des araignées contemplatives descendant lentement au bout d'épais filaments soyeux depuis des recoins invisibles dans la voûte de pierre. Debout au centre de la salle, il lui semblait discerner un gros serpent luisant aux yeux bleus et aveugles, étincelants comme des saphirs ; il sortait d'une fosse dans le sol et, émettant une pâle lueur, se dressait en sifflant devant lui puis se mettait à osciller sur place pour se préparer à frapper. Mais le Gardien savait bien que tout cela était un tour que lui jouaient les ténèbres. Il n'y avait pas plus de fosse que de serpent.

Il transpirait abondamment. Sa toge légère était trempée et adhérait à son corps tel un suaire. Il avait l'impression d'emplir ses poumons de toiles d'araignée chaque fois qu'il inspirait. L'obscurité était si dense qu'elle se cognait à ses yeux, à tel point qu'il dut les fermer. Il percevait des sons non identifiables en provenance des murs ; une espèce de vibration grinçante, un battement régulier et nonchalant, et aussi un chuintement, comme un filet de sable coulant dans quelque cavité intérieure. En outre, une trépidation inquiétante accompagnée de bourdonnements harmoniques lui faisait craindre que le temple lui-même, fâché par cette intrusion dans ses entrailles, ne s'abatte sur sa tête. *Ce que j'entends, c'est seulement l'écho des pas de Mericalis,* se dit-il. *À mesure qu'il rebrousse chemin en direction de la sortie.*

Au bout d'un moment, il se dirigea à l'aveuglette vers les sarcophages, dans l'angle de la salle, en se guidant grâce aux pierres grossièrement taillées de la plus proche paroi. Mais il dut mal s'orienter car il ne rencontra rien en arrivant au coin ; de plus, quand il poursuivit son chemin, ses doigts tâtonnants trouvèrent ce qui ne pouvait qu'être l'entrée du tunnel. Il resta un instant immobile dans le noir à essayer de se remémorer la disposition des lieux, certain pourtant que les tombes devaient se trouver dans l'angle qu'il avait visé en premier, et incapable de comprendre pourquoi il n'était pas tombé sur elles. Il songea à repartir en arrière pour s'en assurer. Mais peut-être avait-il perdu le sens de l'orientation. Il avait pu emprunter une direction diamétralement opposée. Il continua à avancer, dépassa l'orée du tunnel et longea le mur d'en face vers l'angle opposé. Point de sarcophages. Il tourna à droite sans ôter sa main du mur, un pas à la fois, imaginant constamment des gouffres béants sous ses pieds. Enfin il heurta quelque chose du genou. Il avait atteint les tombes.

Il s'agenouilla, agrippa le rebord de la plus proche, se pencha sur le sarcophage et y plongea son regard.

À sa grande surprise, il s'aperçut qu'il y voyait un peu. Assez, en tout cas, pour distinguer les contours anguleux du squelette. Comment était-ce possible ? Peut-être s'habituait-il à l'obscurité. Mais non : en fait, le cercueil semblait nimbé d'une faible lueur, une espèce de rougeoiement aussi imperceptible qu'inattendu grâce auquel il apercevait les formes allongées de la créature.

Illusion ? Possible. Hallucination, même. Il n'avait jamais rien vécu d'aussi étrange, et il fallait s'attendre à tout, absolument à tout. *Il y a de la magie là-dedans,* se surprit-il à songer avant de se reprendre, stupéfait : comment pouvait-il sombrer aussi promptement dans des abîmes d'irrationnel ? Il était pourtant du genre prosaïque. Il ne croyait pas du tout à la magie. Et pourtant, pourtant…

La clarté s'intensifia. À présent, le squelette flamboyait dans le noir. Le Gardien discerna avec une netteté surréelle les crêtes et autres excroissances de l'extraterrestre, ses vertèbres noueuses qui ne ressemblaient à rien de connu, tout cela émettant un étrange feu pourpre qui lui en révélait tous les aspects. Les orbites vides semblaient animées d'une vive intelligence.

« Qui êtes-vous ? » demanda le Gardien sur un ton presque agressif. « D'où venez-vous ? Pourquoi êtes-vous venus mettre le nez dans nos affaires ? Du moins, si vous avez un nez... » Il se sentait en proie à une curieuse ivresse. La raréfaction de l'air, peut-être. Pas assez d'oxygène. Il rit, trop longtemps et trop fort. « Oberith, c'est ça ? Ou Aulimiath ? Et dans le cercueil du milieu, c'est Vonubius, hein ? Le plus grand, le chef de la mission. »

Tout à coup, il tremblait d'angoisse. Des vagues de terreur et de perplexité le submergeaient tour à tour. Ses propres facéties lui faisaient peur. Il se mit à sangloter.

L'idée qu'il puisse se trouver en présence des *authentiques* dépouilles des *authentiques* Trois l'emplissait de détresse et de confusion. Avec les années, il en était venu à considérer la fable de l'Avènement comme un simple mythe — celui des dieux venus des étoiles ; et voilà qu'il en avait la preuve ahurissante : les figures de ce mythe avaient été des créatures de chair, elles avaient marché, mangé, respiré, uriné... Elles avaient été vulnérables devant la mort, le meurtre. À cela, il y avait bien longtemps qu'il ne croyait plus. Cette révélation le contraignait à revoir toutes ses positions. Réduisait-elle par la même occasion sa religion à une simple succession de faits historiques ? *Non... non,* songea-t-il. Au contraire, l'existence même de ces ossements, de cette chambre mortuaire, élevait l'histoire au niveau du miracle, du mythe. Ils étaient vraiment venus sur Terre. Ils avaient accompli leur tâche, puis ils étaient repartis ; pas en direction des étoiles, mais des contrées de l'au-delà. D'où ils reviendraient en temps voulu ; et leur résurrection apporterait la rédemption promise, le pardon du crime perpétré contre eux.

Était-ce la solution de l'énigme ? La juste interprétation ?

Il l'ignorait. En fait, il ne savait plus rien du tout.

Le Gardien frémit, puis trembla de la tête aux pieds, referma ses bras autour de lui et s'étreignit énergiquement.

« Non, reprit-il avec austérité. Ce n'est pas possible. Vous ne pouvez pas être *eux.* Je refuse de croire que tels puissent être vos noms. »

Des sarcophages ne lui parvint aucune réponse.

« Vous pouvez être n'importe quels étoiliens, leur dit encore le Gardien, de plus en plus virulent. Des étoiliens passés sur Terre par hasard, le temps d'un après-midi, juste histoire de voir ce qui se trouvait là. Et à qui ça n'a pas porté chance. Je me trompe ? »

Le silence, encore et toujours. Le Gardien s'accroupit tout près du premier tombeau en pressant sa joue contre la pierre sèche et froide, et recommença à frémir et trembler.

« Parlez-moi, supplia-t-il. Que faut-il que je fasse pour que vous me parliez ? Que je prie ? Très bien, alors je vais prier, si c'est ce que vous désirez. »

Il prit la voix particulière qu'il réservait à l'invocation vespérale et entonna une psalmodie à partir des trois saints noms : « Oberith... Aulimiath... Vonubius. »

Pas de réponse.

Amer, il commenta : « Alors, vous ne connaissez pas vos propres noms ? Ou bien êtes-vous trop têtus pour y répondre ? »

Il leur lança un regard furibond dans le noir.

« Quelle est la raison de votre présence ici ? interrogea-t-il, franchement hors de lui. Pourquoi a-t-il fallu que Mericalis vous découvre ? Oh, maudit soit-il ! Pourquoi a-t-il fallu qu'il me parle de vous ? »

Toujours aucune réaction. Pourtant, il le sentait, quelque chose de singulier était en train de se passer. De sinueuses colonnes de lumière s'élevaient des trois cénotaphes et dansaient en palpitant sous ses yeux telles des langues de feu froid lui commandant de ne pas bouger, de leur prêter attention. Le Gardien appuya ses mains contre son front, baissa la tête et laissa son esprit se vider de manière à ne plus être bientôt qu'une coquille vide tapie dans l'obscurité de la crypte. Tandis qu'il attendait à genoux, les choses se mirent à changer tout autour de lui ; les parois se dissipèrent, reculèrent, il se sentit emporté vers le haut, vers le dehors, jusqu'à se retrouver environné d'une atmosphère douce et limpide sous la tiédeur dorée du soleil.

C'était une journée lumineuse, printanière, une journée splendide appelant l'adoration. Mais avec de vilaines dissonances. Sur sa gauche comme sur sa droite, il entendait des cris — de rudes éclats de voix venant de partout à la fois et exprimant manifestement la colère.

« Les voilà ! Attrapez-les ! Attrapez-les ! »

Trois silhouettes élancées, grotesques, lui apparurent ; étranges, hautes une fois et demie comme un homme, elles arboraient de gros yeux et des membres étirés en longueur et se déplaçaient rapidement mais avec une espèce de dignité accablée, comme si elles flottaient au lieu de se mouvoir sur leurs membres inférieurs. Elles n'avaient qu'une courte avance sur leurs poursuivants. Le Gardien vit qu'il s'agissait des Trois en leurs derniers instants, vit qu'ils avaient été harcelés, pourchassés tout au long de cette magnifique journée à travers les douces prairies d'une riante vallée. À présent, ils n'avaient plus d'endroit où aller ; ils étaient pris au piège dans un cul-de-sac au flanc de la montagne ; l'armée de leurs ennemis se rapprochait et tout espoir de fuite leur était désormais interdit.

Il entendit bientôt de sauvages et triomphantes exclamations, aperçut des visages cramoisis, boursouflés par la rage. Partout pointaient des massues, des matraques, des fourches et des hachettes. Les yeux étaient écarquillés, les lèvres déformées par un rictus, les poings serrés et furieusement brandis. Et là, sur une hauteur, face à leurs assaillants, les Trois se tiennent tout près les uns des autres ; ils n'offrent aucune résistance. Ils semblent en paix. Ils sont peut-être surpris par ce qui se passe, peut-être pas… Comment savoir ? Comment déchiffrer leurs expressions extraterrestres ? En tout cas, ils ne sont sûrement pas en colère. Non, la colère ne fait pas partie de leur gamme de sentiments. Quelque chose révèle qu'ils s'attendaient à tout cela. *Pardonnez-leur car ils ne savent pas ce qu'ils font.* Un flottement : au dernier moment, la foule est tout à coup mal à l'aise, voire effrayée, en tout cas hésitante ; quels risques encourt-elle, en fin de compte ? Puis elle surmonte ses atermoiements et se précipite, telle une créature prise de démence ; l'acier luit au soleil et…

La vision prit abruptement fin. Le Gardien se retrouva dans la chambre mortuaire. Il n'y avait plus de lumière. L'air était à nouveau sec et légèrement malodorant ; disparue, la suavité du dehors. Le tombeau était obscur et vide.

Encore sous le coup de ce qu'il venait de voir, le Gardien eut honte. Une culpabilité quasi suicidaire l'accabla. Il perdit la tête et se mit à courir çà et là, à l'aveuglette, comme un fou. Puis, épuisé, il s'arrêta le temps de reprendre son souffle et scruta les ténèbres à l'endroit où, d'après lui, devaient se trouver les sarcophages. Il avait envie d'en fracturer l'enveloppe translucide, de prendre dans ses bras les trois crânes étranges et de les emporter vers la claire lumière du jour ; là-haut, il rassemblerait les gens et leur montrerait ce qu'il avait extirpé des profondeurs de la terre, il leur brandirait les crânes sous le nez et leur crierait : « Voici vos dieux ! Voici ce que vous leur avez fait ! Toutes vos croyances sont fondées sur une tromperie ! » Puis il se précipiterait du haut de la montagne.

Mais non.

Il n'en ferait rien. Comment anéantir tous les espoirs de ses semblables ? Et de toute façon, à quoi servirait sa mort ?

Cependant… laisser le mensonge se perpétuer…

« Que vais-je faire de vous ? demanda le Gardien aux squelettes. Que vais-je dire au peuple ? » Sa voix monta follement dans les aigus et se répercuta sans fin sur les parois en pierre ainsi qu'à l'intérieur de son crâne, envahi d'une pulsation douloureuse. « Oui, le *peuple ! Le peuple ! Le peuple !* »

« Parlez-moi ! s'écria-t-il. Dites-moi ce que je dois faire ! »

Le silence, rien que le silence. Non, ils ne lui fourniraient aucune réponse.

Il rit de son propre désespoir. Puis il pleura un temps, jusqu'à ce que les yeux lui cuisent et que les sanglots lui mettent la gorge en feu. Alors il retomba à genoux auprès d'un des sarcophages. « Qui êtes-vous ? répéta-t-il d'une voix qui n'était plus qu'un souffle. Toi, es-tu vraiment Vonubius ? »

Et cette fois, il imagine qu'il entend une réponse moqueuse : *Je suis qui je suis. Va en paix, mon fils.*

La paix ? Où ? Comment ?

Enfin, au bout d'un très long moment, il retrouva son calme et se dit que cette fois il allait le conserver. Il vit bien qu'il s'était couvert de ridicule — un vieux Gardien courant en tous sens dans une chambre mortuaire souterraine, vociférant comme un dément, élevant des prières destinées à des dieux en qui il ne croyait pas, entamant le dialogue avec des cadavres ! Petit à petit, son âme tourmentée se détacha des poignantes turbulences où elle s'était laissé entraîner, de la frénésie maniaque et de la fureur infantile. Il n'y avait pas eu de rougeoiement diffus. Son esprit exalté lui avait concocté quelque fantasme torturé. L'obscurité régnait toujours dans la crypte. Il n'y voyait goutte. Devant lui, il le savait, se dressaient trois antiques sarcophages en pierre contenant des ossements desséchés remontant à la plus haute Antiquité, les restes terrestres de créatures non terrestres depuis bien longtemps défuntes.

Oui, il était de nouveau calme. Mais sa détresse, elle, ne se laissait pas si facilement évacuer. Ces reliques, il le savait aussi, remettaient en question toute son existence. La vérité lui avait été irréfutablement révélée dans toute sa laideur. Il s'était dévoué à une foi fallacieuse en présentant aux autres, en toute connaissance de cause, l'espoir infondé que des dieux bienveillants viendraient les racheter. Un soir après l'autre, il s'était tenu sur le portique à invoquer les Trois, à prier pour leur prompt retour sur sa planète affligée. Alors qu'en fait ils ne l'avaient jamais quittée. Ils avaient péri de la main des gens mêmes qu'ils étaient venus sauver — du moins, c'était ce qu'il supposait.

Que faire ? se demanda le Gardien. Révéler la vérité ? Exposer les corps des Trois devant les fidèles ahuris et saisis de désarroi, ainsi qu'il l'avait envisagé quelques instants plus tôt ? Irait-il jusqu'à faire cela ? En serait-il même capable ? *Vos croyances étaient fondées sur une imposture,* s'imagina-t-il en train de leur dire. Comment prendre une responsabilité pareille ? Pourtant, c'était la vérité. *Pas étonnant que j'aie perdu la foi il y a longtemps.* En fait, il avait su la vérité avant même de l'apprendre. Or, c'était la vérité qu'il avait juré de servir, toujours et avant tout, non ? Seulement, il y avait tant de choses qu'il ne comprenait pas… qu'il ne *pouvait* pas comprendre, peut-être.

Il regarda encore les squelettes, et une foule de questions nouvelles se pressèrent dans son esprit.

« Qu'est-ce qui vous a incités à venir à nous ? » La colère avait cédé la place à une singulière sérénité spirituelle. « Pourquoi avoir choisi de nous aider, nous ? Pourquoi nous avoir laissés vous éliminer puisqu'il était certainement en votre pouvoir de nous en empêcher ? »

Autant de questions cruciales auxquelles le Gardien n'avait pas de réponse. Pourtant, qui savait quels miracles pouvait entraîner leur simple formulation. Oui, oui, des miracles ! Car la vraie foi peut fleurir sur les ruines d'une fausse croyance, n'est-ce pas ?

Il était extrêmement las. La nuit avait été longue…

Il se laissa progressivement glisser au sol, où il s'étendit de tout son long, à plat ventre, le visage enfoui au creux de ses bras. Il avait l'impression que la timide lumière matinale pénétrait dans la salle, que sa longue veille prenait fin. Mais comment les rayons du soleil auraient-ils pu arriver jusqu'à lui, si loin sous terre ? Il préféra ne pas creuser la question. Il se contenta d'attendre tranquillement. Puis il entendit des pas. Mericalis revenait. La nuit était bel et bien finie.

« Diriente ? Diriente, ça va ?

— Aide-moi à me relever, répond le Gardien. Je n'ai guère l'habitude de passer la nuit couché par terre sur la pierre froide. »

Le conservateur promène çà et là le faisceau de sa torche, comme s'il s'attendait à y trouver des changements.

« Eh bien ? s'enquiert-il enfin.

— Sortons d'ici, veux-tu ?

— Tu te sens bien ?

— Mais oui, mais oui, ça va !

— Je me suis fait un souci monstre. Tu m'avais dit que tu voulais être seul, mais je ne pouvais m'empêcher de penser…

— Penser… voilà qui peut être fort dangereux. Je ne te le conseille pas.

— Je tenais à te dire que, d'après moi, la solution que nous avons envisagée hier soir est la meilleure, Diriente. Ce que nous avons trouvé ici peut faire voler l'Église en éclats. Nous devons sceller hermétiquement l'accès à ce tombeau et oublier que nous y avons jamais mis les pieds.

— Non, répliqua le Gardien.

— Nous ne sommes pas tenus de révéler quoi que ce soit à qui que ce soit. Mon travail consiste simplement à prévenir l'effondrement du temple, et le tien à exécuter les rituels de la foi.

— Mais si cette foi est une imposture, Mericalis ?

— Nous ne pouvons pas l'affirmer.

— Mais nous avons nos doutes, n'est-ce pas ?

— Dire que les Trois ne sont jamais repartis pour les étoiles, c'est faire preuve d'hérésie, non ? Veux-tu prendre la responsabilité de répandre l'hérésie, Diriente ?

— Mon devoir est de promouvoir la vérité. Depuis toujours.

— Pauvre Diriente ! Que t'ai-je fait là !

— Ne dilapide pas ta pitié pour moi, Mericalis. Je n'en ai pas besoin. Contente-toi de m'aider à retrouver mon chemin vers la sortie, veux-tu ? D'accord ?

— Entendu. Comme tu voudras. »

La galerie paraît beaucoup plus courte, beaucoup plus simple dans son tracé qu'à l'aller. Les deux hommes l'empruntent jusqu'au bout sans proférer un mot. Mericalis avance d'un pas précipité sans jamais regarder en arrière. Le Gardien, qui le suit avec la même hâte, se sent empli d'une vigueur disparue depuis de longues années. Son esprit ne chôme pas : il se préoccupe de ce qu'il va annoncer ce jour-là, d'abord au personnel du temple, puis aux fidèles qui viendront, ensuite peut-être à l'empereur et à sa cour, là-bas, dans la grande cité au pied de la montagne. Ses paroles résonneront à leurs oreilles comme le tonnerre sur la cime ; après, advienne que pourra. *Mes frères, mes sœurs, je suis venu vous apporter une grande joie,* commencera-t-il par dire. *Le jour du Second Avènement est arrivé. Car voyez, je puis vous montrer les Trois en personne. Les Trois qui sont à présent parmi nous, et qui ne nous ont d'ailleurs jamais quittés…*

Titre original :
A Long Night's Vigil at the Temple
Initialement paru dans *After the King,*
anthologie de Martin H. Greenberg, 1992

Passagers

De moi, il ne reste plus que des fragments. Des pans entiers de ma mémoire se sont détachés pour s'en aller à la dérive tels des morceaux de glacier. Il en est toujours ainsi quand un Passager nous quitte. Nous ne pouvons jamais être certains de ce qu'ont pu faire ces corps qu'on nous confisque. Il ne nous en reste que des traces, des empreintes.

Comme le sable qui s'accroche à la bouteille ballottée par la mer. Comme les douloureux élancements qui subsistent dans la jambe amputée.

Je me lève. Je rassemble mes esprits. Mes cheveux sont en bataille ; j'y passe un peigne. Le manque de sommeil creuse mes traits. J'ai un goût amer dans la bouche. Mon Passager se serait-il servi d'elle pour mâcher des excréments ? Cela leur arrive. Ils sont capables de tout.

C'est le matin.

Un matin gris, incertain. Je le contemple un moment, puis je frissonne et j'opacifie la fenêtre ; je me retrouve face à face avec la surface également grise, incertaine, du panneau intérieur. Ma chambre est en désordre. Y ai-je amené une femme ? Les cendriers sont pleins. J'y trouve plusieurs mégots tachés de rouge à lèvres. Oui, une femme est venue.

J'effleure les draps. Ils sont encore tièdes de chaleur partagée. Mais elle est partie, le Passager est parti, et moi je suis seul.

Combien de temps cela a-t-il duré, cette fois ?

Je décroche le téléphone et j'appelle le Central. « Quel jour sommes-nous ? »

La voix féminine et neutre de l'ordinateur me répond : « Vendredi 4 décembre 1987.

— Quelle heure ?

— Neuf heures cinquante et une, heure de la côte est.

— Bulletin météo ?

— Fourchette de températures prévues pour aujourd'hui : de —1 à + 3°. Température actuelle : + 0,5 degrés. Vent du nord soufflant à la vitesse de 25 km/h. Risques de précipitations : négligeables.

— Qu'est-ce que vous conseillez en cas de gueule de bois ?

— Aliments ou remèdes ?

— Tout ce que voudrez. »

L'ordinateur y réfléchit un instant puis décide de me fournir les deux et active ma cuisine. Du robinet s'écoule du jus de tomate. Des œufs se mettent à frire. La fente médicinale crache un liquide violacé. L'Ordinateur central est toujours très attentionné. Je me demande si les Passagers s'en servent. Quelle source d'excitation peut-il représenter pour eux ? Il devrait être bien plus amusant d'emprunter les millions d'intelligences contenues dans le Central que d'occuper temporairement l'âme imparfaite et pleine de courts-circuits des êtres humains !

Le 4 décembre... Vendredi. Le Passager m'a donc accaparé trois nuits.

Je bois la substance violacée et je sonde ma mémoire avec prudence, comme on tâte une plaie purulente.

Je me rappelle mardi matin. Problèmes au travail. Les courbes s'obstinaient à sortir de travers. Le chef de service était énervé ; il s'est fait « emprunter » trois fois en cinq semaines par des Passagers, ce qui perturbe la bonne marche de son service et compromet sa prime de Noël. Il est d'usage de ne pas pénaliser les gens en cas d'absence pour cause de Passager, mais il a tout de même l'air de croire qu'on sera injuste avec lui. Ce n'est pas drôle pour nous. Il faut sans cesse réviser les courbes, trafiquer le programme, revérifier dix fois les principes de base. Et voilà : les prévisions détaillées concernant les variations de cote sur les valeurs des entreprises publiques pour la période février-avril 1988. Cet après-midi, nous devons nous réunir pour discuter des courbes et de leurs enseignements.

Je ne me souviens pas de mardi après-midi.

C'est à ce moment-là que le Passager a dû m'emprunter. Peut-être au bureau ; voire dans la salle de conférences elle-même, avec ses murs lambrissés d'acajou, pendant la réunion. J'imagine des visages roses et soucieux qui se pressent autour de moi ; je tousse, je m'incline sur le côté, je perds l'équilibre. Les autres secouent la tête d'un air triste. Personne ne me tend la main. Personne ne tente de m'arrêter. Il est trop dangereux d'intervenir quand quelqu'un abrite un Passager. Il y a toujours le risque qu'un autre Passager rôde dans les parages en état incorporel et recherche une monture. Alors on m'évite. Je quitte l'immeuble.

Et après ?

Tout seul dans ma chambre en cette morne matinée de vendredi, je tente de reconstruire ces trois nuits perdues en mangeant mes œufs brouillés.

Naturellement, c'est impossible. Durant la période d'occupation, la conscience fonctionne mais la quasi-totalité des souvenirs accumulés disparaît en même temps que le Passager se retire. Il n'en reste qu'un résidu impalpable, une pellicule grumeleuse de souvenirs ténus, fantomatiques. Après cette expérience, une « monture » n'est plus jamais tout à fait la même ; elle ne se remémore pas les détails, mais elle en ressort subtilement changée.

J'essaie de me souvenir.

Une fille ? Oui : le rouge à lèvres sur les mégots. Du sexe, donc ; ici même, dans ma chambre. Jeune ? Vieille ? Blonde ? Brune ? Tout est embrumé. Comment s'est comporté mon corps occupé ? Ai-je été bon amant ? Quand je suis moi-même, je m'y efforce. Je me maintiens en bonne forme physique. À trente-huit ans, je tiens trois sets au tennis sans faiblir, les après-midi d'été. Je sais rendre les femmes radieuses ainsi qu'elles doivent l'être. Je ne suis pas en train de me vanter : je me classe simplement dans une catégorie. Nous avons tous nos aptitudes. Telles sont les miennes.

Malheureusement, j'ai entendu dire que les Passagers prenaient un plaisir ironique et désabusé à pervertir ces mêmes aptitudes. Alors le mien a pu s'amuser à sa façon en me trouvant une femme, puis en m'obligeant à l'échec répété.

L'idée me déplaît souverainement.

Les brumes se dissipent dans mon esprit. Le remède prescrit par le Central fait rapidement son effet. Je mange, me rase, me tiens debout sous le vibrateur jusqu'à ce que ma peau soit toute propre. Puis je m'acquitte de mes exercices physiques. Le Passager en a-t-il fait autant mercredi et jeudi matin ? Probablement pas. Il faut donc que je rattrape le retard. Et à l'approche de la quarantaine, on ne récupère plus si facilement son tonus.

Je touche vingt fois de suite le bout de mes orteils du bout de mes doigts en gardant les genoux bien raides.

Je lance en l'air une jambe, puis l'autre.

J'enchaîne une série de pompes.

Mon corps a beau avoir été maltraité, il répond. Premier élément positif depuis mon réveil : je sens un chatouillement interne, je constate que je possède encore quelque vigueur.

Ce qu'il me faut maintenant, c'est de l'air frais. J'enfile prestement mes habits et je sors. Je ne suis pas obligé de me présenter au travail aujourd'hui. Là-bas, on n'ignore pas que j'ai un Passager depuis mardi après-midi ; on n'est pas censé savoir qu'il est parti vendredi avant l'aube. Je m'offre donc une journée de congé. Je vais marcher dans les rues, dédommager mon corps pour les excès qu'il a subis.

Je pénètre dans l'ascenseur et j'amorce la descente de cinquante étages qui me ramène au niveau du sol. Là, je sors dans la grisaille de décembre.

Les gratte-ciel de New York se dressent tout autour de moi.

Sur la chaussée, les voitures se succèdent sans interruption. Au volant, les gens font preuve de vigilance : on ne sait jamais quand un autre conducteur va se faire « emprunter », donc souffrir brièvement d'un manque de coordination. Bien des accidents mortels surviennent ainsi dans les rues et sur les routes ; mais ce ne sont jamais les Passagers qui y perdent la vie.

J'entreprends de flâner sans but. Je traverse la Quatorzième Rue et je prends vers le nord en prêtant l'oreille au ronron assourdi mais agressif des moteurs électriques. Je vois un jeune garçon danser la gigue en pleine rue et j'en déduis qu'il est en train de se faire « chevaucher » par un Passager. À l'angle de la Cinquième Avenue et de la Vingt-Deuxième Rue vient vers moi un monsieur ventru à l'air prospère et à la cravate de travers ; le *Wall Street Journal* du matin dépasse de la poche de son pardessus. Il pouffe, tire la langue. Il est l'hôte d'un Passager. Un hôte de plus. Je l'évite. Je presse le pas et parviens au niveau du pont reliant en contrebas la Trente-Quatrième au quartier de Queens ; je fais une pause, le temps d'observer deux adolescentes qui se querellent au bord du trottoir. L'une d'elles est noire. Elle roule des yeux effrayés. L'autre la pousse contre la rambarde. Hôtesse elle aussi, manifestement. Mais ce n'est pas le meurtre que son Passager a en tête ; seulement son propre amusement. La jeune Noire que l'autre vient de lâcher s'effondre par terre en tremblant, puis se relève et s'enfuit au pas de course. La seconde fille happe une longue mèche de cheveux brillants entre ses lèvres, la mâchonne un instant, puis paraît se réveiller. Elle a l'air hébété.

Je détourne les yeux. On ne regarde pas émerger un compagnon d'infortune. Les hôtes ont un code moral entre eux ; tant de mœurs tribales nouvelles ont fait leur apparition depuis l'avènement de ces temps obscurs !

J'accélère l'allure.

Où vais-je donc si vite ? J'ai déjà parcouru un kilomètre et demi. On dirait que je poursuis un but, comme si mon Passager, tapi sous mon crâne, persistait à me donner ses instructions. Pourtant, je sais bien qu'il n'en est rien. Pour le moment au moins, je suis libre.

Mais comment en être certain ?

Le *cogito ergo sum* ne s'applique plus. Car nous continuons à penser lorsque nous devenons des hôtes, et nos existences sont empreintes d'un désespoir muet — nous sommes dans l'incapacité de modifier notre course, quel qu'en soit le potentiel autodestructeur. Je suis sûr de pouvoir faire la différence entre l'état d'hôte et celui d'individu libre. Mais si ça se trouve, je me trompe. Peut-être ai-je transporté un Passager particulièrement diabolique qui ne m'a quitté à aucun instant, se contentant de trouver refuge dans mon cervelet et de m'abandonner une illusion de liberté tout en m'aiguillant subrepticement vers un but connu de lui seul.

Avons-nous jamais eu autre chose qu'une illusion de liberté ?

Dérangeante, l'idée d'être hôte à mon insu. Tout à coup, je suis en nage, et pas seulement parce que j'ai beaucoup marché. *Arrête-toi. Arrête-toi donc. Ici même. Pourquoi continuer ? Tu es arrivé à la hauteur de la Quarante-Deuxième Rue. Tiens, voilà la bibliothèque. Rien ne t'oblige à poursuivre. Fais au moins une halte,* me dis-je. *Repose-toi sur les marches.*

Je m'assieds sur la pierre froide et me dis que cette décision-là, c'est moi et moi seul qui l'ai prise.

Mais est-ce bien le cas ? C'est la vieille polémique du libre arbitre opposé au déterminisme, mais sous la forme la plus traîtresse qui soit. Le déterminisme n'est plus une abstraction pour philosophes ; c'est un être froid, venu d'ailleurs, dont les tentacules s'infiltrent dans les boîtes crâniennes. Les Passagers sont arrivés il y a trois ans. Depuis, j'ai été cinq fois hôte. Notre monde a considérablement changé. Mais même à cela nous nous sommes adaptés. Oui, adaptés. Nous avons un nouveau code moral. La vie continue. Les gouvernements gouvernent, les assemblées législatives se réunissent, les places boursières effectuent leurs transactions comme à l'ordinaire et nous disposons de certains procédés pour contrebalancer la désorganisation ambiante. Quel autre choix avons-nous ? Que faire ? Nous recroqueviller dans un coin en nous avouant vaincus ? Nous sommes confrontés à un ennemi que nous ne pouvons pas combattre ; au mieux nous reste-t-il la résistance par l'endurance. Alors nous endurons.

Je sens la froideur de la pierre. Peu de gens viennent s'asseoir là en décembre.

Je me le dis encore, c'est de mon plein gré que je suis parti pour cette longue promenade, de mon plein gré que j'ai fait cette pause ; je me répète que, pour le moment, je n'abrite nul Passager. Peut-être. Peut-être. Je suis incapable de me persuader que je suis libre.

Le Passager aurait-il implanté en moi une instruction à retardement ? « Aller jusque-là », « S'arrêter ici », ce genre de chose ? C'est possible aussi.

Je regarde les autres personnes sur les marches.

Un vieux assis sur un journal, les yeux dans le vague. Un gamin de treize ans environ au nez épaté. Une femme rondelette. Sont-ils tous « occupés » ? Aujourd'hui, j'ai l'impression que les Passagers me cernent. Et plus j'observe les « empruntés », plus je me crois moi-même libre, du moins pour le moment. La dernière fois, j'ai joui de trois mois de liberté entre deux « occupations ». On dit que certaines personnes ne sont presque jamais vacantes. Que leur corps est très demandé, et qu'elles ne connaissent la liberté que par brèves périodes, un jour par-ci, une semaine par-là, voire une heure seulement. Nous n'avons jamais pu déterminer le nombre de Passagers qui infestent notre planète. Ils sont peut-être des millions. Peut-être seulement cinq, qui sait ?

Une légère rafale de neige s'abat du ciel grisâtre, tourbillonnante. Le Central avait pourtant prévu des risques de précipitations infimes. *Ils* l'occupent donc aussi ce matin ?

Et là, je *la* vois.

Elle est assise, à une trentaine de mètres de moi, cinq marches plus haut en diagonale ; sa jupe noire retroussée au-dessus des genoux révèle des jambes superbes. Elle est jeune. Ses cheveux sont d'un bel auburn foncé. Elle a les yeux clairs. À cette distance, je ne peux dire de quelle couleur exacte. Elle est vêtue avec simplicité. Elle n'a pas trente ans. Elle porte un manteau vert sombre et son rouge à lèvres tire sur le mauve. Elle a des lèvres pleines, le nez fin et busqué, des sourcils bien épilés.

Je connais cette fille.

J'ai passé les trois dernières nuits avec elle, dans ma chambre. Oui, c'est bien elle. Occupée elle est venue à moi, et occupé j'ai couché avec elle. J'en suis certain. Le voile des souvenirs se déchire ; je revois son corps mince étendu sur mon lit.

Comment se fait-il que j'en garde le souvenir ?

L'impression est trop forte pour n'être qu'une illusion. De toute évidence, on m'a autorisé à me rappeler cet élément-là pour des raisons qui m'échappent. Et ce n'est pas tout. J'entends encore les petits cris étranglés que le plaisir lui a arrachés. Je sais alors que mon corps ne m'a pas fait défaut pendant ces trois nuits, que j'ai su satisfaire cette fille.

Mais il y a plus. Le souvenir d'une musique sinueuse ; un parfum de jeunesse dans ses cheveux ; le chuchotis des arbres en hiver. Je ne sais trop comment, elle me ramène en arrière, vers une ère d'innocence, une époque où je suis encore jeune et où les filles sont un mystère, le temps des fêtes et des soirées dansantes, de la chaleur humaine et des secrets.

Je suis irrésistiblement attiré par elle.

Dans ces cas-là aussi il y a un protocole à respecter. Il est de mauvais goût de vouloir entrer en contact avec une personne qu'on a rencontrée en étant « occupé ». Ces rencontres-là ne vous accordent aucun privilège ; une inconnue demeure une inconnue, quoi qu'on ait pu lui dire ou vivre avec elle dans les moments qu'on a involontairement passés ensemble.

Et pourtant, je suis bel et bien attiré par elle.

Pourquoi cette transgression du tabou ? Ce non-respect manifeste du protocole ? Cela ne m'est encore jamais arrivé. J'ai toujours été très scrupuleux en la matière.

Et voilà : je me relève et je longe ma marche jusqu'à me retrouver juste au-dessous de la sienne ; je regarde la jeune femme qui, machinalement, croise les chevilles et modifie l'orientation de ses genoux, comme si elle prenait conscience que sa position était impudique. Je devine, à cette initiative, qu'elle n'est pas « occupée » pour l'instant. Nos regards se rencontrent. Ses yeux sont d'un vert brumeux. Elle est très belle et je fouille ma mémoire pour savoir en détail ce qui s'est passé entre nous au lit.

Je monte jusqu'à elle.

« Salut », lui dis-je.

Elle pose sur moi un regard inexpressif. Elle n'a pas l'air de me reconnaître. Son regard est voilé, comme souvent quand on vient d'être « libéré ». Elle fait la moue et me jauge avec un certain détachement.

« Salut, me répond-elle avec froideur. Je ne crois pas qu'on se connaisse.

— En effet, mais j'ai l'impression que vous

n'avez pas envie d'être seule, là, tout de suite. En tout cas, moi je n'en ai pas envie. » Du regard, j'essaie de lui faire comprendre que mes intentions sont tout ce qu'il y a de plus honnête. « Il ne va pas tarder à neiger pour de bon. On pourrait aller se mettre au chaud. Il faut que je vous parle.

— De quoi ?

— Allons ailleurs et je vous le dirai. Je m'appelle Charles Roth.

— Et moi Helen Martin. »

Elle se lève. Elle n'a pas encore renoncé à sa neutralité glaciale ; elle est soupçonneuse, mal à l'aise. Mais au moins elle ne refuse pas de m'accompagner. Ce qui est plutôt bon signe.

« Est-ce qu'il est trop tôt pour l'apéritif ? je m'enquiers.

— Je ne saurais le dire. Je ne sais même pas l'heure qu'il est.

— Pas tout à fait midi.

— Allons boire un verre quand même », réplique-t-elle. Nous échangeons un sourire.

Nous entrons dans un bar de l'autre côté de la rue. Nous prenons place face à face dans la pénombre et nous dégustons, elle un daiquiri, moi un bloody mary. Elle se détend quelque peu. Je me demande ce que j'attends d'elle. J'ai plaisir à me trouver en sa compagnie, c'est certain. Alors, est-ce sa compagnie au lit que je recherche ? Mais ce plaisir-là, je l'ai déjà eu, et pendant trois nuits, bien qu'elle n'en ait pas conscience. Non, c'est autre chose. Quelque chose de plus. Mais quoi ?

Ses yeux sont injectés de sang. C'est qu'elle n'a pas beaucoup dormi, ces trois dernières nuits.

« Ça a été très désagréable, pour vous ? je lui demande.

— Quoi ?

— Le Passager. »

La réaction ne se fait pas attendre. Son expression change. « Comment savez-vous ?

— Je le sais, c'est tout.

— On n'est pas censé parler de ça.

— J'ai les idées larges. Mon Passager à moi m'a évacué pendant la nuit. J'étais occupé depuis mardi après-midi.

— Le mien n'est parti qu'il y a quelques heures, je crois. » Ses joues se colorent. Pour elle, aborder ce sujet est osé. « J'étais occupée depuis lundi soir. C'était pour moi la cinquième fois.

— Pour moi aussi. »

Nous jouons distraitement avec nos verres respectifs. Un lien se crée entre nous sans qu'il nous soit nécessaire de parler. Notre expérience récente sous la coupe d'un Passager nous donne un point commun, même si Helen ne sait pas à quel point ces expériences ont été partagées de manière intime.

Nous faisons connaissance. Elle est étalagiste. Elle habite un petit appartement à quelques rues d'ici — seule. Elle veut savoir ce que je fais de mon côté. « Analyste financier », je l'informe. Elle sourit. Elle a des dents parfaites. Nous nous commandons un autre verre. Je suis à présent certain qu'il s'agit de la fille que j'ai ramenée chez moi quand j'étais occupé.

L'espoir germe dans mon esprit. Un heureux hasard nous a réunis après que nous avons dû nous séparer dans notre état de rêve. Un heureux hasard aussi a fait qu'un vestige de rêve me soit resté en tête.

Nous avons vécu quelque chose ensemble — je ne sais quoi — et cette chose a dû être très agréable pour laisser en moi une empreinte aussi vivace ; et maintenant que je suis à nouveau mon propre maître, je voudrais revenir vers elle en toute conscience et reprendre nos relations de manière plus authentique. Ce n'est pas bien : j'abuse d'un privilège qui ne m'appartient pas, sinon par la grâce du bref séjour de notre Passager en nous. Et pourtant j'ai besoin d'elle. Je la désire.

De son côté, elle semble avoir besoin de moi aussi, sans comprendre qui je suis. Mais la crainte la retient.

J'ai peur de lui faire peur ; je m'efforce de ne pas pousser trop vite mon avantage. Peut-être m'emmènerait-elle chez elle dès maintenant, mais peut-être pas ; de toute façon je ne le lui demande pas. Nous finissons nos verres. Nous convenons de nous retrouver le lendemain sur les marches de la bibliothèque. Je lui effleure fugitivement la main. Et tout à coup elle n'est plus là.

Ce soir-là, je remplis trois cendriers. En mon for intérieur, je débats sans cesse du bien-fondé de ma démarche. Je ferais peut-être mieux de laisser cette fille tranquille. Je n'ai aucun droit de la poursuivre ainsi. Dans ce monde, ou plutôt dans ce qu'est devenu le monde, il est plus sage de ne pas s'attacher.

Oui, mais… Il y a le poinçon de vagues souvenirs qui me harcèle quand je repense à elle. La lumière brouillée des occasions manquées derrière des escaliers, des rires de jeunes filles dans les couloirs d'étage, des baisers volés, des thés accompagnés de petits fours. Je revois la fille qui avait piqué une orchidée dans ses cheveux, celle à la robe rayée, celle au visage d'enfant et aux yeux de femme, toutes ces filles qui remontent si loin, ces filles perdues pour moi, disparues… et je me dis que celle-là au moins, je ne la laisserai pas m'échapper, que je ne permettrai pas qu'on me l'enlève.

Vient le matin, un samedi matin serein. Je retourne à la bibliothèque avec un faible espoir de l'y retrouver, mais si, elle est bien là, sur les marches, et le seul fait de la voir m'accorde une espèce de répit. Elle me paraît méfiante, troublée ; manifestement, elle aussi a beaucoup réfléchi et peu dormi. Nous remontons côte à côte la Cinquième Avenue. Elle se tient tout près de moi, mais sans me prendre par le bras. Elle avance à petits pas vifs et nerveux.

J'ai envie de proposer que nous allions chez elle plutôt qu'au bar. Par les temps qui courent, on a intérêt à agir vite tant qu'on est libre. Mais ce serait une erreur d'en faire une stratégie, et je ne l'ignore pas. Toute hâte grossière ne pourrait avoir que des conséquences fatales ; cela me vaudrait peut-être de remporter une victoire ordinaire, mais au-dedans il y aurait une défaite retentissante. De toute manière, elle ne semble guère d'humeur encourageante. Je la regarde ; il me vient des idées de musique pour instruments à cordes et de chutes de neige fraîche, mais elle, elle lève les yeux vers le ciel d'ardoise.

« Je les sens qui me regardent en permanence, dit-elle. Comme des vautours qui tourneraient là-haut en attendant patiemment de fondre sur leur proie.

— Il existe un moyen de les combattre efficacement. On peut s'emparer çà et là de lambeaux de vie pendant qu'ils sont occupés ailleurs.

— Ils sont *tout le temps* en train de nous regarder.

— Mais non. Ils ne peuvent pas être assez nombreux pour ça. Il arrive tout de même qu'ils regardent ailleurs. Et pendant ce temps, deux êtres ont la possibilité de se retrouver pour partager un peu d'intimité.

— À quoi bon ?

— Vous êtes trop pessimiste, Helen. Il leur arrive tout de même de nous laisser tranquilles pendant des mois d'affilée. Tout n'est pas perdu. Tout n'est pas perdu. »

Mais je ne réussis pas à briser la coque d'angoisse qui l'emprisonne. Elle est pétrifiée par la proximité des Passagers, elle préfère ne rien être du tout tant elle redoute que nos tortionnaires ne nous ôtent ce que nous réussissons à devenir. Nous arrivons devant chez elle ; j'espère qu'elle va baisser sa garde, m'inviter à monter, et sa résolution faiblit, un bref instant seulement : elle prend ma main et me sourit ; mais bientôt son sourire s'efface et voilà qu'elle s'en va en m'abandonnant ces mots : « Rendez-vous demain à la bibliothèque, à midi. »

Je fais tout le trajet de retour à pied dans le froid.

Ce soir-là, je me laisse gagner par le pessimisme

d'Helen. En effet, il est vain de chercher à sauver quelque chose de nos existences. Pis, il est cruel de ma part de débusquer cette fille, de vouloir lui offrir un amour incertain alors que je ne suis pas libre. Je me dis qu'en ce monde, on devrait au contraire se tenir à bonne distance d'autrui, de manière à ne faire de mal à personne quand on se retrouve capturé puis emprunté.

Le lendemain matin, je ne vais pas au rendez-vous.

C'est mieux ainsi, je le répète. Je n'ai pas à la traiter de cette façon. Je l'imagine à la bibliothèque, se demandant pourquoi je suis en retard, s'énervant, s'impatientant puis se mettant carrément en colère. Elle m'en voudra de ne pas être venu, mais cela ne durera pas. Elle m'oubliera bien vite.

Le lundi, je retourne au travail.

Naturellement, nul n'évoque mon absence. Tout se passe comme si je n'avais pas manqué un seul jour. Le marché est fort, ce matin. Le travail m'accapare ; je ne repense à Helen qu'en milieu de matinée. Malheureusement, une fois que l'idée m'est venue, impossible de la chasser. La lâcheté dont j'ai fait preuve en lui posant ce lapin. La puérilité de mes sombres réflexions, samedi soir. Pourquoi accepter aussi passivement le destin ? Pourquoi baisser les bras ? Voilà que tout à coup j'ai envie de me battre, de me ménager un abri sûr au sein des circonstances adverses. Je suis convaincu que c'est réalisable. Il se peut très bien que les Passagers ne nous perturbent plus jamais. Quant à ce sourire fugitif, l'autre jour, devant chez elle, ce bref instant pendant lequel elle a rayonné… il aurait dû me faire comprendre que derrière son rempart d'appréhension, elle entretenait les mêmes espoirs que moi. Elle attendait que je lui ouvre la voie. Et au lieu de cela, je suis resté chez moi.

À l'heure du déjeuner, je me rends à la bibliothèque, persuadé que cela ne servira à rien.

Mais elle est là. Elle fait les cent pas sur les marches ; le vent fouette sa silhouette élancée. Je m'approche.

Elle reste un instant silencieuse. « Salut, finit-elle par dire.

— Je suis désolé pour hier.

— Je vous ai attendu longtemps. »

Je hausse les épaules. « J'avais décidé qu'il était inutile de venir. Mais je me suis ravisé. »

Elle s'efforce d'avoir l'air fâché, mais je sens qu'elle est contente de me revoir — sinon, pourquoi serait-elle là ? Elle ne peut dissimuler son plaisir secret. Pas plus que moi. Je désigne le bar d'en face.

« Un daiquiri ? proposé-je. Pour faire la paix ?

— D'accord. »

Aujourd'hui l'endroit est bondé, mais nous finissons tout de même par trouver un box. Il y a dans les yeux d'Helen une vivacité que je n'ai encore jamais vue. Je pressens qu'en elle une barrière est en train de céder.

« Vous avez moins peur de moi.

— Je n'ai jamais eu peur de vous. Ce dont j'ai peur, c'est de ce qui peut arriver si nous courons le risque.

— Il ne faut pas. Il ne faut pas !

— J'essaie. Mais certains jours, la situation me semble tellement désespérée… Depuis qu'*ils* sont là…

— On peut quand même essayer de vivre nos vies.

— Peut-être.

— On *doit* essayer. Helen, faisons un marché. Fini, le pessimisme. Fini de s'en faire pour les catastrophes qui *pourraient* arriver. D'accord ? »

Un silence. Puis une main fraîche sur la mienne.

« Entendu. »

Nous terminons nos verres ; pour payer, je présente mon Central Crédit, puis nous ressortons dans la rue. Je voudrais qu'elle me demande de ne pas aller au travail cet après-midi et de la suivre chez elle. Elle va forcément me le proposer tôt ou tard ; alors le plus tôt sera le mieux.

Nous marchons jusqu'au carrefour. Elle ne me propose rien de tel. Sentant le combat intérieur qui la mine, j'attends sans intervenir qu'il ait atteint sa conclusion. Nous atteignons un second carrefour. Elle m'a pris par le bras, mais ne me parle que de son travail, du temps qu'il fait ; une conversation distante — à bout de bras, en quelque sorte. Au coin de la rue, elle bifurque dans la direction opposée à celle de son immeuble, comme pour reprendre le chemin du bar. Je m'efforce d'être patient.

Je me dis qu'à présent il n'y a plus de raison de brusquer les choses. Son corps n'a plus de secrets pour moi. Nous avons tout fait à l'envers, en commençant par l'aspect physique ; à présent, il va falloir du temps pour revenir en arrière et vivre le plus difficile, ce que certains appellent l'amour.

Mais évidemment, elle ne sait pas que nous nous sommes connus de cette manière-là. Le vent nous souffle des flocons de neige tourbillonnants au visage, et je ne sais comment, la morsure du froid éveille un peu d'honnêteté en moi. Il faut absolument que je renonce à l'avantage injuste que je détiens sur Helen.

« Quand j'ai été emprunté la semaine dernière, j'ai ramené une fille dans ma chambre.

— Pourquoi parler de cela maintenant ?

— Parce qu'il le faut, Helen. Cette fille, c'était vous. »

Elle s'immobilise et se tourne vers moi. Les gens nous dépassent à toute allure sur le trottoir. Helen est livide et des taches rouge sombre se forment sur ses joues.

« Ce n'est pas drôle, Charles.

— Je ne plaisante pas. Vous êtes restée en ma compagnie de mardi soir à vendredi matin.

— Et comment pouvez-vous le savoir ?

— Je le sais. C'est tout. J'en garde un souvenir très clair. Je ne sais pas pourquoi, mais cela m'est resté. Je revois très bien votre corps dans tous ses détails.

— Ça suffit, Charles.

— Nous nous sommes très bien entendus. C'est pour cela que nous avons dû plaire à nos Passagers. Vous revoir, c'était comme s'éveiller après un rêve et se rendre compte qu'il ne s'agissait pas d'un rêve mais de la réalité, que la fille du rêve était bien réelle…

— Non !

— Allons chez vous et recommençons.

— Vous vous montrez délibérément dégoûtant, et j'ignore pourquoi, mais vous n'avez aucune raison de tout gâcher ainsi. Les choses se sont peut-être passées comme vous le dites, mais de toute façon vous n'avez aucun moyen de le savoir, et puisque vous n'en savez rien vous n'auriez pas dû en parler, et…

— Vous avez une tache de naissance de la taille d'une pièce de monnaie sous le sein gauche, à une dizaine de centimètres. »

Elle laisse échapper un sanglot et se jette illico sur moi, en pleine rue. Ses longs ongles argentés me griffent les joues. Elle me bourre de coups de poing. Je lui saisis les bras. Maintenant ce sont ses genoux qui m'assaillent. Personne ne nous prête attention ; les passants partent du principe que nous sommes « empruntés » et détournent la tête. Elle se débat comme une furie mais mes bras forment autour d'elle comme un cerclage de métal, aussi en est-elle réduite à renâcler énergiquement ; son corps est tout contre le mien. Je la sens rigide, en plein désarroi.

D'une voix contenue mais pressante, je lui dis : « On les vaincra, Helen. On va achever ce qu'ils ont commencé. Ne te bats pas contre moi. Tu n'as aucune raison de le faire. Je sais, c'est un coup de chance extraordinaire que je me souvienne de toi, mais laisse-moi t'accompagner et je te prouverai que ta place est avec moi.

— Lâchez-moi…

— Je t'en prie. Je t'en prie, Helen ! Pourquoi serions-nous ennemis, toi et moi ? Je t'aime. Tu te souviens, quand on était plus jeunes, qu'on jouait à être amoureux ? Moi en tout cas ; tu as dû faire ça, toi aussi. Quand on avait seize, dix-sept ans. Tous ces secrets chuchotés, toutes ces intrigues... ce n'était qu'un jeu, et nous le savions très bien. Mais ce jeu-là est fini. Nous n'avons plus les moyens de nous provoquer les uns et les autres puis de nous défiler. Nous avons si peu de temps à notre disposition — seulement les moments où nous ne sommes pas empruntés ! Nous devons nous faire confiance, nous ouvrir l'un à l'autre...

— Non, il ne faut pas.

— Mais si ! Ce n'est pas parce qu'une coutume absurde veut que deux hôtes de Passagers s'évitent mutuellement que nous sommes obligés d'obéir. Écoute-moi, Helen... »

Dans le ton de ma voix, quelque chose perce ses défenses. Elle cesse de se débattre. Son corps est tout à coup moins raide contre le mien. Elle relève sur moi des yeux au regard encore brouillé, un visage strié de larmes mais dont l'expression commence à se dégeler quelque peu.

« Fais-moi confiance, Helen ! Fais-moi confiance ! »

Elle hésite. Puis me sourit.

À cet instant précis j'éprouve la sensation par trop familière d'une aiguille de glace s'enfonçant profondément dans ma nuque et je me raidis. Mes bras retombent le long de mon corps. L'espace de quelques secondes, je perds le contact avec la réalité, et quand la brume se dissipe, rien n'est plus comme avant.

« Charles ? s'enquiert-elle. *Charles* ? »

Elle appuie les jointures de ses doigts contre ses incisives. Je tourne les talons sans plus me préoccuper d'elle et je pénètre dans le bar. Un jeune homme est assis dans un des boxes près de l'entrée. Sa chevelure d'ébène est toute luisante de brillantine ; ses joues sont glabres. Nos regards se croisent.

Je prends place en face de lui. Il commande à boire. Nous n'échangeons pas un mot.

Ma main s'abat sur son poignet et s'y maintient. Le serveur qui pose nos boissons devant nous fronce les sourcils d'un air désapprobateur mais ne dit ricn. Nous buvons nos cocktails.

« On y va », dit enfin le jeune homme.

Je me lève et je le suis.

Titre original :
Passengers
Initialement paru dans *Orbit 4,*
anthologie de Damon Knight, 1968

La route de Spectre City

À l'horizon palpitait une clarté blanche et froide dont la flamboyance perçait impérieusement l'impitoyable ciel bleu du désert. Cet éblouissement, aussi soudain que frigorifiant, indiqua à Demeris qu'il avait atteint la frontière. Il apercevait enfin, pour la première fois, l'endroit où s'achevait le territoire humain et où commençaient les terres occupées par les extraterrestres.

Il marqua une pause le temps de scruter les alentours, s'attendant presque à voir des monstres survoler le côté opposé de la ligne de démarcation ; juste à ce moment-là, comme par un fait exprès, une chose étrange passa en battant des ailes, tache de noirceur sur le fond d'aveuglant chatoiement qui nimbait tout le paysage dans la Zone occupée. C'était une créature massive d'une fois et demie la taille d'un faucon, avec un gros ventre verdâtre, des ailes en lames de scie et une longue épine dorsale sinueuse terminée par une petite tête violette de forme arrondie. Elle était si mal fichue que Demeris ne put se retenir de rire. Comment pouvait-elle tenir en l'air ? L'oiseau — si c'en était bien un —

passa au-dessus de lui en se dirigeant vers le nord, lâchant dans son sillage une série de fientes turquoise. Chaque fois qu'elles atterrissaient dans les herbes sèches, une petite flamme s'allumait.

« Merci beaucoup pour ce charmant accueil ! » lui lança Demeris avec une crânerie qui ne reflétait pas très fidèlement son état d'esprit.

Il s'approcha de la barrière. Elle surgissait du sol comme un mur, mais un mur intangible et plus ou moins transparent : à travers cet écran de lumière, qui lui donnait le vertige, Demeris distingua les vagues contours de ce qui se trouvait au-delà. Un paysage flou qui, du côté Spectre, ne devait pas présenter de différence majeure avec ce qu'il voyait autour de lui — dunes peu élevées, plaques d'armoise grisâtre, bouquet plus ou moins abondants de figuiers de Barbarie —, mais qu'il sentait mystérieusement teinté d'étrangeté, avec des hauteurs en dents de scie, des abîmes anguleux dont les parois émettaient un éclat métallique bleu-vert, des arbres noirs et nus aux branches saillantes évoquant des barres transversales… Toutefois, l'ensemble était comme voilé par la luminosité de la barrière entre la Zone occupée et les États-Unis, ou plutôt par le morceau de territoire qui, sur son flanc ouest, avait jadis porté ce nom ; mais Demeris n'aurait su faire la part de ce qu'il percevait réellement et de ce qui pouvait n'être qu'un simple produit de son imagination enfiévrée.

Il se sentit parcouru par un frisson de dégoût. Son père, à présent disparu, avait toujours considéré les Spectres comme ses ennemis personnels, et lui-même avait hérité de cette vision. « Ils attendent leuı heure, Nick, lui disait-il. Un de ces jours, ils vont franchir la ligne, tu verras ; alors ils nous prendront nos terres comme ils ont déjà pris celles qu'ils occupent. Et on ne pourra que les regarder faire. » Depuis lors, Demeris s'était attaché à maintenir l'ordre et la prospérité du petit ranch situé sur la frontière est du Pays libre qui représentait son héritage, et il vomissait les Spectres non seulement pour ce qu'ils avaient fait, mais parce qu'ils étaient haïssables en eux-mêmes — inconnus, étranges, inimaginables, en un mot, *autres.* Non humains. Il y avait des gens pour accepter tels quels les extraterrestres et le régime qu'ils avaient imposé aux ex-États-Unis ; pour ceux-là, c'était de l'histoire ancienne.

Quoi qu'il en soit, rien n'avait jamais laissé croire que les craintes de Demeris père puissent un jour se réaliser. Les Spectres restaient entre eux dans la Zone occupée. En cinquante ans, ils n'avaient jamais témoigné le moindre signe d'intérêt pour les territoires autres que ceux dont ils s'étaient emparés d'emblée.

Demeris fit un pas, puis un second. Il attendit que le flou se dissipe, mais en vain.

Il avait accompli la première partie du trajet Albuquerque-Spectre Land à dos de mule, et son frère l'avait accompagné jusqu'à la rive occidentale du Pecos. Là, il avait renvoyé Bud à la maison avec les bêtes. Bud avait cinq ans de moins que lui, mais déjà trois enfants. Les pères de famille n'avaient rien à faire en territoire Spectre. C'était seulement quand on était enfant qu'on passait de l'autre côté — pour s'amuser, mais aussi pour accomplir un petit exploit.

Malheureusement, Demeris n'avait pas eu l'occasion de faire cette incursion juvénile en territoire ennemi. Ses parents étaient morts alors qu'il était très jeune, laissant à sa charge l'éducation de deux sœurs et trois frères plus petits que lui. Une fois les enfants parvenus à l'âge adulte, il était trop vieux pour s'intéresser à ce genre d'aventure. Mais au mois de juin, son plus jeune frère, Tom — un gamin totalement imprévisible, à la tête pleine de fantasmes incompréhensibles et d'aspirations incohérentes, qui venait d'avoir dix-huit ans — était parti faire son *Entrada.* (C'était ainsi qu'on appelait, au Nouveau-Mexique, la première traversée de la frontière, sorte de rite de passage ou formalité à accomplir pour montrer qu'on était devenu adulte. Demeris n'avait jamais vu ce qu'il y avait d'adulte là-dedans, mais de toute façon, en règle générale il ne voyait pas les choses comme les autres.) Donc, Tom avait fait son entrée.

Mais il n'était pas revenu.

Traditionnellement, l'Entrada durait trente jours. Or Tom était parti depuis trois mois. Et, depuis, le souci tenaillait Demeris comme une douleur dentaire. Tom était son petit dernier tout fou. Il l'avait toujours été et le resterait toujours. Aussi avait-il décidé de se lancer à sa poursuite. Il fallait bien que quelqu'un le fasse sortir de là, et comme il était le chef de famille, celui qui, dès le début, recherchait les responsabilités comme d'autres recherchent l'ombre les jours de grand soleil, il s'était désigné pour cette mission. C'était ce que son père aurait voulu. En outre, à part Tom, Demeris était le seul membre de la famille à ne s'être jamais marié, à n'avoir jamais eu d'enfants, et donc à pouvoir prendre ce risque.

Ce qu'il faut faire, lui avait dit Bud, *c'est aller jusqu'à la barrière et continuer tout droit sans tenir compte de ce que tu vois, de ce que tu ressens ou de ce que tu crois devoir faire.* « Ils vont te bombarder de tas de trucs. Mais n'y fais pas attention. Va tout droit. »

Eh bien, maintenant il y était, dans la zone-barrière.

Tu vas jusque-là et tu continues quoi qu'on te fasse, quoi qu'on te balance dessus.

Bon, très bien. Demeris alla donc jusque-là et continua tout droit.

Au moment précis où il aborda la lisière du champ, il sentit que celui-ci l'agressait, déferlant sur lui par ondulations successives — *Un peu comme dans un tremblement de terre,* supputa-t-il —, le secouant sans répit et l'obligeant à lutter pour conserver son équilibre tant il glissait et dérapait sur place. Autour de lui, tout devint d'un jaune impénétrable, au point qu'il n'y voyait plus à deux mètres où qu'il se tourne. Au-devant miroitait une zone floue couleur sang qui prit brusquement l'aspect d'une armée de chenilles écarlates aux yeux globuleux ; celles-ci vinrent sur lui par millions, tel un ardent tapis sinueux étalé tout autour de lui. On entendait leurs petites dents grincer ainsi qu'une espèce de marmonnement exaspéré à mesure qu'elles approchaient. Pas moyen de les éviter. Il marcha sur le tapis qui lui fit l'impression d'une mer de vase. Les chenilles émettaient un grondement sourd quand il les écrasait sous ses pieds. « Des visions de cauchemar », disait la voix de Bud à son oreille, ou plutôt dans sa tête. « Rien que des visions de cauchemar. » *Admettons.* Demeris poursuivit sa pénible progression. De quelle largeur était la zone-tampon, au fait ? Vingt mètres ? Cinquante ? Il avait mal partout, ses yeux le piquaient, il avait l'impression que ses dents se mettaient à branler. Après le tapis de chenilles, il rencontra un abîme de gelée verte et tremblotante, mais impossible de faire demi-tour. Il se força à y pénétrer, pour se retrouver enveloppé dans cette mystérieuse substance comme dans une couverture ; une onde de douleur déferla sur son corps, du scrotum à la nuque ; il voulut l'esquiver en pivotant et en se contorsionnant, et sentit sa colonne vertébrale plier comme si elle allait surgir de sa chair à la manière d'une arête de poisson se détachant d'un filet. Une pluie pestilentielle le fouetta horizontalement, puis ce fut un grésil incandescent qui lui griffa le front en lui arrachant des hurlements de rage. *Pas étonnant qu'on n'ait jamais pu faire franchir la barrière à une mule.* Tête baissée, cherchant son souffle, il s'obligea à faire encore quelques pas. Une sorte de crabe ailé sortit en voletant d'une flaque boueuse fumante et le mordit à l'intérieur du bras, juste au-dessous du coude. Un geyser de sang noir jaillit de la plaie. Demeris poussa un grand cri et secoua violemment le bras pour se débarrasser de la créature. La douleur allumait un trait de feu depuis l'épaule jusqu'à l'extrémité de ses doigts animés de tressaillements. Incrédule, il vit que sa main n'était plus qu'une boule de chair à vif hérissée de baguettes noircies. Mais ce spectacle se troubla bientôt et le jeune homme retrouva une main normale.

Il sentait des larmes couler sur ses joues, ce qui ne laissa pas de l'étonner : la dernière fois qu'il avait pleuré, c'était pour la mort de son père, il y avait bien longtemps. Tout à coup, il eut une envie irrépressible de faire demi-tour, d'abandonner pendant qu'il était encore temps. Cela aussi le surprit. Il avait toujours été du genre à s'obstiner, à faire le nécessaire en toute circonstance même quand on lui disait : « Ne fais pas l'imbécile, Demeris, sois donc moins dur avec toi-même ; laisse un peu faire les autres, pour une fois. » Il se contentait de hausser les épaules. Que les gens se débinent si ça leur chantait ; lui n'était pas comme ça, point final. Et voilà que dans la situation présente, qui ne lui permettait justement pas de se débiner, il était fortement tenté de céder, de rebrousser chemin. Mais ce n'était que la barrière qui lui jouait des tours pendables, il le savait. Il enferma donc ses envies de reddition dans une petite coque bien dure qu'il jeta au loin et regarda se consumer dans une brève explosion de flammes. Puis il continua.

Trois soleils flamboyaient dans le ciel — un rouge, un vert et un bleu. L'air en fusion laissait échapper des babillages incompréhensibles pareils à des parasites démoniaques ; puis Demeris vit subitement planer autour de lui des visages sans corps qui tressautaient et miroitaient dans la pénombre épaisse. Des visages de gens qu'il connaissait : ses sœurs Ellie et Netta, ses neveux et nièces, ses amis. Il les appela à grands cris mais ils étaient tous atrocement déformés, affublés de joues proéminentes et d'yeux exorbités, comme des reflets grotesques dans un palais des glaces. Ils le regardaient en riant. Ensuite il aperçut son père et sa mère, qui eux aussi le désignaient en riant ; alors l'impossibilité lui sauta aux yeux et il comprit : Bud avait raison, ce n'étaient encore que des illusions, des hallucinations. Ce que ses yeux semblaient lui montrer, en fait, il le portait en lui. Cela faisait partie de lui, donc cela ne pouvait pas lui faire de mal.

Il se mit à courir. Il lui fallut plonger dans un entrelacs de filaments glissants formant une espèce de rideau moelleux, spongieux, qu'il déchira et qui finit par céder ; il tomba à plat ventre dans un banal tas de sable. Le sol du désert, tout ce qu'il y avait de plus prosaïque, sans couleurs fantaisistes ni textures inhabituelles. Alors, encore un mirage ? Non, non cette fois c'était la réalité. Les soleils surnuméraires avaient disparu et celui qui restait était jaune, ainsi qu'il l'avait toujours connu. Une brise fraîche lui caressa le visage. Il était passé. Il avait réussi.

Il resta allongé une minute ou deux, le temps de reprendre son souffle.

Sentant des élancements douloureux dans son bras, il vit qu'il avait effectivement une entaille irrégulière tout près du pli du coude, là où il s'était imaginé mordu par la chose-crabe. Pourtant, ce n'était qu'un rêve, une illusion, non ? *Ça mord, les illusions ?* La douleur, elle, n'avait rien d'illusoire. Il la sentait remonter jusqu'au fond de sa gorge, jusqu'à ses narines, jusqu'à son front même. Une vilaine brûlure pulsatile lui parcourait le bras en imprimant à sa main un tremblement synchrone. L'entaille proprement dite était profonde et mesurait bien cinq centimètres de long. À chaque battement de son cœur un filet de sang neuf s'en échappait. *Bravo. Je vais perdre tout mon sang et mourir d'une blessure imaginaire avant d'avoir fait trois mètres en Zone occupée.* Mais au bout d'un moment la plaie coagula et le saignement se tarit ; malheureusement, la douleur ne disparut pas.

Il se releva tant bien que mal et jeta un regard alentour.

Derrière lui se dressait le champ-barrière, matérialisé par une colonne qui, vue de ce côté, n'avait pas l'air beaucoup plus menaçante qu'un faisceau de projecteur. Plus loin, il distinguait confusément les flatlands désertiques du Pays libre, la contrée broussailleuse et banale qu'il venait de quitter.

En revanche, là où il se trouvait maintenant, tout n'était que magie et mystère.

Demeris pouvait plus ou moins identifier le matériau de base composant le paysage sous-jacent, ce « milieu de nulle part » stérile et desséché, entre Texas et Nouveau-Mexique, où il avait passé toute sa vie. Mais ici, de l'autre côté de la barrière, les envahisseurs en avaient sérieusement chamboulé l'aspect général. Les buttes dentelées et les arroyos bleu-vert que Demeris avait entrevus depuis le bord opposé, à travers le champ, n'étaient pas des illusions ; on avait manifestement pris la peine de recomposer ce désert en y plantant toutes sortes de structures et autres éléments bizarres. Il découvrit d'étranges étendues de terre curieusement colorée, avec çà et là une tour métallique disloquée et des formations géologiques globalement déformées — cônes contournés, spires effilées et couches de terrain entièrement soulevées — qui lui firent mal aux yeux. Il vit aussi des bosquets d'arbres inconnus dont les feuilles semblaient en fil métallique et des arroyos traversés en tous sens par des filaments noirâtres et luisants du plus sinistre effet, évoquant des points de suture sur une plaie. Tout cela parfaitement matériel, réel, sans les tortillements et déplacements constants des choses peuplant l'intérieur du champ-barrière. Où qu'il portât son regard, il voyait la marque laissée sur la terre par les conquérants. Il se dit que c'était parfois assez beau, d'ailleurs, puis se reprit vivement, atterré par sa réaction. Pourtant, il y avait bel et bien une singulière forme de beauté dans ce paysage inhumain. Il en était dégoûté et ému à la fois, et ses sentiments lui paraissaient si complexes qu'il ne savait pas très bien qu'en faire.

Ils avaient dû chercher à recréer le paysage de leur planète. L'idée qu'un monde entier puisse avoir cette allure l'amenait au bord de la nausée. Ce qu'*ils* avaient fait ici relevait de l'affront pur et simple. La terre, c'était fait pour qu'on y vive et qu'on *en* vive, pas pour jouer avec. *Ils n'avaient pas le droit de nous en prendre une partie pour la modeler à l'image de la leur,* se dit-il en sentant renaître sa colère.

Il pensa à son ranch, à ses chevaux, ses dindons, ses granges, aux quatre hectares de bonne terre brun-roux, aux rangées de blé mûrissant au soleil automnal, à la clôture qu'il avait édifiée de ses propres mains derrière celle, pratiquement identique, que son père avait fabriquée avant lui... Tout cela composait une réalité... réelle, ordinaire, familière, concrète — une réalité qu'il pouvait non seulement comprendre, mais aussi aimer. Le foyer, la famille, le travail salutaire et sain : il n'y avait rien de tel. Alors que ce qu'il avait sous les yeux... cette folie, cette horreur...

Il déchira une des chemises qu'il transportait dans son sac à dos et noua une bande de tissu autour de sa blessure. Puis il se mit en marche vers l'est, où il espérait trouver Tom dans l'importante colonie implantée à mi-chemin entre l'ex-ville d'Amarillo et l'ex-ville de Lubbock, l'endroit qu'on appelait dorénavant « Spectre City ».

Il guettait constamment l'apparition de créatures ou de plantes extraterrestres, et cela impliquait d'observer sans relâche ce qui se passait devant et derrière lui, de humer l'air et de chercher à repérer des traces ou des pistes. Les Spectres avaient apporté de chez eux tout un tas de bêtes sauvages qu'ils avaient lâchées dans le désert. « C'est l'Afrique, là-bas, avait dit Bob. Tu ne sais jamais ce qui va te tomber dessus pour t'avaler tout rond. » Demeris savait qu'une fois par an les extraterrestres organisaient une immense partie de chasse tout autour de Spectre City, une espèce de rassemblement général parfaitement apocalyptique au cours duquel ils traquaient et abattaient par milliers leurs étranges animaux ; après cela, des fleuves de sang bleu et vert se déversaient dans les rues. Le reste du temps, les bêtes rôdaient en liberté dans l'arrière-pays. Parfois, l'une d'elles s'aventurait de l'autre côté de la barrière-frontière et pénétrait dans le Pays libre ; quand il s'était livré aux préparatifs de son voyage, Demeris avait visité près de Bernalillo un ranch où étaient exposés, comme au zoo, une dizaine de ces animaux égarés — créatures lugubres au cou rouge et écailleux, affublées d'un bec d'oiseau, d'oreilles en forme d'ailes de chauves-souris caoutchouteuses et de tentacules crâniens, ou énormes bêtes féroces qu'on aurait dites assemblées au hasard à partir d'un stock de pièces détachées dépareillées. Mais jusqu'ici, il n'avait rien croisé de plus menaçant que des lièvres et des lézards. De temps à autre passait dans le ciel un oiseau qui n'en était pas un — une des choses à cou couvert d'écailles qu'il avait vues un peu plus tôt, puis une autre de la taille d'un aigle, avec quatre ailes transparentes et veinées évoquant celles des libellules, mais entre lesquelles on distinguait un corps de phalène épais et velu, et enfin une troisième dotée d'une demi-douzaine d'appendices préhensiles qui pendaient derrière elle sur deux ou trois mètres en se tortillant sans arrêt, sans doute pour ramasser de la nourriture. Il la vit d'ailleurs engloutir un geai comme un vulgaire insecte.

Au bout de trois heures de marche en Zone occupée, il atteignit un groupe de petites maisons mal tenues au fond d'une cuvette aux allures de lac asséché. Tout autour, une mince couronne de végétation broussailleuse du genre courant — créosote, mesquite, yuccas… Des chevaux près d'un trou d'eau, deux vaches noir et blanc ruminant des figues de Barbarie, quelques enfants à demi nus courant en rond dans la poussière. Ils n'avaient rien d'inhumain, pas plus que les constructions, les chariots ou les silos disséminés çà et là. Tout le monde savait bien que les Spectres étaient des Métamorphes — qu'ils pouvaient prendre forme humaine quand ça leur chantait — et que, d'ailleurs, la première colonne infiltrée aux États-Unis pour préparer l'invasion avait été entièrement composée d'individus à l'apparence humaine. Mais le plus probable était qu'il avait sous les yeux un vrai village humain. Bud lui avait dit qu'il existait entre la frontière et Spectre City quelques bourgades habitées par les descendants des gens qui avaient choisi de demeurer en Zone occupée après la conquête. La plupart des individus sensés étaient partis à l'arrivée des envahisseurs, même si ces derniers ne leur en avaient pas fait la demande formelle, mais quelques-uns étaient restés.

L'après-midi était bien entamé et la fraîcheur du soir commençait à imprégner l'air limpide et sec. Demeris ressentait toujours une pulsation douloureuse au bras et la perspective de passer la nuit dehors ne lui disait rien qui vaille. Peut-être les villageois l'autoriseraient-ils à dormir chez eux.

Quand il eut parcouru la moitié du chemin de terre, un petit bonhomme à la peau tannée comme le cuir, qui avait tout du gnome et paraissait âgé d'au moins quatre-vingt-dix ans, sortit lentement de derrière un buisson de mesquite noueux pour venir se planter, l'air vigilant, au beau milieu du chemin. Un moment plus tard, ce fut le tour d'un adolescent d'environ seize ans, petit et trapu, qui portait un jean déchiré et un maillot de corps tout effrangé. Il tenait ce qui ressemblait fort à une arme — arme que, sur un geste du vieillard, il pointa sur Demeris. C'était un tube brillant de cinquante centimètres de long pourvu d'un bec à une extrémité et d'une poire en caoutchouc à l'autre. Le bec visait Demeris en pleine poitrine. Le jeune homme s'immobilisa, les mains en l'air.

Le vieillard prononça quelques mots dans une langue ponctuée de grognements et de clics, avec de temps en temps de petits reniflements sibilants. Le jeune garçon en jean acquiesça et répondit dans le même langage.

Puis, s'adressant à Demeris : « Vous voyagez seul ? » Les cheveux et les yeux sombres, il était sans doute de sang majoritairement indien ou mexicain. Une cicatrice irrégulière courait en travers de sa joue pour aller rejoindre son front.

Sans baisser les bras, Demeris répondit : « Seul, oui. Je viens de l'autre côté.

— Ça, faut pas être bien malin pour s'en apercevoir. » La voix du gamin était pâteuse, son accent inconnu ; curieusement, il omettait la dernière syllabe de chaque mot. Demeris devait se concentrer pour le comprendre. « Vous faites votre Entrada ? Un peu vieux pour ça, non ? » Une lueur d'amusement brilla dans ses yeux, mais sans gagner le reste de son visage.

« Non. C'est la première fois que je passe la ligne, certes, mais ce n'est pas pour autant mon Entrada.

— La première fois, ça s'appelle une Entrada. » L'adolescent s'adressa de nouveau au vieillard, qui lui répondit longuement. Demeris patienta. Enfin le jeune garçon se retourna vers lui. « O.K. Remigio dit qu'on doit vous aider. Que si vous voulez passer vos trente jours ici, vous pouvez. Vous travaillerez aux champs, c'est tout. On peut même vous vendre des trucs de Spectres pour que vous puissiez les montrer en rentrant, comme vous le faites toujours, vous autres. O.K. ? »

Demeris sentit le feu lui monter aux joues. « Puisque je vous dis que ce n'est *pas* une Entrada ! Les Entradas, c'est bon pour rigoler, c'est pour les gosses. Je ne suis plus un gosse.

— Alors qu'est-ce que vous faites là ?

— J'essaie de retrouver mon frère. »

Le gamin fronça les sourcils, puis cracha dans la poussière du chemin, mais pas tout à fait dans la direction de Demeris. « Et vous croyez qu'il est chez nous ?

— Non, plutôt à Spectre City, je pense.

— À Spectre City, hein ? Ouais, c'est sûrement là qu'il est. C'est là qu'ils vont tous. Pour la chasse. » Il posa un doigt sur sa tempe et l'y fit pivoter. « Faut être un peu cinglé pour faire une chose pareille, vous pouvez me croire. Aller là-bas pour la chasse ! Non mais vraiment… Quelle bande de crétins. » Puis il rit et reprit : « Bon, allez. Je vais vous montrer où vous pouvez vous installer pour la nuit. »

On le logea dans une cabane branlante et durement éprouvée par les intempéries dont les planches étaient espacées au point de laisser voir de larges bandes de ciel. Elle était située à la sortie du bourg, à une centaine de mètres de la plus proche bâtisse, et ne contenait en guise de couchette qu'un paquet de chiffons piquetés d'humidité. Certains lambeaux arboraient des inscriptions à demi effacées en écriture manuscrite spectre, une succession de signes curvilignes totalement impénétrables pour Demeris. Derrière la bicoque, une fosse d'aisances. À proximité, un minuscule ruisseau. Demeris alla y nettoyer sa plaie, qui l'élançait toujours mais avait meilleure allure. Il crut pouvoir faire confiance à l'eau courante. Il but longuement et remplit ses gourdes. Puis il resta un bon moment assis sur le seuil de la cahute, la tête vide, le temps de se remettre après sa longue journée de marche et le passage de la frontière.

À la tombée de la nuit, le même adolescent revint le chercher pour le conduire au réfectoire communautaire. Il y avait là cinquante à soixante individus regroupés par familles sur de longs bancs. Quelques-uns avaient l'air anglo-saxon, mais la plupart devaient être d'origine mêlée — indienne et mexicaine. Les conversations étaient rares et se tenaient de toute façon dans la langue du coin, clics, grognements et reniflements. On ne fit pratiquement pas attention à lui. On aurait dit qu'il était invisible ; pourtant, quelques personnes lui jetaient un coup d'œil de temps en temps, ce qui lui fournissait l'occasion de percevoir leur hostilité, si puissante qu'elle en devenait presque palpable.

Il mangea en vitesse et retourna à sa cabane. Mais le sommeil refusa de venir. Il le chercha des heures en écoutant le vent qui soufflait du Texas et en aspirant à se retrouver chez lui, sur ses quatre hectares, dans la ferme en adobe dont il connaissait par cœur les moindres recoins, avec, tout près, les maisons de ses frères et sœurs. Pendant quelque temps il entendit chanter — ou plutôt psalmodier — dans le village. Les voix rudes, gutturales et changeantes dressaient un mur de sons pleins de raideur, pour ainsi dire anguleux, qui ne suivaient aucune structure mélodique connue de lui. En les écoutant, il ressentit toute l'étrangeté de ces gens habitués depuis si longtemps à vivre sous la domination des Spectres, dont les mœurs et les idées avaient fini par déteindre sur eux. Comment avaient-ils survécu ? Comment avaient-ils pu supporter tous ces bouleversements, et aussi l'impression d'être *leur* propriété ? Pourtant, ils s'étaient adaptés, et ce en subissant une mue dont la nature échappait totalement à Demeris.

Plus tard lui parvinrent d'autres sons, ceux de la vie nocturne dans le désert — ululements, plaintes et autres cris stridents qui pouvaient provenir de chouettes et de coyotes, mais ce n'était pas du tout certain. Il crut percevoir aussi de mystérieuses allées et venues devant sa hutte, mais il était trop assommé de fatigue pour se relever et aller voir ce qui se passait. Il finit par sombrer dans une espèce de torpeur où il nagea jusqu'à l'aube. Juste avant le lever du soleil, il rêva qu'il redevenait enfant ; ses parents étaient encore en vie, Dave, Bud et les filles étaient tout petits et Tom pas encore né. Son père et lui chassaient les Spectres dans la plaine — de vastes essaims de Spectres luisants et vaporeux qui passaient au-dessus de leurs têtes en nuages compacts, comme des moustiques ; deux braves marchant côte à côte, un grand et un plus petit, et abattant la multitude d'extraterrestres à coups de fusil à fléchettes qui les faisaient éclater comme des ballons. En mourant, ils émettaient un son suraigu pareil au frottement de deux surfaces métalliques, puis dégageaient une odeur d'œuf pourri et piquaient vers le sol. Celui-ci était alors recouvert d'une écume vitreuse qui fondait rapidement, ne laissant derrière elle qu'une zone calcinée et floconneuse. Ce rêve lui causa une intense satisfaction. Puis un flot de lumière matinale entra par les interstices entre les planches et le réveilla.

En sortant de la cabane, il découvrit à une vingtaine de mètres une petite tente qui n'était pas là la veille. Un énorme animal jaune moucheté y était à l'attache et broutait les herbes folles. Cela aurait pu être un chameau, si les chameaux avaient la taille d'un éléphant, trois bosses creuses et des yeux verts globuleux gros comme des soucoupes, sans parler des genoux à double articulation. Comme Demeris le regardait bouche bée, une femme en pantalon kaki moulant et en chemise boutonnée jusqu'au col sortit de la tente et lui lança : « Vous n'en aviez encore jamais vu ?

— Ça, vous pouvez le dire. C'est la première fois que je passe de ce côté-ci de la frontière.

— Ah bon ? » Elle aussi avait un accent. Moins étrange que celui de l'adolescent, mais avec une tournure spéciale, des sonorités sous-jacentes de cloche sonnant le glas derrière l'agencement des mots proprement dits.

Elle était relativement jeune, élancée et plutôt séduisante : cheveux châtains, longs et raides, pommettes hautes et faciès anglo-saxon, avec le hâle en plus. Difficile de lui donner un âge. Quelque part entre vingt-cinq et trente-cinq ans. Ses yeux étaient très sombres mais brillants, avec un aspect presque vernissé et un regard singulièrement chargé de défi. Il lui sembla déceler autour d'elle une sorte d'aura, un incompréhensible crépitement qui l'attirait et le repoussait à la fois.

Elle lui apprit le nom de la créature-chameau, une sonorité complexe et traînante, à mi-chemin entre le sifflet et le vrombissement, terminée par un ton ascendant.

« À vous, maintenant », suggéra-t-elle.

Demeris la regarda sans comprendre. C'était un son impossible à imiter !

« Mais si, à votre tour.

— Euh… je ne parle pas spectre.

— C'est juste une question d'entraînement. »

Elle le regardait droit dans les yeux, avec une franchise, une fermeté presque agressives. Chez lui, il ne connaissait pas beaucoup de femmes qui regardaient les hommes comme ça. Il était plutôt habitué à ce qu'elles dépendent de lui, à ce qu'elles puisent en lui leurs forces et le reste, jusqu'à être enfin capables de continuer leur route en le laissant cheminer sur la sienne.

« Je m'appelle Jill, reprit-elle. J'habite Spectre City. Je rentre chez moi après quelques semaines au Texas.

— Nick Demeris. Je suis d'Albuquerque et je vais dans la même direction que vous.

— Quelle coïncidence.

— Eh oui. »

À cet instant précis naquit en lui un fantasme incandescent : l'alchimie des sens venait de frapper cette femme comme la foudre ; elle allait l'inviter à faire le voyage avec elle ; ils s'enfonceraient côte à côte dans le désert, et quand ils dresseraient le camp, le soir venu, elle se tournerait vers lui, les lèvres entrouvertes, les yeux étincelants. Elle lui ouvrirait les bras, lui ferait signe d'approcher, et…

Il fut surpris par l'urgence et l'intensité de cette idée, comme par son ineptie adolescente. Comment pouvait-il se mettre dans des états pareils ? Cette femme ne l'attirait même pas tant que cela.

Quoi qu'il en soit, la perspective était peu probable, et il s'en rendait très bien compte. La jeune femme semblait parfaitement à l'aise, maîtresse d'elle-même, on ne peut plus autonome. Elle n'aurait nul besoin de sa compagnie, ni de ce qu'il avait à lui offrir.

« Qu'est-ce qui vous amène par ici ? » s'enquit-elle.

Il lui parla de son frère disparu. Elle l'écouta d'un air pensif, les sourcils froncés. En réalité, elle le scruta longuement, attentivement, comme pour percer du regard sa calotte crânienne, en tournant alternativement la tête d'un côté puis de l'autre. De toute évidence, elle le jaugeait.

« Il se peut que je le connaisse, finit-elle par déclarer tranquillement.

— Vraiment ? » Il battit des paupières. « Vous parlez sérieusement ?

— Il est un peu moins grand que vous mais plus trapu, c'est ça ? Sinon, il vous ressemble — en plus jeune. La parenté est même remarquable ; le visage est plus large mais le dessin des pommettes est le même, ainsi que le front haut, la couleur des yeux et des cheveux, qui sont plus longs chez lui, toutefois. Même expression grave qui ne vous quitte pas, ni l'un ni l'autre. Vous êtes perpétuellement sous tension, hein ?

— C'est bien lui », répondit Demeris en sentant croître son étonnement. « Ça ne peut être que lui.

— Il s'appelait Don, je crois ? Ou plutôt Tom. Enfin, Don ou Tom, un prénom très court, en tout cas.

— Tom.

— C'est ça, Tom. »

Demeris n'en revenait pas. « Comment se fait-il que vous le connaissiez ?

— Il a débarqué à Spectre City il y a à peu près deux mois. En juin ou en juillet, quelque chose comme ça. Ça n'est pas tellement grand, chez nous ; quand des nouveaux se présentent, ça se remarque. Il n'y avait qu'à le regarder pour voir qu'il venait du Pays libre. Ces yeux écarquillés, cette allure décharnée, cette façon de tout regarder bouche bée… Pourtant, je le trouvais un peu différent des autres gamins en Entrada, comme s'il portait en lui une espèce de ressort prêt à se détendre à tout moment, comme s'il n'avait pas entrepris cette expédition comme ça, pour pouvoir dire qu'il l'avait fait, mais parce qu'elle avait un tout autre sens pour lui, quelque chose de profond que lui seul pouvait comprendre. Un drôle de type, en fait.

— Tout le portrait de Tom, en effet. » Demeris sentait un tic animer un côté de son visage. « Vous croyez qu'il y est encore ?

— Possible. Et même probable. Il parlait de rester un certain temps, au moins jusqu'à l'automne — la période de la chasse.

— C'est-à-dire ?

— Ça commence la semaine prochaine.

— Alors j'ai encore une chance de le retrouver. Si j'arrive à temps.

— Je pars cet après-midi. Je peux vous emmener, si vous voulez.

— Ah bon ? » Demeris en resta stupéfait. L'alchimie instantanée des sens aurait-elle fonctionné, finalement ? Son petit fantasme adolescent avait-il une chance de se réaliser ? Tout cela était un peu trop rapide, trop facile. Dans la vie, ça ne marchait pas comme ça, en général. Pourtant...

« Mais oui. Il y a largement la place sur les bosses de ma monture. Si vous y allez à pied, à condition de bien marcher, le voyage vous prendra au bas mot une semaine. Alors qu'avec moi, vous en aurez au plus pour deux jours. »

Après tout, pourquoi pas ? songea-t-il.

Il aurait été bien bête de décliner son offre. Ces paysages malmenés par les Spectres dégageaient une atmosphère maléfique quand on s'y déplaçait seul.

« D'accord, répondit-il au bout d'un temps. Avec plaisir. Si vous êtes certaine que...

— Si je n'en étais pas certaine, je ne vous le proposerais pas. »

Tout à coup, il lui vint à l'idée qu'il s'était passé quelque chose entre Tom et cette femme, là-bas, à Spectre City. Mais oui, bien sûr, c'était cela ! Sinon, pourquoi garderait-elle un souvenir aussi détaillé d'un jeune homme inconnu arrivé dans sa ville deux bons mois plus tôt ? Décidément, il y avait anguille sous roche. Elle avait dû faire sa connaissance dans un bar, boire un ou deux verres avec lui, bavarder un peu, passer une ou deux nuits mouvementées en sa compagnie, voire nouer une véritable liaison. C'était bien le genre de Tom, même si elle avait dix ou quinze ans de plus que lui. Et aujourd'hui elle lui offrait de l'emmener, par courtoisie envers un membre de la famille, en quelque sorte. Ce n'était pas du tout son formidable charme mâle qui était en cause, mais une simple marque de politesse de la part de cette femme. Ou bien de curiosité à l'égard d'un homme qui était justement le frère de Tom.

Elle rompit le long silence désorienté de Demeris. « Ma monture a encore besoin d'un peu de temps pour se restaurer. Ensuite, on pourra s'en aller. Alors rendez-vous vers deux heures, d'accord ? »

Après le petit déjeuner, le gamin de la veille vint le trouver au réfectoire. « Vous avez fait la connaissance de la femme qui est arrivée pendant la nuit, hein ?

— Elle me propose de m'emmener à Spectre City, oui », acquiesça Demeris.

Une indubitable lueur de mépris s'alluma dans le regard de l'adolescent. « Gentil de sa part. Vous avez accepté ?

— C'est toujours mieux que d'y aller à pied, non ? »

Un bref regard entendu. « Si vous faites ça, vous êtes cinglé.

— Ah bon ? Et pourquoi donc ? » s'enquit Demeris en se renfrognant.

Le jeune garçon réprima un petit rire en posant une main sur sa bouche. « Mais cette femme, c'est une Spectre ! Ne me dites pas que vous ne l'aviez pas vu ! Il faudrait être drôlement bête pour voyager en compagnie d'une Spectre ! »

Demeris en resta quelques instants sans voix, puis l'ébahissement céda la place à la colère. « Arrête de me faire marcher, s'irrita-t-il.

— Ouais, c'est ça. C'était pour rire. Une blague, quoi. Rien qu'une blague. » Brusquement, la voix du gamin se fit atone, glaciale, résonnant de contradictions internes. Dans ses yeux noirs, le mépris était à présent évident. « Eh bien, faites le trajet avec elle si ça vous chante. Qu'elle fasse ce qu'elle veut de vous une fois que vous serez là-bas, dans le désert. C'est pas mes affaires, de toute façon. Vous autres, les types du Pays libre, vous avez rien dans la tête. »

Demeris le considéra avec attention ; tout à coup ébranlé, il ne savait plus que croire. La froideur de ce regard véhiculait une impressionnante force de conviction. Mais comment Jill pouvait-elle être une extraterrestre ? Sa voix, son maintien, tout en elle était si convaincant ! Impossible que les Spectres sachent imiter les humains à ce point !

Si ?

« Tu as la preuve de ce que tu avances ?

— J'ai pas de preuve du tout. Je l'ai jamais vue, cette femme ; du moins je crois. Elle vient nous demander de l'abriter pour la nuit. Jusque-là ça va. On se fiche de savoir ce qu'elle est du moment qu'elle peut payer. Mais il suffit d'un peu de jugeote pour flairer le Spectre. Je vous le dis, moi. Maintenant, vous faites ce que vous voulez, hein ! Moi, je m'en fous. »

Le gamin s'éloigna. Demeris le regarda partir en secouant la tête. Il se sentait aussi ahuri, aussi choqué que s'il se retrouvait brutalement au bord d'un précipice.

Puis la colère s'empara à nouveau de lui. Jill, une Spectre ? Allons, voyons. Elle avait l'air on ne peut plus humain au contraire.

Oui, mais pourquoi le gosse aurait-il inventé une histoire pareille ? Il n'avait aucune raison pour ça. Et si ça se trouvait, il connaissait *vraiment* la vérité. Là-bas, de l'autre côté, certains paranoïaques patentés se promenaient en permanence avec des amulettes pour repérer les Spectres qui écumaient le Pays libre sous forme humaine — de petits gadgets censés sonner quand un extraterrestre approchait —, mais Demeris n'avait jamais pris ces choses-là au sérieux. Toutefois, on pouvait admettre que les humains vivant au milieu des Spectres soient sensibles à leur présence, malgré la perfection de leur travestissement. Eux n'avaient sûrement pas besoin de talismans pour les détecter. Ils avaient eu cent cinquante ans pour s'habituer à eux. Désormais, ils devaient être capables de les flairer.

Plus il y pensait, plus il était mal à l'aise.

Il fallait qu'il retourne *lui* parler.

Il la trouva au bord du cours d'eau, un peu en amont de sa propre hutte, en train d'étriller les flancs jaunes et hirsutes de sa monture éléphantesque au moyen d'une éponge rêche. Il fit halte à courte distance afin de l'observer, de discerner une trace de ses origines étrangères, quelque étincelle spectrale transparaissant sous l'apparence humaine.

Mais en vain. Rien, il ne lui trouvait rien d'anormal. Ce qui ne voulait pas nécessairement dire qu'elle était humaine.

Au bout d'un moment, elle remarqua sa présence. « Vous êtes prêt ? lança-t-elle par-dessus son épaule.

— Je ne sais pas très bien.

— Comment ça ? »

Il se contenta de la regarder fixement. *Si c'est réellement une Spectre, pourquoi fait-elle semblant d'être humaine ? Et pourquoi une Spectre chercherait-elle à attirer un humain dans le désert avec elle ?*

D'un autre côté, pourquoi le gosse lui aurait-il menti ?

Soudain, il lui apparut que la solution la plus simple et la plus sûre était de rompre le marché conclu et de se rendre à Spectre City par ses propres moyens, comme prévu. Le gamin pouvait très bien dire la vérité. L'idée même de voyager avec une Spectre, de la côtoyer, de partager un camp, une tente avec elle lui donnait la nausée. Répugnant ! Sans parler du danger éventuel. On racontait des histoires abracadabrantes à base de Spectres dévoreurs d'âmes, ou qui vampirisaient l'énergie des humains, voire pire. Alors pourquoi courir le risque ?

Il prit sa respiration. « Écoutez, j'ai changé

d'avis, O.K. ? Je crois que je vais y aller seul en fin de compte. »

Elle se retourna et lui décocha un regard stupéfait. « Vous plaisantez ?

— Eh non.

— Vous tenez sincèrement à faire tout le chemin à pied, seul, au lieu de partager ma monture ?

— Eh oui. Je préfère.

— Dieu du ciel ! Mais enfin, pourquoi ? »

Demeris ne décela vraiment rien d'inhumain dans son ton exaspéré, ni dans l'irritation qui se lisait sur son expression. Il commençait à croire qu'il commettait une grave erreur. Mais il était trop tard pour reculer. Mal à l'aise, il reprit : « Je suis comme ça, c'est tout. C'est juste que je préfère faire les choses à ma manière, et que…

— Tu parles ! Je sais bien ce que vous avez en tête, allez. »

Demeris se tortilla sur place, de plus en plus gêné, mais garda le silence.

« On vous a raconté des choses, c'est ça ? fit-elle avec colère. Des bêtises, naturellement !

— Eh bien…

— D'accord, d'accord, crétin ! Vous voulez me tester ?

— Que voulez-vous dire ?

— Avec une de ces amulettes, là…

— Mais non. Je n'ai pas d'amulette sur moi. Je n'y crois pas. Ça ne vaut pas un clou.

— Elles vous diraient pourtant si je suis une Spectre.

— De toute façon, ça ne marche pas, à ce que j'ai entendu dire.

— Certaines, si. » Elle fouilla dans une fonte de selle posée par terre auprès d'elle et en retira un petit dispositif composé de fils et autres câbles noirs entortillés selon un motif compliqué. « Tenez, fit-elle durement. En voilà une qui marche. On la dirige sur ce qu'on veut, on appuie sur le bouton et ça émet une lueur rouge si on a un Spectre dans la ligne de mire. Prenez-la. Je vous en fais cadeau. Servez-vous-en pour vous rassurer sur la prochaine femme que vous rencontrerez. »

Elle lui jeta le gadget. Demeris l'attrapa au vol par pur réflexe puis resta là, impuissant, à regarder la jeune femme assener une claque sur le flanc de l'éléphant-chameau pour lui intimer l'ordre de se mettre en marche. Sur quoi elle repartit vers sa tente.

Merde, se dit-il.

Il se sentait bête. La voix pleine de dédain de Jill ainsi que ses propres soupçons mesquins résonnaient encore à ses oreilles.

Aussi interdit que fâché — contre elle, contre lui, contre l'adolescent qui avait provoqué l'incident — il balança l'amulette dans le ruisseau. L'eau bouillonna en sifflant pendant un moment, puis l'objet disparut. Demeris tourna les talons et s'en fut préparer ses bagages.

La jeune femme avait déjà entrepris de démonter sa tente. Elle ne lui jeta pas un regard. L'éléphant-chameau, en revanche, tourna la tête pour le contempler d'un air sombre, puis son interminable lèvre violette s'allongea, dessinant une espèce de ricanement sardonique qui découvrit toutes ses dents. Demeris fusilla du regard l'impressionnant animal et lui adressa le signe du mauvais œil. *Toi au moins, je peux t'envoyer promener.*

Puis il hissa son sac sur ses épaules et entama l'ascension de la route qui sortait du village.

Il estima qu'il se trouvait quelque part sur l'ancienne frontière du Texas, sans doute encore du côté Nouveau-Mexique. Les extraterrestres n'avaient pas du tout respecté les démarcations officielles quand ils s'étaient attribué un domaine en plein milieu des États-Unis, vers le tournant du XXIe siècle ; une partie du Nouveau-Mexique s'était retrouvée en territoire étranger. Spectre Land était de forme plus ou moins triangulaire et s'étendait du Montana jusqu'aux Grands Lacs, le long de la frontière canadienne, pour s'effiler progressivement en direction du sud à travers les ex-États du Wyoming, du Nebraska, de l'Iowa, du Texas et de la Louisiane, mais en englobant aussi un petit bout de l'est du Nouveau-Mexique. Demeris avait appris cela à l'école. Les élèves devaient tous étudier l'ancienne carte des États-Unis — pour que les humains n'oublient pas le passé, disait-on, car un jour le pays se relèverait de son infortune.

Tu parles ! Les Spectres en avaient évidé le cœur même, au sens propre et au sens figuré. Ils n'avaient pratiquement rencontré aucune résistance et toutes les tentatives de contre-attaque s'étaient trouvées balayées avec une facilité déconcertante : les armes américaines avaient toutes été neutralisées, les réseaux de communication réduits au silence, son armée de libération absorbée par la

Zone occupée comme une goutte d'eau dans un lac. Il n'y avait plus un pays appelé États-Unis d'Amérique mais deux : l'un à ouest, qui allait de l'État de Washington et de l'Idaho jusqu'à la frontière mexicaine au sud et qui aimait à se baptiser Pays libre, et l'autre à l'est, qui suivait la côte et s'étendait à l'intérieur des terres jusqu'au Mississippi et insistait pour continuer à porter son ancienne appellation officielle. Entre les deux, la Zone occupée, où personne ne savait très bien ce qui se passait. On ne prenait pas très au sérieux la perspective de voir un jour les États-Unis réunifiés ; Demeris lui-même n'y croyait guère. Si l'Amérique n'avait pas su faire face aux étrangers à l'époque de l'invasion, comment pourrait-elle les battre maintenant que ses moyens techniques étaient quasi anéantis et de vastes portions de son territoire retournées à un état agreste antérieur à la révolution industrielle ?

Selon ses estimations, il devait continuer à se diriger peu ou prou vers l'est jusqu'à repérer des signes de présence spectrale. Toutefois, pour l'instant il avançait dans un désert de dunes tapissées de mesquite et de sauge. Il rencontra à nouveau des morceaux de paysage étranges, manifestement dus à la passion du remodelage professée par les extraterrestres, plus çà et là des traces à peine perceptibles d'anciens villages humains abandonnés, panneaux de signalisation rouillés ou murs à demi effondrés. Mais dans l'ensemble, il n'y avait pas grand-chose à voir.

Au bout d'une demi-heure de marche apparut un escadron de serpents ailés composé d'une dizaine d'individus volant en formation serrée. Puis le ciel se fit lourd et prit une teinte jaune violacé, comme un fruit talé qui commence à pourrir, et trois immenses créatures aux écailles rouges et luisantes pourvues d'ailes charnues en forme de voiles triangulaires passèrent au-dessus de sa tête en émettant des bouffées de gaz verdâtre à l'odeur rance de vieille paille humide. On aurait dit des dragons. Elles étaient suivies par une dizaine d'autres choses-serpents. Demeris fronça les sourcils et leur montra le poing. Dans l'air, la tension était palpable. En proie à une espèce de mauvais pressentiment, il attendit, mais la menace se dissipa comme par magie et le paysage qu'il connaissait depuis toujours se rétablit autour de lui, vierge de toute intervention venue des lointaines étoiles : le bon vieux Sud-Ouest avec ses lits de rivière asséchés et ses cieux immenses. Il se détendit quelque peu, mais pas entièrement.

Presque aussitôt, il entendit dans son dos un reniflement familier. Il se retourna et découvrit, le surplombant, la silhouette pesante de l'éléphant-chameau. Jill y était perchée, juste à l'avant de la bosse frontale.

Elle se pencha : « Alors, on n'a toujours pas changé d'avis ?

— Je vous croyais fâchée contre moi.

— Je le suis. Ou je l'étais. Mais ça me paraît tellement insensé, cette idée de vous lancer seul à pied alors que j'ai de la place… »

Il la regarda dans les yeux. *Ce n'est pas tous les jours qu'on se voit offrir une seconde chance, dans la vie,* songea-t-il. Pourtant, il restait indécis.

« Bon, écoutez ! fit-elle en le voyant hésiter encore. Vous voulez monter, oui ou non ? »

Il ne répondait toujours pas.

Elle lui décocha un sourire mauvais. « Vous avez toujours peur que je sois une Spectre, hein ? Eh bien, vérifiez, si vous voulez.

— J'ai jeté votre gadget dans la rivière. Je n'aime pas avoir ces choses-là sur moi.

— Ma foi, vous avez bien fait. » Elle rit. « Ce n'était pas du tout un charme. Seulement un vieux noyau électrique, et qui ne marchait même pas, en plus. Il ne vous aurait pas tellement renseigné.

— Qu'est-ce que c'est qu'un “ noyau électrique ” ?

— Un truc de Spectres. Vous auriez pu le rapporter chez vous comme preuve de votre passage. Bon, alors, vous vous décidez ? »

Tout à coup, il trouva ridicule de décliner une fois de plus.

« Oh et puis tant pis, tiens ! C'est d'accord. »

Jill donna un ordre à l'animal dans une langue qui devait être celle des Spectres, un chuintement évoquant un hoquet suivi d'un long sifflement aspiré ; la monture s'agenouilla. Demeris prit la main que lui offrait la jeune femme et celle-ci le hissa avec une facilité surprenante. Sur le dos ample de la bête était jeté une espèce de bât en corde tressée, moitié poncho, moitié selle, avec trois ouvertures pour les bosses. La tente et les affaires de Jill y étaient amarrées à l'arrière. « Vous n'avez qu'à attacher votre paquetage à l'une de ces ficelles, là. Ensuite, installez-vous derrière moi. »

Il se cala dans le creux entre la deuxième et la

troisième bosse, puis s'assura une prise solide dans les mailles du bât, où ses doigts s'enfoncèrent profondément. Jill lança un nouvel ordre sifflé et l'animal se mit en marche.

Son mouvement se décomposait en un roulis, un ébranlement et un tangage successifs, très difficiles à encaisser. On était balancé à la fois de droite à gauche et de haut en bas, et à chaque pas Demeris voyait le sol monter à toute allure en décrivant de vertigineuses glissades. Pour n'avoir jamais vu ni l'océan ni aucune grande étendue d'eau, il connaissait tout de même la notion de mal de mer, et c'était tout à fait l'idée qu'il s'en faisait. Il s'étrangla, serra les lèvres et s'agrippa encore plus fermement à la selle.

« Ça va ? lui jeta Jill par-dessus son épaule.

— Ça va, ça va.

— Il faut un moment pour s'y faire, hein ?

— Un peu, oui. »

Demeris n'avait pas l'arrière-train très rembourré. Il sentait se mouvoir sous lui de formidables os qui le faisaient penser aux pistons d'une gigantesque machine. Il appliqua aussi vigoureusement que possible ses talons contre les flancs de l'animal.

« Vous avez vu passer ces créatures à ailes delta, tout à l'heure ? » s'enquit la jeune femme au bout d'un moment.

« Les grands dragons qui lâchaient de la fumée verte ?

— C'est ça. Ce sont des rabatteurs. Ils se rendent à Spectre City pour la grande chasse. On s'en sert pour canaliser le gibier vers les terrains de chasse. Chaque année, à cette époque, on les appelle pour contribuer au grand rassemblement.

— Et les serpents volants ?

— Ils encadrent les rabatteurs, qui ne sont pas très futés. Pas plus que, mettons, des chiens. Les serpents, eux, sont beaucoup plus malins. Ils dirigent les rabatteurs, qui répercutent leurs ordres sur le gibier. »

Demeris réfléchit. Il y avait donc une hiérarchie de l'intelligence parmi les créatures importées par les Spectres sur la planète terre en partie conquise par eux. Si les rabatteurs étaient malins comme des chiens, on pouvait se demander quel était le niveau des serpents. Parce qu'un chien, c'était déjà drôlement futé. D'ailleurs, on pouvait se poser la même question pour les Spectres.

« Qu'est-ce que c'est que cette histoire de chasse ? Qu'est-ce qu'ils y trouvent ?

— Du plaisir, répondit Jill. Du plaisir à la mode spectre.

— Rabattre des milliers d'animaux sauvages exotiques en un seul et même endroit puis les massacrer tous ensemble en créant une véritable marée de sang, c'est comme ça qu'ils s'amusent ?

— Attendez de voir ça », répliqua-t-elle.

Ils assistèrent à la transformation progressive du paysage : boucles et volutes de feu éblouissant, grosses sphères opaques flottant juste au-dessus du sol, lames argentées tournoyant dans les airs… Demeris fulminait. Toutes ces bizarreries lui donnaient une impression de vulnérabilité tout en lui faisant sentir qu'il n'était pas à sa place. À chaque nouvelle découverte, aussi étonnante que malvenue, il crachait par terre et maugréait avec irritation.

« Qu'est-ce qui vous énerve comme ça ? s'enquit Jill.

— J'ai horreur de toutes ces merdes cinglées qu'ils ont semées partout. Je ne supporte pas ce qu'ils ont fait de notre pays.

— Ça s'est passé il y a longtemps. Ce n'est pas à votre pays à vous qu'ils ont fait ça mais à celui de votre arrière-arrière-grand-père.

— N'empêche.

— Votre pays à vous, il est là-bas, de l'autre côté. Intact.

— N'empêche », répéta-t-il avant de cracher à nouveau.

Bien avant la tombée du soir, ils rencontrèrent une série d'affleurements sulfureux d'un jaune très vif qui ressemblaient à de mousseux oreillers de pierre et marquaient l'emplacement d'une source. Jill ordonna à sa monture de s'agenouiller puis sauta à terre avec agilité. Demeris, lui, descendit plus prudemment ; il avait déjà mal aux cuisses et aux fesses.

« Aidez-moi donc à monter la tente », fit Jill.

Il n'en avait encore jamais vu de ce type. Le piquet central se présentait sous la forme d'une simple petite tige en cire blanche, mais dès qu'on l'effleurait, sa taille triplait et il en jaillissait une armature complexe destinée à supporter la toile dans cinq directions différentes. *Probablement d'origine spectre*, songea-t-il. Les pitons étaient forgés dans le même matériau et il suffisait de les positionner correctement pour qu'ils s'enfoncent d'eux-mêmes dans le sol. Ce faisant, ils émettaient un faible tintement.

« Qu'est-ce que c'est ? demanda Demeris.

— Ils définissent un périmètre de sécurité sur cent mètres à la ronde. N'essayez surtout pas de le franchir pendant la nuit.

— Je n'en ai pas l'intention. »

La tente était juste assez grande pour deux. Il se demanda si Jill allait l'inviter à y passer la nuit.

Ils allèrent ramasser des brindilles de mesquite et allumèrent un feu. Puis Jill apporta pour dîner des sachets de légumes en poudre et une tranche de viande séchée. Pendant que le tout cuisait, elle alla s'accroupir au bord de la source qui, malgré le soufre omniprésent, donnait une eau fraîche et pure ; elle se dénuda jusqu'à la ceinture afin de faire sa toilette. Demeris fut troublé par ce spectacle. Il lança un bref regard à la baigneuse, mais elle ne parut pas s'en soucier ; l'avait-elle même remarqué ? En soi, c'était déjà troublant. Le provoquait-elle délibérément ? Ou bien sa présence lui était-elle complètement indifférente ?

À son tour il alla s'éclabousser le visage à l'eau froide et asperger ses épaules baignées de sueur. « À table ! » appela-t-elle quelques minutes plus tard.

La nuit tomba d'un coup. En l'espace de quelques instants le ciel passa du bleu foncé au noir absolu. Les étoiles ne tardèrent pas à apparaître, vives, nettes et fixes dans l'air cristallin du désert. Demeris les contempla en se demandant laquelle pouvait bien être le monde d'origine des Spectres.

Qui ne s'étaient jamais donné la peine de le leur révéler. D'ailleurs, les étrangers n'avaient jamais révélé grand-chose sur eux-mêmes.

Tout en mangeant, il demanda à Jill si elle faisait souvent le trajet.

« Assez, oui, répondit-elle. Je joue les coursiers pour mon père ; je vais au Texas, en Louisiane, parfois même jusqu'en Oklahoma. » Une pause. Puis : « Je suis la fille de Ben Gorton », annonça-t-elle comme s'il devait forcément reconnaître le nom.

« Pardon ? La fille de qui ?

— De Ben Gorton. Le maire de Spectre City, quoi.

— Ah bon, Spectre City a un maire humain ?

— Pour la partie humaine, oui. Les Spectres ont leurs propres structures gouvernementales et nous les nôtres.

— Ah. Très honoré, alors. La fille du chef… Vous auriez dû me le dire avant.

— Je n'en ai pas vu l'intérêt. »

Le repas était terminé. Jill s'activa efficacement de part et d'autre du camp, rassemblant les ustensiles de cuisine, enterrant les déchets… Demeris en était sûr, à présent : le gamin du village s'était payé sa tête. Si Jill était vraiment une Spectre, il aurait largement eu le temps de s'en rendre compte.

Une fois les corvées de nettoyage achevées, elle souleva le rabat de la tente et fit mine d'y entrer. Lui resta en arrière, ne sachant quelle attitude adopter.

« Eh bien ? fit-elle. Vous pouvez entrer, si vous voulez. Mais vous préférez peut-être dormir dehors ? »

Il entra. Tandis qu'à l'extérieur, la température chutait vertigineusement à mesure que la nuit s'installait, dedans il régnait une tiédeur agréable. Il n'y avait qu'un seul sac de couchage, à peine assez large pour deux personnes ne voyant pas d'inconvénient à se serrer. En l'écoutant se déshabiller dans l'obscurité totale, il essaya de deviner combien de vêtements elle enlevait, mais ce n'était pas facile. Lui-même ôta sa chemise, puis hésita à faire de même avec son pantalon ; mais à ce moment-là, Jill rouvrit le rabat pour lancer une instruction à l'éléphant-chameau attaché juste devant la tente, et, à la clarté des étoiles, il entrevit ses cuisses et ses fesses nues. Alors il acheva de se dévêtir et se glissa dans le sac de couchage. Elle vint l'y rejoindre un instant plus tard. Il resta étendu là, tout gauche, s'efforçant de ne pas la toucher. Il y eut un temps de battement chargé de tension, puis elle lui effleura l'épaule, avec légèreté mais certainement pas par accident. Il ne lui en fallut pas davantage. Il n'avait tout de même pas fait vœu de chasteté. Il tâtonna dans le noir, trouva le creux de son épaule et fit glisser sa main jusqu'à la refermer sur un petit sein frais, ferme et élastique. Il passa doucement le pouce sur ses mamelons ; elle émit un léger ronronnement et il les sentit rapidement durcir sous la caresse. Les siens firent de même. Elle se tourna vers lui. Il eut un peu de mal à repérer sa bouche dans l'obscurité ; elle dut le guider en gloussant imperceptiblement, mais quand leurs lèvres se rencontrèrent, il sentit aussitôt le bout de sa langue l'encourager.

Alors, comme pour précipiter sa propre chute, il

se surprit à se demander non sans perversité s'il n'était pas en train d'embrasser une Spectre, finalement ; il en eut aussitôt la nausée, ce qui le terrassa et lui fit perdre tous ses moyens. Mais elle se pressait contre lui avec insistance en faisant aller et venir ses seins sur son torse à lui et en poussant de petits miaulements d'impatience. Alors il se reprit promptement et se livra tout entier au parfum qui émanait d'elle en chassant de ses pensées tout ce qui n'était pas sensation immédiate. Et une fois passée cette première crise de doute, tout fut facile. Il trouva sans mal ses cuisses longues et lisses et quand vint le moment de se glisser en elle, là non plus il n'eut pas besoin d'aide ; malgré la maladresse de leurs mouvements, dans l'ignorance où ils étaient l'un de l'autre, ses halètements brûlants contre son épaule ainsi que ses petits cris étouffés mais explicites ne lui laissèrent aucun doute : tout se passait bien.

Quand ce fut fini, il resta un long moment éveillé à écouter le tintement rassurant des pitons de la tente et, de temps en temps, le lointain appel d'une créature du désert. Il s'imagina percevoir également le souffle nasal et insistant de l'éléphant-chameau évoquant un énorme appareil de ventilation de l'autre côté de la toile. Jill, pelotonnée contre lui comme s'ils étaient de vieux amis, avait sombré dans le sommeil.

Le lendemain matin, comme ils chevauchaient en silence depuis un bon moment déjà, elle lui demanda tout à coup : « Tu as déjà été marié, Nick ? »

Il fut frappé par l'incongruité de la question. Jusque-là, elle lui avait paru perdue à des millions de kilomètres de lui. Quand il avait voulu lui refaire l'amour à l'aube, il s'était heurté à son indifférence, et pendant tout le temps qu'il leur avait fallu pour lever le camp et se remettre en route, elle s'était montrée distante, voire pleine de froideur à son égard, en tout cas tout entière à sa tâche.

« Non, répondit-il. Et toi ?

— Je ne m'en suis pas préoccupée. Mais je croyais qu'au Pays libre tout le monde se mariait. Que vous étiez tous des gens normaux, bien comme il faut, qui se casaient très tôt et fondaient des familles nombreuses. » L'éléphant-chameau oscillait, tressautait. Ils suivaient une piste assez large jalonnée de part et d'autre de longs rubans translucides apparemment constitués d'une espèce de gelée ; montés sur des piquets noirs et épineux qui semblaient surgir du sol comme de jeunes arbres, ils mesuraient bien trente mètres de long.

« J'ai élevé une nombreuse famille, en effet, reprit-il. Mais c'étaient mes frères et sœurs. Mon père est mort dans un accident de chasse quand j'avais dix ans. Il se peut qu'on l'ait confondu avec une bestiole spectre passée du mauvais côté de la frontière ; on n'a jamais très bien su. Là-dessus, ma mère a attrapé la fièvre bleue. Ça ne m'a pas laissé beaucoup de temps pour songer à prendre femme.

— La fièvre bleue ?

— Tu ne sais pas ce que c'est ? Une maladie infectieuse. Ça te tue en trois jours sans espoir de guérison. On dit que ce sont les Spectres qui l'ont apportée avec eux.

— On ne connaît pas ça de ce côté-ci, remarqua-t-elle. Du moins pas que je sache.

— S'ils nous l'ont apportée, ils doivent savoir comment la soigner. Mais nous, nous n'avons pas cette chance. Enfin bref ; j'avais donc toute une ribambelle de gosses à élever. Mais bien sûr, ils sont grands maintenant.

— Pourtant, tu continues à t'en occuper. Je veux dire, puisque tu es venu jusqu'ici à la recherche de ton frère.

— Il faut bien que quelqu'un s'en charge.

— Et s'il ne voulait pas que tu te lances à sa poursuite ? »

Demeris s'alarma. Il savait Tom tourmenté, incapable de tenir en place, mais sans pour autant être perturbé. « Tu as des raisons de croire qu'il voudrait s'installer ici pour de bon ?

— Je n'ai pas dit ça. Mais il pourrait préférer qu'on ne vienne pas le rechercher. Il y a pas mal de jeunes gens qui ne repartent jamais, tu sais.

— Non, j'ignorais. Je ne l'ai jamais entendu dire. Qu'est-ce qui pourrait pousser un citoyen du Pays libre à rester du côté spectre ?

— La perspective de s'amuser ? proposa-t-elle. De fréquenter les Spectres. De participer à leurs jeux. De chasser leurs animaux. Les deux se mélangent pas mal, ces temps-ci.

— Ah ? » fit-il, mal à l'aise. Il contempla la nuque de Jill. Il la trouvait drôlement bizarre. Oui, un sacré mystère, cette fille.

« Je me pose des questions sur le mariage, reprit-elle, à nouveau distante. Quel effet cela peut faire de se réveiller auprès de la même personne jour après jour. De partager sa vie pendant des années. Ça me paraît très beau. Mais aussi un peu bizarre. J'ai du mal à l'imaginer.

— Le mariage n'existe donc pas à Spectre City ?

— Pas vraiment. Pas au sens où vous l'entendez, vous.

— Eh bien, tu n'as qu'à essayer. Si ça ne te plaît pas, tu peux toujours faire marche arrière. Je ne connais personne qui trouve le mariage bizarre. Bon sang, je suis sûr que les mœurs des Spectres le sont cent fois plus, alors que toi, tu y vois sans doute la chose la plus naturelle du monde.

— Chez les Spectres, on ne se marie pas. On ne connaît même pas le sexe, en fait. D'après ce que j'ai compris, ça se rapproche davantage des mœurs des poissons, sans qu'il y ait contact direct.

— Très excitant. J'aimerais essayer. Il me suffirait de trouver une jolie petite Spectre. » Il s'était efforcé de parler avec légèreté. Mais elle se retourna pour lui jeter un regard.

« Toujours pas convaincu, hein, Nick ? »

Il ne releva pas. « Écoute, tu peux toujours tenter ta chance et te marier pour quelque temps, non ? Puisque tu es si curieuse de savoir ce que ça fait.

— C'est une proposition, Nick ?

— Mais non. Pas du tout. Simple suggestion. »

Une heure après leur départ, ils tombèrent sur une curieuse dépression violette d'une centaine de mètres de large à l'endroit le plus profond, une fosse ovale pourvue d'une saillie émoussée aux quatre coins, plus une à chaque extrémité.

« Qu'est-ce que c'est que ça ? s'enquit Demeris. Un cimetière Spectre ?

— C'est nouveau. Je n'avais encore jamais vu ce trou. »

Un accès de curiosité passager le poussa à demander : « On peut jeter un coup d'œil ? »

Elle arrêta l'éléphant-chameau et tous deux sautèrent à terre. La fosse aurait pu être un lac tant elle ressortait nettement, sombre et dense, sur le fond de terrain sablonneux, mais son contenu n'avait rien de liquide : on aurait plutôt dit une tache s'enfonçant de plusieurs mètres dans le sol. Ils s'approchèrent. Demeris vit quelque chose bouger sous la surface, vers le milieu, une espèce de mouvement spiralé ; il allait le signaler à Jill lorsque, soudain, la rive se mit à trembler. Un mince bras caoutchouteux émergea de la masse violette pour aller se nouer autour de la jambe gauche de la jeune femme et l'attirer à lui. Jill poussa un cri aigu suivi d'un singulier chuintement. Demeris tira prestement son couteau de l'étui pendant à sa ceinture et trancha la chose, qui ne voulait plus lâcher Jill. Il y eut une vibration sonore et il sentit un élancement incandescent remonter dans son bras jusqu'à hauteur d'épaule avec une violence qui se répercuta jusque sous son col de chemise avant de s'évanouir ; il recula de quelques pas mal assurés. Le morceau de bras noueux enroulé autour de Jill retomba ; l'autre partie se tordait convulsivement sous leurs yeux. Il saisit la jeune femme par le poignet et l'entraîna en arrière.

« Ça doit être une sorte de piège à gibier, commenta-t-il. Ou destiné aux voyageurs assez bêtes pour trop s'approcher. Viens, filons d'ici. »

Elle était pâle et tremblante. « Merci », fit-elle simplement comme ils revenaient vers l'éléphant-chameau.

Pas très convaincant, comme démonstration de gratitude, se dit-il.

Mais l'incident lui avait au moins appris quelque chose sur elle. Une évidence qui le rassurait. Un piège spectre ne s'en serait pas pris à un individu de sa propre espèce.

Si ?

À midi, ils s'arrêtèrent déjeuner dans un bosquet de peupliers de Virginie que les Spectres avaient redécoré au moyen de gigantesques choses cristallines en forme de champignons. L'éléphant-chameau en mâchonna une et parut apprécier, mais Demeris et Jill se gardèrent bien d'y toucher. Un petit filet d'eau saumâtre coulait entre les arbres, et là encore, la jeune femme se déshabilla devant lui pour se laver. La toilette semblait compter beaucoup à ses yeux, mais nullement la nudité. Il la regarda faire avec plaisir, mais non sans un certain détachement.

De temps à autre, au fil des longues heures que dura en tout leur chevauchée, elle rompait le silence pour lui poser une question immanquablement originale : « Qu'est-ce que les gens aiment faire le soir, au Pays libre ? », « Est-ce que les hommes nouent des liens d'amitiés plus proches entre eux que les femmes entre elles ? » ou « As-tu déjà souhaité être quelqu'un d'autre ? » Il répondait comme il pouvait. C'était une femme étrange, imprévisible, mais il était fasciné par son agilité mentale, si différente de la moyenne d'Albuquerque. Mais naturellement, là-bas il côtoyait surtout des propriétaires de ranches et des fermiers, tandis qu'elle, elle était fille de maire. Et née en Zone occupée, de surcroît. Il était normal qu'elle se distingue de tous les gens qu'il connaissait.

Ils croisèrent des lieux métamorphosés par les extraterrestres jusqu'à en devenir incompréhensibles. Notamment une bourgade traversée par une unique rue où tout semblait transformé en verre et doté d'une limpidité irréelle — les bâtiments, le mobilier, la plomberie, tout… Si elle avait été encore habitée, on aurait sans doute pu voir à travers les gens. C'est du moins ce que supputa Demeris. Puis ce fut le tour d'un site sablonneux où l'on avait juxtaposé des carcasses d'automobiles rouillées de manière qu'elles empiètent partiellement les unes sur les autres, l'avant de la première mordant sur la deuxième et ainsi de suite, comme une série de chevaux en pleine saillie. Demeris eut l'impression de voir des fantômes sur le point de revenir à la vie. Il n'avait jamais vu d'automobile en état de marche. Les moteurs à combustion interne avaient disparu avant même sa naissance — du moins dans son coin du Pays libre : on disait que dans certaines enclaves privilégiées de Californie, on se servait toujours de véhicules de ce type.

Après l'alignement de voitures, ils tombèrent sur un endroit où toutes sortes d'équipements domestiques d'origine humaine (éviers, toilettes, sièges et fragments d'objets que Demeris ne réussit pas à identifier) avaient été amalgamés en une dizaine de pyramides parfaites de quinze à dix-huit mètres de haut. Une espèce de musée de l'Antiquité. Demeris commençait à ne plus réagir devant les tripotages des Spectres. Comment entretenir indéfiniment sa colère quand les témoignages d'intervention extraterrestre atteignaient un tel degré d'ingérence ?

Les traces de cette omniprésence se faisaient aussi plus fréquentes : lueurs à l'horizon, mystérieux chuintements loin au-dessus de leurs têtes, dont Jill disait qu'ils signalaient le trafic aérien, voies de circulation dont le ruban brillant se dévidait parallèlement à la piste grossière qu'eux-mêmes suivaient. Demeris s'était attendu un moment à y voir passer des Spectres, mais non. À quoi pouvaient-ils ressembler ? « À des fantômes, avait dit Bud. Des fantômes tout en longueur, luisants, mais tout à fait matériels. » Ce qui ne l'avait pas beaucoup avancé.

Quand ils dressèrent le camp ce soir-là, il entra sans hésitation sous la tente avec Jill et, une fois couché, n'attendit pas longtemps pour l'entreprendre. Tout d'abord, elle ne montra guère de réaction, mais bientôt il perçut son ronronnement et elle se tourna vers lui, plus que consentante. Alors que l'après-midi s'était écoulé sans aucune marque d'affection entre eux deux, Jill recréait soudain, à partir de rien, une ardeur qu'elle semblait puiser en elle comme on va chercher de l'eau au fond d'un puits artésien ; ils s'aimèrent avec fougue et, toute leur maladresse de la veille oubliée, atteignirent ensemble un orgasme sonore et baigné de sueur. Après s'être reposé un moment, il voulut revenir vers elle, mais elle se contenta de lui dire : « Non. Il faut dormir maintenant. » Sur quoi elle lui tourna le dos. *Quelle femme étrange*, songea-t-il une fois de plus. Au lieu de s'endormir tout de suite, il l'écouta un moment respirer, juste pour s'assurer qu'elle dormait ; il pourrait peut-être se blottir quand même contre elle, si elle était encore consciente et un tant soit peu réceptive. Mais en vain. Elle restait parfaitement immobile, détendue ; on l'aurait crue morte. Son souffle était quasi imperceptible. Au bout d'un temps, il roula sur le dos. Il rêva de cieux éblouissants striés de feu écarlate avec, au sud, des dragons volant en formation.

Visiblement, ils approchaient de Spectre City. Ils avaient quitté la route non goudronnée pour une chaussée plus digne de ce nom, peut-être une ancienne autoroute du temps des États-Unis d'Amérique ; en tout cas, les étrangers l'avaient trafiquée : une luminosité pulsatile d'un vert peu chaleureux remontait par remous successifs d'un point situé très en profondeur. Ils furent rejoints par d'autres voyageurs, certains en charrette tirée par quelque bête de somme extraterrestre, d'autres, assez rares, planant au-dessus du sol à bord de véhicules découverts dépourvus de tout moyen de propulsion apparent. Tous semblaient humains.

« Comment les Spectres se déplacent-ils ? demanda-t-il à Jill.

— Comme ça leur chante », répondit-elle.

Un panneau indicateur d'autoroute, tellement corrodé qu'on lui aurait donné cinq cents ans, annonçait une bourgade nommée Dimitt. Mais on ne voyait pas la moindre agglomération, seulement une espèce de check-point matérialisé par une simple barrière lumineuse ; cette version mineure de la ligne-frontière principale se manifestait sous l'aspect d'un miroitement lustré, presque gai, aux gracieux motifs moirés en perpétuel mouvement. Charrettes, camions ouverts et carrioles en tout genre s'y engagèrent les uns derrière les autres pour disparaître aussitôt.

« C'est le périmètre de chasse, expliqua Jill tandis qu'ils attendaient leur tour. Une espèce de vaste enclos autour de Spectre City qui retient les animaux sur des kilomètres. Les bêtes ne veulent pas franchir la ligne de démarcation. Elle leur fait peur. »

Demeris, en revanche, ne ressentit rien de particulier en passant de l'autre côté. Là-dessus, Jill lui annonça qu'elle avait quelques formalités à accomplir et partit vers une espèce de resserre branlante, à une trentaine de mètres de la route. Demeris attendit son retour à côté de l'éléphant-chameau.

Un homme d'une cinquantaine d'années aux cheveux grisonnants dont le visage portait la marque de toutes les intempéries possibles s'approcha en boitillant et lui sourit de toutes ses dents.

« Jack Lawson, annonça-t-il en lui tendant la main. Je rentre du mariage de ma fille, à Oklahoma City.

— Nick Demeris.

— Intéressante, votre compagne de voyage, Nick.

Alors, qu'est-ce que ça fait de se balader avec une d'entre *eux* ? Je me suis toujours posé la question.

— Qui ça, " eux " ? »

Lawson lui fit un clin d'œil. « Allons, l'ami. Vous savez bien ce que je veux dire.

— Pas du tout.

— Votre copine, c'est une Spectre, l'ami. Vous n'allez tout de même pas me faire croire que vous la preniez pour autre chose ?

— Je ne suis pas votre ami. Quant à elle, elle est aussi humaine que vous et moi.

— À d'autres !

— Vous pouvez me croire, répliqua vertement Demeris. J'ai vérifié de *très* près. »

L'autre haussa légèrement les sourcils. « C'est bien ce que je pensais. J'ai entendu dire que certains hommes avaient du goût pour ça. Certaines femmes aussi, d'ailleurs.

— Et merde ! » jeta Demeris, qui commençait à s'échauffer. Mais comme il n'avait ni le temps ni l'envie de se battre et que de toute façon Lawson était deux fois plus vieux que lui, il reprit le plus calmement possible : « Vous vous trompez du tout au tout, mon pauvre. Un petit Chicano m'a déjà dit la même chose, là-bas, plus au sud. Mais vous ne savez rien d'elle, ni l'un ni l'autre.

— Je sais bien les reconnaître, allez.

— Et moi, c'est les connards que je sais reconnaître au premier coup d'œil, rétorqua Demeris.

— Holà, du calme, l'ami. Du calme ! Je comprends maintenant que j'ai commis une erreur ; vous ne vous rendez pas du tout compte de ce qui vous arrive. Bon, mille pardons, l'ami. *Dix* mille pardons. » Un sourire servile, une petite révérence, et l'homme fit mine de s'éloigner.

« Attendez ! intervint Demeris. Vous croyez vraiment que c'est une Spectre ?

— Je vous parie tout ce que vous voulez.

— Prouvez-le.

— Pas de preuve qui tienne. Juste l'intuition.

— Là d'où je viens, l'intuition ne vaut pas grand-chose.

— Parfois c'est évident, voilà tout. Elle dégage quelque chose de spécial. Je ne sais pas très bien quoi. Je ne saurais pas l'exprimer.

— Mon père disait toujours : “ Cc qui se conçoit bien s'énonce clairement. ” »

Lawson éclata du même rire paternaliste et supérieur que le gosse du village. Demeris sentit la moutarde lui monter au nez et eut toutes les peines du monde à se retenir de frapper.

Mais, juste à ce moment-là, Jill revint. Le balancement de ses hanches était on ne peut plus humain. Lawson la salua avec une courtoisie exagérée en portant un doigt à son chapeau puis regagna son chariot d'un pas allègre.

« Prête ? s'enquit Demeris.

— Tout est réglé. » Elle lui jeta un coup d'œil. « Tout va bien, Nick ?

— Très bien.

— Qu'cst-ce qu'il t'a raconté, ce type ?

— Le mariage de sa fille, en Oklahoma. »

Il se hissa comme il put sur l'éléphant-chameau et reprit sa place contre la bosse médiane.

Sa colère reflua peu à peu. Ce Lawson… Les gens de la Zone occupée croyaient toujours tout savoir. Toujours à vouloir en remontrer aux « bleus » du Pays libre, à les toiser d'un air entendu et à les bombarder d'insinuations.

Quelque part au fond de lui, son côté rationnel lui soufflait que si deux habitants de la Zone disaient la même chose, il valait peut-être mieux les croire. En fait, il y avait même pas mal de chances pour qu'ils aient raison. Tout en Jill paraissait humain, l'allure, l'odeur, le contact de son corps sous ses doigts, et il n'en demandait pas davantage. Les habitants de Spectre Land pouvaient bien dire ce qu'ils voulaient. Demeris avait la ferme intention de continuer à la croire humaine, quoi qu'on fasse pour lui démontrer le contraire. Il était trop tard pour changer d'avis. Il avait collé sa bouche contre celle de Jill, il était entré en elle, il s'était donné à elle de la manière la plus intime qui soit. Il lui était tout bonnement impossible de songer qu'il avait serré dans ses bras une chose venue d'ailleurs. Totalement inenvisageable. Pour le moment, il était incapable de s'en persuader.

Sur ce, il se sentit transpercé par une envie fulgurante qui faillit lui faire perdre la tête : l'espoir paradoxal que Jill était bel et bien une Spectre, et qu'en la tenant dans ses bras il avait accompli un acte à la fois extraordinaire et scandaleux. Il était passé de l'autre côté ; sa jeunesse lui était rendue. Il n'en revenait pas. Frappé de stupeur, il eut un bref aperçu de ce qu'il pourrait éprouver s'il échappait à la prison de son âme. Puis le moment passa et, dégrisé, Demeris fut de nouveau lui-même. *Elle est humaine,* se dit-il résolument. *Humaine. Humaine.*

Un peu plus loin, il arriva devant un enclos à gibier, un genre de rideau lumineux jaillissant du sol, un peu comme un éclair d'orage, mais continu. Derrière, Demeris crut discerner d'immenses formes mouvantes et obscures. Mais tout était très flou et, après avoir contemplé un moment cette muraille de lumière ondulante, il commença à éprouver des sensations comparables à celles que lui avait procurées la traversée de la ligne-frontière.

« Qu'est-ce qu'ils enferment là-dedans ? demanda-t-il à Jill.

— Tout. Tu verras quand ils les lâcheront.

— Et c'est pour quand ?

— Dans deux ou trois jours. » Elle se retourna et pointa l'index. « Regarde, là-bas : Spectre City. »

Ils se tenaient au sommet d'une colline. À leurs pieds s'étalait une ville relativement étendue, mais pas aussi grande que dans son imagination, une ville bâtarde composée d'une part de petites maisons trapues et d'autre part de hautes constructions effilées, animées d'une palpitation constante qui leur donnait quelque chose d'immatériel — des tours fantômes, des châteaux de conte de fées… des demeures bien dans le genre spectre, en un mot. Ce spectacle le fit sursauter tant la cité mêlait étroitement l'humain et l'étranger. Une sorte de haie assez basse courait tout autour de la ville telle une frontière miniature ; toujours la même substance impalpable, mais d'une nuance plus claire, et dansante comme une longue succession de minuscules feux follets.

« Je ne vois pas de Spectres, constata Demeris.

— Tu veux des Spectres ? Tiens, en voilà un. »

Une créature palpitante se matérialisa sur-le-champ, comme si elle l'avait fait apparaître par magie. Pris au dépourvu, Demeris jura tout bas et enchaîna précipitamment les signes de conjuration que sa mère lui avait enseignés vingt ans plus tôt mais qu'il n'avait jamais eu l'occasion d'utiliser. Le Spectre était incorporel, élégant et d'une beauté presque aveuglante — un cône de transparence aux lignes pures, nodosité de ténèbres éclairée de l'intérieur par un noyau de feu dansant. Demeris s'était attendu à trouver les Spectres effrayants, non de toute beauté ; celui-là au moins était d'une beauté effrayante. Puis un autre fit son apparition, mais hormis le côté immatériel, il n'avait rien de commun avec le premier. Aplati à la base et quasi informe dans sa partie supérieure, il flottait sur une flaque luminescente émise par son propre corps. Puis le premier extraterrestre disparut ; l'autre se mit à tourner sur lui-même, produisit trois créatures supplémentaires puis s'évanouit à son tour ; en forme de S, les trois nouvelles formes arboraient vers le haut des organes évoquant des pupilles bleues ; elles s'entrelacèrent presque coquettement avant de se figer en une unique sphère charnue traversée en tous sens par de radieuses stries violettes. Celle-ci finit par se replier en demi-lune au niveau de sa partie médiane et s'infiltra dans le sol.

Demeris frémit.

Décidément, les Spectres portaient bien leur nom. C'étaient des êtres d'essence onirique. Pas étonnant qu'on n'ait pas réussi à trouver la parade. Comment les toucher ? Comment leur porter atteinte d'une quelconque manière, puisqu'ils ne cessaient de se transformer, de se liquéfier et de se dissiper sous vos yeux ? Il était fondamentalement injuste que des créatures pareilles puissent débarquer sur une planète et s'en approprier une large portion sans même se donner la peine d'expliquer leur démarche, en se contentant de s'installer, sachant que rien ne pouvait contrecarrer leur puissance. Il sentit la flamme de sa haine ancienne revêtir une ardeur nouvelle. Pourtant, ils étaient magnifiques, ils avaient quelque chose de divin. Demeris en avait peur, il en avait même horreur, mais en même temps il devait lutter contre l'envie de tomber à genoux devant eux.

Ils entrèrent en ville sans échanger un mot. Après une légère sensation de chatouillement, pas désagréable du tout, au moment de traverser la muraille de lumière mouvante, ils se retrouvèrent dans la place.

« Nous y sommes, commenta Jill. Spectre City. Je vais te montrer un endroit où tu pourras habiter. »

Les rues étaient dépourvues de revêtement (quel besoin les Spectres auraient-ils eu de trottoirs ?) ; la plupart des constructions de style humain arboraient en guise de fenêtres des ouvertures tendues de toile cirée plus ou moins transparente. Les bâtiments proprement dits étaient édifiés et juxtaposés un peu n'importe comment, sans souci apparent d'ordre ni de logique. Çà et là, ils étaient séparés par une haute structure d'origine spectre aux allures de champignon cauchemardesque, mais en règle générale, les secteurs spectres et humains étaient bien distincts, malgré ce que Demeris avait cru constater du haut de la colline. Dans le ciel se croisaient toutes sortes de créatures rassemblées là pour la chasse : il revit les rabatteurs aux ailes triangulaires, les serpents ailés... En tout, une quantité impressionnante de créatures bizarres dégageant une telle intensité démoniaque que l'air semblait crépiter sur leur passage.

Jill l'escorta jusqu'à une espèce d'hôtel en rondins grossièrement taillés et chevillés tant bien que mal ; on aurait dit une cabane géante conçue sur deux étages par des architectes n'ayant aucune notion de leur art. Elle le laissa devant la porte. « À plus tard, lui dit-elle une fois qu'il eut sauté à terre. J'ai des affaires à régler.

— Attends ! Comment ferai-je pour te retrouver quand... »

Mais trop tard : déjà l'éléphant-chameau avait fait pesamment demi-tour et rebroussé chemin.

Demeris la regarda partir, perplexe et quelque peu vexé. Mais il commençait à s'accoutumer à sa brusquerie et à ses sautes d'humeur. Sans doute réapparaîtrait-elle dans un jour ou deux. En attendant, il se retrouvait seul, alors qu'il avait fini par compter sur elle pour l'aider à se repérer en ville.

Il haussa les épaules et entra dans l'hôtel.

À l'intérieur, la bâtisse avait le même aspect bricolé : un long hall d'entrée obscur, des poutres apparentes, des murs tout de guingois. Sur sa gauche, derrière un rideau en gaze rouge tout en lambeaux, lui parvenait un brouhaha de voix et de verres entrechoqués. Vraisemblablement un bar. À sa droite, une guérite équipée d'un guichet tout de travers ; derrière, une femme trapue au teint pâle et aux yeux de chouette.

« Il me faudrait une chambre, déclara Demeris.

— Il ne nous en reste qu'une. C'est l'affluence, à cause de la chasse. Cinq unités-travail la nuit pour la pension complète plus une ou deux consommations.

— Unités-travail ?

— On ne prend pas la monnaie du Pays libre, ici, mon vieux. Une heure de corvée de chiottes, ça fait une unité-travail. Ou deux heures de dégraissage de casseroles en cuisine. Et ne vous en faites pas, on vous en trouvera, du travail. Vous restez trente jours, comme les autres ?

— Je ne suis pas là pour faire mon Entrada. Je cherche mon frère. » Puis, mû par une subite bouffée d'espoir : « Vous l'avez peut-être vu. Il me ressemble beaucoup, en plus petit ; dans les dix-huit ans. Tom Demeris.

— J'ai personne de ce nom ici », répondit-elle en poussant vers lui une clé métallique de forme carrée. « Premier étage gauche, n° 103. Bienvenue à Spectre City, mon vieux. »

La chambre s'avéra petite, sordide et mal éclairée, la lucarne tendue de toile cirée ne laissant pratiquement filtrer aucune lumière. Une lampe de forme singulière était posée sur une table de chevet branlante, à côté de la paillasse qui faisait office de lit. Elle s'alluma quand il l'effleura, et émit une lueur irréelle et oblongue qui ressemblait à un Spectre miniature. Il aperçut alors au mur des tentures de grosse toile portant d'indéchiffrables inscriptions en langue spectre.

Il descendit au bar, où il alla rejoindre quatre hommes et une femme au visage parcheminé. Absorbés dans une discussion échauffée mais amicale, ils ne lui accordèrent qu'un bref regard, le temps de le jauger puis de le classer dans la catégorie quantité négligeable, il s'en rendit bien compte. Pour eux, il puait le Pays libre. Ses narines se dilatèrent sous l'effet de la colère ; il serra les lèvres.

« Whisky, jeta-t-il au barman.

— On a du Shagbag, du Billyhow, du Donovan et du Thread.

— Donovan », hasarda-t-il.

L'homme lui versa un trait de liquide contenu dans une bouteille bleue et ventrue portant une étiquette d'un jaune criard. Le breuvage lui-même était noir comme l'encre ; il dégageait une odeur âcre et se révéla si fort que Demeris sentit la première gorgée s'ancrer comme un hameçon dans son estomac. Les autres clients commençaient à le regarder avec un intérêt nouveau. Y voyant une invite, il se tourna vers eux avec un sourire forcé, bien décidé à leur apprendre ce qu'ils savaient déjà, c'est-à-dire qu'il n'était pas d'ici, et à leur demander la seule chose qui le motivait : pouvait-on l'aider à localiser un jeune garçon du nom de Tom Demeris ?

« Et le whisky, il vous plaît ? interrogea la femme.

— Ce n'est pas tout à fait ce dont j'ai l'habitude, mais il n'est pas mal. » Il s'efforça de réprimer son emportement. « C'est mon jeune frère, vous comprenez, et si j'ai fait tout ce chemin pour le retrouver, c'est parce que…

— Tom comment, déjà ?

— Demeris. Nous sommes d'Albuquerque. »

Les autres rirent, puis la femme et un de ses compagnons, un homme au teint cireux et à la joue traversée par une cicatrice livide, se mirent à enchaîner les jeux de mots douteux sur le nom de sa ville.

Il le dévisagea froidement et répéta : *Albuquerque* en détachant bien les syllabes. « Autrefois, c'était une grande ville du Nouveau-Mexique. Ça se trouve dans le Pays libre. Nous sommes toujours huit ou dix mille habitants là-bas ; peut-être même plus. Mon frère n'est jamais revenu de son Entrada. Ça remonte au mois de juin. Je crois qu'il s'est mis en tête de s'installer ici et je veux en discuter avec lui. Tom Demeris, c'est son nom. Un peu plus petit que moi, plus trapu aussi, avec les cheveux longs. »

Mais ils ne lui prêtaient déjà plus attention. La femme leva les yeux au ciel et haussa les épaules ; un des hommes fit signe au barman de leur resservir une tournée.

« Vous aussi ? s'enquit ce dernier en s'adressant à Demeris.

— Oui, mais d'une autre marque cette fois. »

Malheureusement, celle-ci ne valait pas mieux. Quelques instants plus tard, les autres sortirent du bar en file indienne. La femme lâcha une dernière plaisanterie sur Albuquerque en passant devant Demeris, puis éclata à nouveau de rire.

Il connut une nuit agitée. Sa chambre sentait l'humidité et le renfermé ; elle le rendait claustrophobe. Son petit lit n'offrait aucun confort.

Il entendait au-dehors des grincements, des criailleries, d'étranges coups de trompette. Quand il éteignit la lampe, les ténèbres épaisses lui parurent menaçantes, mais quand il la ralluma sa clarté l'empêcha de dormir. Alors, aux aguets, tout raide sur sa paillasse, il attendit que le sommeil le surprenne, mais, constatant qu'il ne venait pas, il se releva pour aller regarder par la lucarne après avoir repoussé ce qui lui tenait lieu de vitre. Il vit flotter dans les airs de discrets filaments lumineux, fantomatiques feux follets qui lui permirent d'entrevoir dans le ciel d'énormes créatures battant énergiquement des ailes, sortes de grands dragons guère plus gracieux que des bœufs volants, tandis qu'en bas, dans la rue, passaient trois colonnes de lumière qui ne pouvaient être que des Spectres ; elles encadraient un troupeau de petits monstres à tête carrée exactement comme on mène des moutons.

Au matin, après un petit déjeuner parcimonieux composé de pain rassis et d'un semblant de café à l'arrière-goût d'orge, le tout fourni par la maison, il partit chercher Tom en ville. Mais par où commencer ?

C'était une agglomération chaotique, abracadabrante même. Des rues pavées qui partaient dans toutes les directions — mais jamais parallèles —, des chariots et autres véhicules découverts comparables à ceux du check-point d'entrée et qui, parfois décorés mais toujours bizarres, ne cessaient de défiler à vive allure en soulevant des tourbillons de poussière grise. À leur bord ou entre eux, des Spectres éthérés et chatoyants qui méprisaient les dangers de la circulation intense comme s'ils opéraient sur un autre plan de l'existence, ce qui était plus que probable d'ailleurs. De temps à autre retentissait un grand concert d'avertisseurs, et tout ce petit monde se rangeait de côté pour laisser passer une procession de créatures à l'air peu rassurant, une dizaine de choses-dinosaures couvertes d'écailles vertes, dotées de pattes griffues qu'elles levaient bien haut à chaque pas, quand ce n'était pas un cortège d'éléphants-chameaux, la trompe nouée autour de la queue de leur prédécesseur, ou encore une enfilade d'animaux reptiliens tout en longueur, se mouvant sur des dizaines de pattes courtes mais puissantes.

À mesure que les énormités se succédaient sous ses yeux, Demeris sentait une espèce d'engourdissement s'emparer de lui. Ces quelques jours en territoire étranger étaient en train de le faire évoluer, de lui insuffler une certaine tolérance un peu rêveuse. Il avait fait le plein de spectacles et d'expériences liés aux extraterrestres ; maintenant, il saturait, il n'y avait plus de place en lui pour la surprise ou l'émerveillement ; même pas pour le dégoût. La folle surabondance d'étrangeté qui régnait à Spectre City était en bonne voie de lui paraître normale. Albuquerque et sa banalité somnolente lui faisaient à présent l'effet d'une nature morte, simple photographie de ville plutôt que centre bourdonnant d'activité.

Restait le problème de Tom. Demeris erra des heures sans découvrir le moindre indice de sa présence, pas le plus petit début de piste. Ici, pas de poste de police, pas de mairie, pas de bureau de renseignements. En fait, ce qu'il espérait, c'était reconnaître un natif du Pays libre et lui demander la marche à suivre pour dénicher son frère dans le réseau de jeunes en Entrada qui devait exister de ce côté-ci. Mais en vain. Et Jill, où était-elle, bon sang ? Elle, sa seule alliée, le laissait se débrouiller par ses propres moyens dans le délire général et l'abandonnait aussi brutalement qu'elle l'avait abordé.

Mais elle au moins, il savait où la chercher. C'était tout de même la fille du maire.

Il entra dans une masure où il crut voir un genre de boutique. Derrière un comptoir tout de guingois, une petite bonne femme dont l'épiderme semblait taillé dans le cuir lui lança un regard peu amène. Il lui répondit par son plus beau sourire. « Je suis nouveau ici et j'essaie de retrouver Jill Gorton, la fille de Ben Gorton. C'est une amie à moi.

— Qui ça ?

— Jill Gorton. La fille de... »

Elle secoua brièvement la tête. « Je ne connais personne de ce nom.

— Bon, alors Ben Gorton lui-même. Où puis-je le trouver ?

— Là où il est. Comment voulez-vous que je le sache ? » Sur quoi elle se referma comme une huître. Il la contempla, stupéfait. Elle était retournée s'affairer derrière son comptoir comme s'il n'existait plus.

« Mais enfin, il a bien un bureau, non ? Où travaille-t-il ? »

Pas de réponse. Elle se leva et se dirigea vers un

coin sombre de la pièce sans plus faire attention à lui.

« Dites donc, je vous parle. »

Mais elle était manifestement devenue sourde. Il frémit de contrariété. Il était midi et il n'avait pratiquement pas mangé depuis la veille ; en outre, il n'avait encore abouti à rien et commençait à se dire qu'il ne saurait jamais regagner l'hôtel dans ce dédale — il ne connaissait ni son nom ni son adresse, et de toute façon il n'y avait pas de plaques de rues ; et pour couronner le tout, voilà que cette vieille garce faisait comme s'il était invisible ! Furieux, il s'exclama : « Mais enfin, qu'est-ce que vous avez, tous ? Vous ne connaissez donc pas la politesse la plus élémentaire, ici ? Tout ce que je veux, moi, c'est dégoter ce maudit maire. Vous ne pouvez même pas me dire ça ? Hein ? »

Pour toute réponse, elle lui jeta un regard pardessus son épaule et lâcha un son en langage spectre, un sifflement chuinté rappelant ceux que Jill adressait à son éléphant-chameau.

Presque aussitôt, un individu de haute taille âgé d'environ trente ans, visage aplati et même teint sombre et tanné, surgit d'une pièce voisine et le fusilla du regard.

« Qu'est-ce qui vous prend de crier comme ça après ma mère ?

— Écoutez, reprit Demeris. J'ai seulement demandé un peu d'aide. » Il bouillait de rage. « Il faut que je voie le maire. Je suis un ami de sa fille, Jill ; elle est censée m'aider à retrouver mon frère, Tom, qui est venu du Pays libre il y a quelques mois. Alors, comme je n'arrive même pas à distinguer les maisons les unes des autres dans cette sacrée ville, je me suis arrêté ici dans l'espoir que votre mère pourrait me donner quelques indications. Et au lieu de ça..

— Vous lui avez crié après. Vous avez juré.

— Ouais, c'est possible. Mais quand les gens n'ont même pas la décence de vous répondre, il me semble que ça se comprend, non ? Moi, tout ce que je voulais savoir, c'est…

— Vous avez injurié ma mère.

— Eh oui. Oui, c'est vrai. »

Tout ça était trop pour lui maintenant. Il était las, affamé, loin de chez lui, on le traitait avec le mépris le plus total et il en avait assez, assez ! Tout à coup, sans qu'il sache très bien qui avait pris l'initiative, lui et l'autre homme se retrouvèrent du même côté du comptoir échangeant des coups de poing, fonçant tête baissée l'un sur l'autre, se martelant mutuellement le torse et cherchant à se projeter contre le mur. Son adversaire était plus grand et plus costaud que lui, mais Demeris avait l'avantage de la colère ; il le prit à la gorge et serra. Il avait vaguement conscience d'un certain remue-ménage autour de lui — des portes qui claquaient, des gens qui criaient… Il y eut un bruit de pas précipités, noyé dans un tohu-bohu indifférencié. Puis on lui passa un bras autour de la gorge, par-derrière, des mains se refermèrent sur son poignet et on l'entraîna vers la porte tandis qu'il se débattait pour dégainer son couteau. Sur quoi le tintamarre s'accrut : il ne savait pas combien étaient ses agresseurs, mais ils pesaient sur lui de tout leur poids et l'attiraient au-dehors. Il crut voir un Spectre planer dans l'air au-dessus de lui, mais il n'aurait pu en jurer. « Écoutez, insista-t-il. Je voulais seulement... » Mais à ce moment-là un poing s'écrasa sur sa bouche, puis un pied vint lui heurter les côtes. Il entendit un rire de gorge et les inconnus échangèrent quelques mots en langue spectre. Ensuite, il sentit qu'on l'emmenait, pieds et poings liés, sur une charrette ou tout autre moyen de transport. Un visage cramoisi et baigné de sueur mais éclairé d'un grand sourire se pencha sur lui.

« Où m'emmenez-vous ? s'enquit-il.

— Voir Ben Gorton. C'est bien lui que vous vouliez voir, non ? »

Il se trouvait à présent dans un sous-sol sans fenêtre illuminé par trois petites lampes spectres. Un jour entier avait dû s'écouler ; ou au moins une nuit. En tout cas, pas mal de temps. On lui avait donné à manger un peu de purée de haricots. Il était toujours attaché, mais cela n'empêchait pas deux hommes de l'immobiliser.

« Détachez-le », fit Ben Gorton.

Car ce devait être Ben Gorton. Il mesurait près d'un mètre quatre-vingt-dix et était large comme une armoire ; il avait une grosse tête chauve, un long nez en bec d'aigle, et tout en lui respirait le pouvoir et l'autorité. Frottant ses poignets meurtris par les liens, Demeris déclara : « Je ne voulais pas me battre. Ce n'est pas mon genre. Mais il y a des fois où ça monte, ça monte, et on ne peut plus se retenir...

— Ben voyons. Vous savez que vous avez failli tuer Bobby Bridger ? » Il avait les yeux qui lui sortaient de la tête. « C'est la saison de la chasse, ici, je vous signale. Les Spectres vont lâcher leurs créatures dans les rues d'une minute à l'autre et il va y avoir de l'action, je vous le garantis. Il importe que chacun se montre civil afin de ne pas compliquer encore les choses, ce qui n'est pas du luxe en période de chasse.

— Si la mère de ce Bridger s'était montrée un peu plus " civile " avec moi, comme vous dites, ça ne se serait pas du tout passé comme ça. »

Gorton le considéra avec lassitude. « Qui êtes-vous et qu'est-ce que vous faites ici, d'abord ? »

Demeris prit sa respiration et répondit : « Je m'appelle Nick Demeris, je suis du Pays libre et je viens chercher mon jeune frère Tom, qui s'est manifestement attardé ici après son Entrada.

— Tom Demeris, répéta Gorton en haussant les sourcils.

— C'est ça. Sur quoi j'ai rencontré votre fille, Jill, dans une petite bourgade près de la frontière, et elle m'a invité à faire le voyage avec elle. Mais quand nous sommes arrivés en ville, elle a disparu après m'avoir déposé devant un hôtel et…

— Minute. » Ses sourcils se haussèrent encore plus. « Ma fille Jill ?

— C'est cela, oui.

— Merde, mais je n'ai *pas* de fille, bon Dieu !

— Comment !

— Eh non. Ça devait être une Spectre qui s'est payé votre tête. »

Demeris en resta assommé. « Une Spectre…, répéta-t-il, hébété. Qui s'est fait passer pour votre fille. Vous êtes sérieux ? Bon Dieu, vous parlez sérieusement ou bien vous aussi vous vous payez ma tête ? »

Finalement, son ton désespéré parut émouvoir Gorton, qui plissa les yeux, battit des paupières puis tripota le bout de son nez. « Non, je ne me moque pas de vous, répondit-il, considérablement radouci. Je ne peux affirmer que c'était une Spectre, mais vous pouvez me croire, ce n'était pas non plus ma fille, pour la bonne raison que je n'en ai pas. Les Spectres travestis sont capables de tout. Il y a de fortes chances pour que c'en soit une.

— Travestis, vous dites ?

— Oui, c'est ce qu'on dit quand ils s'amusent à jouer les humains. C'est très à la mode chez eux en ce moment. »

Demeris hocha lentement la tête. *Travestis*..., songea-t-il. À mesure qu'il y réfléchissait, il prenait conscience de la vérité.

Il reprit calmement : « Au moins, vous pourrez peut-être m'aider à retrouver mon frère.

— Non. Ni moi ni personne ne peut vous y aider. Tom Demeris, c'est bien ça ?

— Oui. »

Gorton consulta un de ses hommes du regard. « Mack, il y a combien de temps que le petit Demeris a *pris l'obole* des Spectres ?

— À la mi-juillet, je dirais.

— Oui, ça doit être ça. » Il reprit à l'adresse de Demeris : « “ Prendre l'obole ”, c'est ce qu'on dit quand un humain se vend aux Spectres, si vous voyez ce que je veux dire. Quand il accepte de partir sur leur planète. Ils ont là-bas une espèce de country-club pour humains, très chic, où on vit comme un roi jusqu'à la fin de ses jours dans le confort, le luxe, les femmes, enfin tout ce qu'on veut ; en échange, on leur appartient pour toujours et ils font des expériences psychologiques sur nous pour voir ce qui nous motive, comme des rats en cage. Du moins c'est ce qu'ils nous disent, et autant le croire parce que aucun humain vendu aux Spectres n'est jamais revenu pour le confirmer. Désolé, mon vieux. Sincèrement. »

Demeris détourna les yeux. Il avait envie de tout casser. Pourtant, il se retint. *Mon frère,* songea-t-il. *Mon petit frère.*

« Ce n'était qu'un gosse, dit-il.

— Ma foi, ce ne devait pas être un gosse très heureux, en tout cas. Quand on a la tête bien arrimée sur les épaules, on ne prend pas l'obole des Spectres. D'ailleurs, ça ne se produit que très rarement. » Une lueur dans le regard de Gorton apprit à Demeris que cette attitude représentait ici la démission ultime, la forme la plus grave d'autotrahison. En un sens, ils s'étaient tous vendus aux Spectres en choisissant de vivre en Zone occupée ; mais apparemment, même pour eux il y avait divers degrés de reddition à l'ennemi ; et aux yeux des habitants de Spectre City, ce qu'avait fait Tom était plus bas que tout. Demeris sentit soudain tout le mépris de Gorton pour Tom, et toute sa pitié envers lui ; révulsé, il voulut rejeter tout cela loin de lui mais ne réussit qu'à lui décocher un regard furibond. Gorton resta sans réaction.

Au bout d'un moment, Demeris reprit : « Bon. Il n'y a rien que je puisse faire, alors ? Autant regagner tout de suite Albuquerque.

— Vous feriez mieux de rentrer à l'hôtel et d'attendre que la chasse soit finie. Il est dangereux de se promener quand les bestioles sont en liberté.

— Évidemment. Oui, vous avez sûrement raison.

— Ramenez-le », ordonna Gorton à son homme de main. Il regarda Demeris avec une tristesse qui paraissait sincère, puis : « Je regrette. Je regrette vraiment. »

Mack n'eut aucune difficulté à identifier l'hôtel à partir de la description qu'il lui en fit ; il l'y emmena dans un chariot flottant qui accomplit le trajet en moins d'un quart d'heure. Les rues étaient presque désertes à présent. Pas un Spectre en vue ; quant aux rares humains, ils ne traînaient pas.

« Restez à l'intérieur tant que la chasse durera, lui conseilla Mack. Un tas de crétins sortent quand même, mais il y en a qui le regrettent. S'il y a un événement qu'il faut laisser aux Spectres, c'est bien celui-là.

— Comment saurai-je qu'elle a commencé ?

— Vous vous en rendrez compte tout de suite. »

Demeris descendit du chariot, qui fit aussitôt demi-tour et s'éloigna. Il marqua un temps d'arrêt devant l'hôtel et respira à fond, en proie à un léger vertige ; il voyait Tom sur cette autre planète, habitant un palace Spectre, dormant dans des draps de Spectres en satin.

« Nick ? Par ici, Nick ! C'est moi !

— Oh, non... », fit-il.

Jill venait vers lui en souriant avec une telle allégresse qu'on se serait cru au soir de Noël. Il chercha à nouveau à détecter en elle une lueur spectrale, un miroitement non humain. Quand elle arriva devant lui, elle lui tendit les bras comme si elle s'attendait qu'il l'étreigne. Il recula juste assez pour éviter le contact physique.

Il lui dit d'un ton neutre mais tendu : « Je sais maintenant, pour mon frère. Il est parti sur la planète des Spectres. Il a “ pris leur obole ”.

— Oh, Nick, Nick…

— Tu étais au courant, n'est-ce pas ? Tout le monde ici doit connaître l'histoire du gamin venu du Pays libre qui s'est vendu aux Spectres. » Son ton se fit glacial. « C'est ton père qui me l'a appris. Le maire. Il m'a aussi dit qu'il n'avait jamais eu de fille. »

Sous le coup de l'embarras le feu lui monta aux joues ; c'était une réaction tellement humaine que Demeris se laissa de nouveau aller au doute. Comment un Spectre pouvait-il imiter les humains jusque dans leurs manifestations de gêne ? Il avait vraiment du mal à y croire. Mais il y puisait aussi un espoir renouvelé. D'accord, elle lui avait menti en prétendant être la fille de Ben Gorton, Dieu seul savait pourquoi. Mais il était toujours possible qu'elle soit humaine, qu'elle ait endossé une fausse identité, mais que ce corps soit réellement le sien. *Si seulement !* se prit-il à songer. Toute sa colère, tout son dédain s'envolèrent. Il désirait ardemment que les choses rentrent dans l'ordre. Un violent désir de certitude l'ébranla ; il *fallait* que cette femme, qu'il avait par deux fois tenue dans ses bras, là-bas, dans le désert, soit bel et bien une femme. Mais il éprouvait aussi du désir pur et simple, un élan qui le portait vers elle avec une force inédite.

« Ce qu'il m'a dit aussi, c'est que tu étais une Spectre », reprit-il avec réserve. Il la regarda, plein d'espoir, attendant qu'elle nie, priant même pour qu'elle nie, et tout prêt à accepter son démenti.

« Il a dit vrai », répondit-elle.

Ce fut comme si on lui claquait une porte au visage.

Sereine, elle ajouta : « Les humains me fascinent. Leurs émotions, leurs réactions, leur manière de se comporter dans telle ou telle situation. Je les étudie de très près depuis cent de vos années environ, et je n'en sais toujours pas autant que je voudrais. Pour finir je me suis dit que la seule solution, pour parvenir à la compréhension totale, c'était de devenir humaine moi-même.

— En te " travestissant ", comme on dit », commenta Demeris d'une voix atone. En la contemplant il s'imagina un instant discerner dans ce regard quelque chose de froid et de différent qui l'examinait lui, et eut l'impression de sentir un grand vent glacé se lever dans les abîmes secrets de son âme. Il commençait à comprendre que, quelque part au fond de lui, il avait envisagé un avenir avec cette femme ; il avait eu tellement envie d'elle… il avait refusé obstinément toutes les raisons de se méfier, de voir que c'était impensable. Mais à présent, il en avait la preuve irréfutable.

« C'est ça, déclara-t-elle. En me travestissant. »

Il aurait dû ressentir de la fureur, du désespoir, n'importe quoi, en apprenant qu'il avait dormi avec une Spectre ; mais non : ça ne lui faisait rien ou presque. Il restait insensible, comme pétrifié. Peut-être, inconsciemment, avait-il déjà fait le tour de sa colère, de sa souffrance. Ou alors il avait trouvé le moyen de les dépasser. *Ce sont les Spectres qui commandent ici* ; *c'est comme ça. Nous sommes leurs jouets* ; *c'est comme ça. C'est comme ça.* Le désespoir ne durait pas éternellement ; au bout d'un temps, on s'en détachait. Peut-être. Même chose pour la haine ; haïr les Spectres, ça ne menait nulle part. Autant détester les avalanches ou les tremblements de terre.

« Prendre des humains pour amants, ça fait partie du jeu de travestissement, hein ? Est-ce que mon frère a été du nombre ?

— Non. Je ne l'ai vu qu'une ou deux fois. »

Il la crut. Dorénavant, il croyait tout ce qu'elle disait.

Elle parut sur le point d'ajouter quelque chose. Mais juste à ce moment-là il y eut une explosion de lumière dans le ciel, une espèce de monstrueux éclair d'orage, une flamme capable de fendre le monde en deux. Le phénomène ne fut pas suivi d'un roulement de tonnerre, mais de musique, d'un grandiose accord aux sonorités inhumaines qui descendit des cieux telle une avalanche et s'enfla avec une puissance océanique. La voûte céleste était agitée de vagues colorées — rouge, orange, violet, vert.

« Qu'est-ce qui se passe ? interrogea Demeris.

— La chasse commence. C'est le signal du départ. »

Il le voyait bien maintenant. Dans le sillage de l'éclair et des couleurs moutonnantes surgirent des multitudes de créatures volantes ; il y en avait des milliers ; les rabatteurs-dragons à ailes triangulaires accompagnés de leurs serpents-pilotes assombrissaient le ciel de midi tant ils étaient nombreux ; on aurait dit un essaim d'abeilles, mais des abeilles colossales dont les ailes émettaient un épouvantable vrombissement en barattant l'air. Alors Demeris entendit tout près de lui de formidables rugissements qui semblaient annoncer l'arrivée imminente de monstres. On ne voyait pas d'animaux dans les rues, pas encore, mais ils ne pouvaient plus être bien loin. Au-dessus de sa tête, les Spectres palpitaient par dizaines. Puis il perçut un bruit de pas et une meute d'humains affolés débouchèrent au pas de course d'une petite rue adjacente, les yeux écarquillés et une expression curieusement figée sur le visage. Les Spectres chassaient-ils aussi les humains ? Ou bien ceux-ci étaient-ils poursuivis par des monstres ? Les fuyards déferlèrent sur Demeris. « Poussez-vous ! Mais poussez-vous donc ! » lui cria un homme.

Demeris fit un pas de côté mais ne fut pas assez rapide ; le fugitif le plus proche le heurta violemment à l'épaule et lui fit faire un quart de tour sur place. Ahuri, Demeris regarda l'inconnu droit dans les yeux ; il y lut une lueur de folie, certes, mais aucune terreur — seulement de l'impatience, une folle excitation ; il se rendit compte qu'en fait ils ne *s'enfuyaient pas* : ils couraient *vers* la chasse ! Ils voulaient être au premier rang pour assister au massacre dément, voire y prendre part ; comme les Spectres, ils ne vivaient que pour cet événement annuel tout de frénésie apocalyptique.

« Ça va être la folie complète pendant deux ou trois jours, annonça Jill. Si tu sors, il faudra être très prudent.

— Entendu.

— Écoute. » Elle força sa voix pour couvrir le mugissement venu d'en haut. « J'ai une proposition à te faire, maintenant que tu connais la vérité. » Elle se pencha tout près de lui. « Restons ensemble, toi et moi. Malgré tous nos problèmes. Je t'aime beaucoup, Nick. »

Il la regarda, ébahi.

« Je crois vraiment qu'on peut s'arranger, tous les deux », poursuivit-elle. Une autre horde de créatures ailées passa en trombe au-dessus d'eux en déchirant l'air avec un bruit râpeux, et un nouvel épanchement coloré se répandit dans le ciel. « Je parle sérieusement, Nick. On pourrait rester à Spectre City, si tu veux — mais je ne pense pas que ce soit le cas. Je suis prête à repasser la frontière pour vivre avec toi au Pays libre. D'ailleurs, dans ma tête je suis déjà de l'autre côté. Je ne veux pas seulement vous observer de l'extérieur, tu comprends ; je veux faire partie de ton peuple.

— Ça ne va pas, non ?

— Je t'assure que je ne suis pas folle. Mais alors pas du tout. Tu ne veux pas me croire ? Non ?

— Il faut que je me mette à l'abri. » Demeris tremblait de tous ses membres. « Ce n'est pas très malin de rester dehors une fois la chasse commencée.

— Dis-moi ce que tu en penses, Nick. J'ai besoin que tu me donnes une réponse.

— On ne peut pas être ensemble, toi et moi. Et tu le sais fort bien.

— Mais pourtant, c'est ce que tu désires ! D'un côté, au moins.

— Possible », répondit-il en s'étonnant de ses propres paroles, mais incapable de nier malgré tout. « Oui, c'est possible. D'un côté, et dans une moindre mesure. Mais ça ne se peut pas de toute façon. Je refuse de vivre ici, parmi les Spectres, et si je te ramène avec moi, il y aura toujours un petit malin pour révéler publiquement ce que tu es en réalité et me dénoncer *moi* devant toute la communauté. Or je ne suis pas prêt à prendre ce risque. Pas prêt du tout, Jill.

— C'est ton dernier mot ?

— Absolument. »

Quelque chose venait vers eux dans la rue, une créature affublée d'une tête grosse comme celle d'une vache et de crocs pareils à des javelots. Une dizaine d'humains couraient à ses côtés, presque à portée de ses mâchoires claquantes, et tout un vol de Spectres planait juste au-dessus en la bombardant d'éclairs lumineux. Demeris fit quelques pas vers l'entrée de l'hôtel. Jill ne fit pas un mouvement pour le retenir.

Parvenu sur le seuil, il se retourna. Elle n'avait pas bougé. Les chasseurs et leur proie passèrent à toute allure à côté d'elle sans qu'elle paraisse rien remarquer. Puis elle le salua d'un geste de la main.

C'est ça, se dit-il. Il lui rendit son salut. *Au revoir, Jill.*

Il entra. Un martèlement de talons dans l'escalier : une femme et plusieurs hommes dévalaient les marches. Il reconnut les individus qui s'étaient moqués de lui au bar le jour de son arrivée. Deux des hommes passèrent devant lui avant de franchir la porte, mais la femme le prit par le coude en répétant son jeu de mots sur Albuquerque.

Demeris se contenta de la toiser sans rien dire.

Elle vint le regarder sous le nez et lui sourit. Cramoisie, l'air sauvagement excité, comme les gens qu'il avait vus courir dans les rues, elle lui lança : « Viens donc, mon vieux ! C'est la chasse, ça y est ! La chasse, vieux ! Tu te trompes de direction. Tu ne veux donc pas y aller ? »

Il ne trouva rien à répondre.

Elle le tira par le bras. « Mais viens donc ! Faut en profiter ! Viens tuer un ou deux dragons !

— Ella ! » cria un de ses compagnons.

Elle lança un clin d'œil à Demeris et sortit en coup de vent.

Il oscilla, incertain sur la marche à suivre, partagé entre la curiosité et le profond désir de monter dans sa chambre et de refermer la porte derrière lui. Finalement, ce fut la rue qui exerça sur lui l'attrait le plus puissant. Il emboîta lentement le pas à l'inconnue et se retrouva dehors. Jill n'était plus là. Il régnait une folie plus dense que jamais. Les gens couraient en tous sens, poussaient des hurlements incohérents et se cognaient les uns aux autres tandis que des files de créatures ailées se pressaient dans le ciel, lui-même semé de Spectres aux allures de rais de lumière pure ; pendant ce temps résonnaient au loin les beuglements des animaux ainsi que des explosions assourdissantes assorties de hurlements lugubres et haut perchés, que Demeris interpréta comme l'expression de l'euphorie spectre. Loin au sud, il aperçut une chose ailée de la taille d'une petite montagne qui, manifestement désespérée, décrivait des cercles dans le ciel : cernée par d'implacables et fulgurants impacts de lumière spectrale, elle fit brusquement halte avant de s'abattre sur le sol comme une lune en pleine chute. Demeris flaira une odeur de chair brûlée, avec un arrière-goût de sang extraterrestre — du moins le supposa-t-il.

Il se dirigea comme un somnambule vers le carrefour et tourna à gauche. Là, il se trouva soudain confronté à une créature tellement gigantesque et hideuse qu'elle en devenait comique, une espèce d'énorme grenouille au museau allongé, plus large à la base qu'au sommet, couverte d'une toison verdâtre tirant sur le noir, piquetée de petits cratères rouges et pourvue d'une large gueule béante à liséré jaune. Elle s'était plantée au beau milieu de la rue, le haut de ses membres supérieurs touchant pratiquement les immeubles d'un côté comme de l'autre, et avançait lentement, maladroitement, en direction de l'intersection.

Demeris tira son couteau. *Tant que j'y suis*..., songea-t-il. Puisqu'il se trouvait sur les lieux de la chasse, autant en profiter. Certes, cette chose était énorme, mais sans crocs ni serres visibles ; en l'attaquant de biais, il pouvait enfoncer son arme dans sa gorge goitreuse puis se replier précipitamment avant qu'elle ne s'écroule sur lui. Et si elle se révélait plus dangereuse que prévu, cela lui était bien égal. Il était au-delà de ça. Il fit un pas en avant, prêt à brandir son couteau.

« Hé ! cria une voix dans son dos. T'as perdu la tête, mon gars ? »

Demeris se retourna. C'était le barman de l'hôtel.

« Ce truc n'est qu'une grosse outre pleine d'acide, reprit-il. Si tu la perces, tu vas te faire salement doucher. »

La chose-grenouille émit un genre de rot qui pouvait aussi être un ricanement sardonique. Demeris battit en retraite.

« Si tu tiens absolument à te servir de ton couteau, t'as intérêt à savoir d'abord à quelle bestiole tu t'en prends.

— D'accord. J'ai compris. » Il rengaina son arme et retraversa la rue, sentant toute la démence de l'instant passé le quitter comme un ballon qui se vide. Cette chasse n'était pas pour lui. Que les habitants de la ville s'en mêlent si ça leur chantait. Mais lui n'avait aucune raison de participer. Il ne ferait que s'attirer des ennuis, ce qu'il avait toujours eu tendance à éviter.

En regagnant l'entrée de l'hôtel, il vit des taches de lumière spectrale miroiter à l'angle, en hauteur — sans doute des chasseurs attendant leur heure — puis il y eut un soupir ténu et un torrent de liquide bleuâtre se déversa dans la rue transversale ; mousseux, chuintant, il s'écoulait parallèlement au caniveau.

Demeris frissonna. Puis il rentra à l'hôtel.

Il s'empressa de monter dans sa chambre et resta un long moment assis au bord de son lit, retrouvant progressivement son calme et achevant d'assimiler les événements tandis qu'au-dehors la chasse battait son plein.

Tom n'était plus là, telle était la première évidence à affronter. Il n'était ni mort ni véritablement vivant ; il n'était plus là, c'était tout. Bien. Il fit face à cette réalité, essaya de s'y accoutumer. C'était dur à avaler, mais au moins il savait, maintenant. Il allait le pleurer quelque temps, puis il s'en remettrait.

Quant à Jill…

Cette histoire de travestissement, de Spectres prenant des humains pour amants… Tout cela tournait sans relâche dans sa tête, ce qu'ils avaient fait ensemble, ce qu'ils s'étaient dit, ce qui s'était passé entre eux. L'idée qu'il s'était toujours faite des Spectres et l'incompréhensible revirement que son aventure avec Jill avait entraîné.

Il se remémora les paroles de la jeune femme. *Je ne veux pas seulement vous observer. Je veux faire partie de ton peuple.*

Qu'en déduire ? Qu'elle désirait un statut de touriste au sein de l'espèce humaine ? Faire un petit tour d'inspection de l'autre côté de la barrière raciale ?

C'était donc qu'*ils* se ramollissaient. Qu'ils commençaient à se prostituer par et pour d'étranges distractions. *Auquel cas,* songea-t-il, *nous avons fini par l'emporter.* Les étrangers avaient infiltré la terre, mais à présent la terre les infiltrait à son tour. Cette envie de se travestir, de ressembler aux êtres humains et de se comporter comme tels, de ressentir ce qu'ils ressentaient, de vivre ce qu'ils vivaient jusque dans leurs dérèglements… Voilà qui signerait leur perte. Car il y avait trop d'humains et trop peu de Spectres ; ils finiraient par être assimilés. *Un par un, ils succomberont à la tentation, ils renonceront à leur divinité froide pour tenter de singer les créatures désordonnées, querelleuses et pleines de contradictions que nous sommes.* Et avec le temps — dans cinq cents ans, mille ans ? qui pouvait le dire ? — la terre achèverait d'absorber ses envahisseurs ; alors un être nouveau émergerait du brassage. Cela donnait à réfléchir.

Mais à ce moment-là un déclic se produisit dans son esprit et il se sentit envahi par une singulière lumière intérieure, aussi intense et déroutante que la lumière spectrale illuminant au même instant les cieux de la cité, et il comprit qu'il existait une autre manière de voir les choses. Jill prit subitement une dimension nouvelle ; au lieu de voir en elle une simple visiteuse en quête de plaisirs interdits, il se rendit compte qu'en réalité elle était une pionnière, une exploratrice, une personne capable de franchir les frontières, une ennemie des démarcations, des limitations, des réglementations. Et c'était aussi valable pour Tom. Oui, ces deux-là appartenaient en quelque sorte à la même race ; Demeris ne s'en était pas aperçu tout de suite parce que lui, en revanche, n'était pas de cette eau. Il sentait bien, à présent, qu'il avait profondément mal compris son jeune frère. Il n'avait vu en lui qu'un gamin à problèmes. Et pour Ben Gorton, Tom n'avait été qu'un vendu méprisable. Mais le vrai Tom, l'homme que Tom avait voulu être, se révélait d'une espèce très différente ; pour lui, il n'avait jamais été question de se contenter d'une petite

Entrada de trente jours. Il avait souhaité s'embarquer à fond dans l'inconnu, se plonger dans un autre monde afin de savoir *vraiment* de quoi il retournait. Même chose pour Jill l'extraterrestre, la Spectre… Oui, elle était de la même trempe, mais dans l'autre sens.

Et elle lui avait demandé son aide. Dès le départ. Elle n'avait pas réussi avec Tom, alors elle s'était dit qu'avec son frère, elle tenait le même genre d'individu, un adepte des régions intermédiaires, un homme qui repoussait les limites.

Ma foi, elle s'était bien trompée. Dommage pour elle.

L'espace d'un instant, Demeris éprouva de nouveau l'étrange sensation d'excitation qui s'était déjà emparée de lui au check-point, quand il avait envisagé la possibilité que Jill soit effectivement une Spectre et trouvé cette idée enivrante. Alors ? La ramener avec lui ? La faire entrer clandestinement au sein de la communauté humaine et vivre heureux avec elle pour le restant de ses jours en dissimulant l'incroyable vérité, comme dans ce conte où un homme épousait une sirène ? Il se vit un instant allongé auprès d'elle, la nuit, prêtant l'oreille à ses légendes spectres et ses énigmatiques murmures en langue spectre, ou assistant tandis qu'ils s'étreignaient à la démonstration de quelques tours spectres à base de fines métamorphoses. C'était vraiment une perspective renversante. Elle le fit frissonner.

Puis, comme les fois précédentes, son trouble disparut.

Non, il s'en sentait décidément incapable. Ce

n'était pas dans sa nature, point final. Tom aurait pu le faire, lui, mais Demeris n'était pas Tom et ne lui ressemblait en rien. Il n'était pas de ceux qui accomplissent des bonds spectaculaires, qui prennent tout à coup leur essor, qui s'engagent dans une quête. Pas du tout le genre aventureux — rien qu'un homme prudent, un homme qui construit, prévoit, préserve et protège. Et il n'y avait pas de mal à ça. Sauf que cela n'aiderait guère Jill dans sa quête.

Dommage. Vraiment dommage pour toi, Jill.

Il alla regarder par la fenêtre en écartant le rideau translucide. La chasse semblait atteindre un point culminant. La rue grouillait plus que jamais de monstres affolés. Le ciel fourmillait de Spectres. Les habitants humains de Spectre City couraient çà et là par petits groupes épars, l'air égaré ou carrément dément. Partout régnait le vacarme, agressif, percutant, dissonant. Pas trace de Jill. Il laissa retomber la toile cirée, retourna s'allonger sur le lit et ferma les yeux.

Trois jours plus tard, quand la chasse fut terminée et qu'il put à nouveau sortir sans risque, Demeris se remit en route pour rentrer chez lui. Pendant un bon moment une lueur qui pouvait être un Spectre plana au-dessus de lui en restant constamment à sa hauteur. Il se demanda si c'était Jill.

Il n'avait pas oublié qu'une fois déjà elle lui avait laissé sa chance. Peut-être faisait-elle une ultime tentative.

« Jill ! appela-t-il en levant les yeux. C'est toi ? »

Pas de réponse.

« Écoute, reprit-il sur le même ton. Laisse tomber. Ça ne peut pas marcher, toi et moi. Je le regrette sincèrement, mais c'est comme ça. Tu m'entends ? »

Il crut remarquer une légère variation d'intensité chez la créature palpitante qui le survolait, mais il n'aurait pu en jurer.

Alors il ajouta : « Et puis... si c'est bien toi, Jill, je voudrais te dire merci pour tout, d'accord ? » Ça faisait une drôle d'impression de s'adresser au ciel. Mais il s'en moquait. « Et puis aussi : bonne chance. Tu entends ? Bonne chance, Jill ! J'espère que tu trouveras ce que tu cherches. »

La lueur oscilla de haut en bas pendant quelques secondes, puis s'évanouit.

Demeris scruta le ciel en s'abritant les yeux derrière sa main, mais il n'y avait plus rien à voir là-haut. Il ressentit un bref tressaillement de regret à l'idée de tout ce à quoi il renonçait. Mais non, ce n'était vraiment pas possible. Elle lui demandait ce qu'il n'était pas en mesure de donner. S'il avait été différent, les choses auraient pu se passer autrement entre eux. Seulement voilà : il était ce qu'il était. Il ne pouvait essayer de changer que jusqu'à un certain point ; ensuite, il *devait* battre en retraite et revenir à sa nature profonde, un point c'est tout.

Il poursuivit son chemin en direction de la lisière de la ville.

Nul ne lui causa le moindre problème quand il en sortit, et le trajet de retour à travers la bordure occidentale de la Zone occupée fut lui aussi sans histoire. Tout fut calme et paisible jusqu'à la frontière.

Là encore, la traversée fut facile. Il vit bien les mêmes lumières fusantes et autres manifestations hallucinatoires qu'à l'aller, mais de ce côté-ci elles restèrent sans effet sur lui. Il les dépassa comme si ce n'était qu'un vulgaire rideau de fumée. En moins de temps qu'il n'en faut pour le dire, il était de retour au Pays libre.

Titre original :
The Way to Spook City
Initialement paru
dans *Playboy*, août 1992

Carnets d'Henry James
Récit de l'invasion martienne

[Note de l'Éditeur :

*Parmi les trésors contenus dans la malle-cabine en forme de cercueil déposée à la bibliothèque Widener de Harvard, à l'abri de laquelle ont été conservés ceux des carnets et journaux d'Henry James qui lui ont survécu, ainsi que dans les archives « Henry James » de Harvard, seul restait inédit à ce jour le récit de la curieuse rencontre qui suit entre l'auteur et les envahisseurs martiens, survenue au cours de l'été 1900. Le reste des papiers que renferme ladite malle en bois — journaux intimes et carnets de rendez-vous, notes en vue de romans restés inachevés, versions successives des pièces de théâtre tardives, etc. — est depuis bien longtemps à la disposition des chercheurs ; il y eut tout d'abord le recueil d'extraits dirigé par F.O. Mat thiesen et Kenneth B. Murdock (*The Notebooks of Henry James, *Oxford University Press, 1947), puis, une génération plus tard, la magistrale édition complète réunie par Leon Edel et Lyall H. Powers (*The

Complete Notebooks of Henry James, *Oxford University Press, 1987).*

Les titre et sous-titre de ce dernier volume ont beau affirmer avec superbe qu'il s'agit là d'une édition « autorisée », « complète » et « définitive », un court texte a pourtant été omis — nous voulons naturellement parler du récit de l'Invasion martienne. Toutefois, Edel et Powers ne sauraient être tenus responsables de cet oubli : à l'époque, ils ne pouvaient avoir connaissance des « carnets martiens », ceux-ci ayant été (accidentellement, selon toute vraisemblance) inclus dans un dossier concernant la vie de la sœur de James, à la suite de quoi soit ils restèrent ignorés de tous, y compris des biographes d'Alice (1848-1892), soit, le journal en question ayant été rédigé plusieurs années après la disparition de celle-ci, il fut considéré comme indifférent à leurs recherches. Il se peut aussi qu'on ait jugé ce petit carnet tout bonnement illisible, car James fut gravement atteint par ce qu'on appelle la « crampe de l'écrivain » à compter de l'hiver 1896-1897 ; en 1900, son écriture devient très irrégulière, et un grand nombre des notations (presque invariablement rédigées au crayon à papier) du carnet martien posent un défi non négligeable au plus expérimenté des lecteurs de ses manuscrits, tant elles ont été jetées là en grande hâte sous la pression de circonstances pour le moins étranges.

Le texte en question se présente sous la forme d'un petit carnet de quatre pouces et demi sur six, relié imitation cuir vert. Il semble que James se soit effectivement servi de carnets similaires pendant la période correspondante pour prendre des notes rapides qu'il transcrivait ensuite dans son carnet courant (« Houghton Journal VI », du 26 octobre 1896 au 10 février 1909) ; toutefois, il est le seul survivant de son espèce. La première notation n'est pas datée, mais peut être distinctement située à la mi-mai 1900 en raison des allusions qu'elle comporte au séjour de James à Londres ce mois-là. À l'époque, James avait élu domicile à Lamb House, dans la jolie bourgade de Rye, comté de Sussex, à une centaine de kilomètres au sud-est de Londres. Après s'en être abstenu près de deux ans, il accomplit donc une courte visite à Londres en mars 1900, ce qui lui valut, écrit-il, d'être accueilli par ses amis « presque comme si je revenais d'exil en Afrique ou en Asie ». Au bout de dix-sept jours, il rentre à Lamb House, mais retourne à Londres en mai non sans avoir rasé, quelques jours plus tôt, une barbe qu'il portait depuis les années 1860 : commençant à blanchir, elle le blessait dans son orgueil. (James était alors âgé de cinquante-sept ans.) En nous fondant sur ces repères internes, on peut donc faire remonter la première notation des carnets martiens à la période courant du 15 au 25 mai 1900.]

[Sans date] Débarqué du train, rasé de près, à Charing Cross. Je me sentais propre, léger et singulièrement jeune ; comme si j'avais de nouveau quarante ans. Miraculeuse transformation, si simple à réaliser ! Hélas ! La triste vérité est que je ne serai jamais que moi-même, et pas le moins du monde rajeuni, bien qu'imberbe. Bah, qu'importe ! cela reste une bonne manière de saluer l'arrivée du siècle nouveau.

Passé voir Helena De Kay. Surprise flatteuse et compliments sur ma physionomie rajeunie. Clemens est là — je veux parler de « Mark Twain ». Comme il a vieilli depuis notre dernière rencontre, il y a trois ans ! « Le XXe siècle n'est pas pour moi », déclare-t-il avec tristesse. Sa santé laisse à désirer : il a dû se rendre en cure en Suède. Je ne suis pas très sûr de ce qui l'affecte, physiquement du moins. Quoi qu'il en soit, c'est une âme sombre et troublée. Le meilleur de son œuvre est derrière lui, et il est évident qu'il le sait. Je prie Dieu, s'il existe, de ne pas me réserver pareil destin.

Passé au club dans la soirée. Rude journée demain, avec galeries, libraires et inévitable conférence éprouvante avec mes éditeurs. (La guerre en Afrique du Sud porte un rude coup à tous les secteurs de l'économie et l'édition est particulièrement touchée, alors que, dans mon esprit, les gens lisent davantage de romans en ces jours de tension.) Convié à déjeuner et à dîner, naturellement, par les hôtes habituels, avec sans nul doute les convives habituels. Et ainsi de suite le lendemain, le surlendemain, etc. J'aspire d'ores et déjà à retrouver ma bonne ville de Rye aux toits rouges, si reposante et dénuée de complications.

7 juin, L.H. [Lamb House, Rye] : Enfin rentré au bercail. Londres me fatigue, telle est la vérité. J'en ai perdu l'habitude, *je crois* * [1]. Comme je me suis langui, tout le temps que j'étais là-bas, de journées

1. Les mots en italique suivis d'un astérisque sont en français dans le texte. *(N.d.T.)*

sans cabs et de soirées sans grands dîners ! Sans compter que, bien sûr, le travail ne manque pas. *La Fontaine sacrée* est terminé et sur le point d'être expédié à mon agent. Il s'agit à mon avis d'un bel envol dans le fantastique de haut niveau — une œuvre pleine de fantaisie, fantastique certes mais immédiate et soutenue. Les récits à la première personne me mettent mal à l'aise — ils ne se prêtent que trop à une verbosité, une fluidité excessives dans l'autorévélation — mais il ne fait pas de doute que, pour ce conte, le choix de cette structure s'imposait.

Que viendra-t-il ensuite ? Il y a bien sûr mon Grand Projet, la belle et considérable œuvre que je me propose d'intituler *Les Ambassadeurs.* Suis-je prêt à m'y attaquer ? C'est qu'elle exigera de moi un suprême effort, même si, à mon sens, la récompense sera en proportion. Oserai-je parler de chef-d'œuvre ? Je ferais bien d'en rédiger une nouvelle esquisse avant de m'y mettre sérieusement. Mais pas tout de suite. La tentation est grande de faire traîner : je trouve ici une note de Wells me suggérant de venir à bicyclette jusqu'à Sandgate afin de lui faire un brin de conversation. Le fait est que je ne l'ai point vu depuis un bon moment et que je ne manque pas d'affection à son égard. Alors Wells avant tout, puis de sérieuses réflexions à propos de mes ambassadeurs.

Sandgate, le 14 juin. Je suis chez Wells en ce beau jeudi radieux, très chaud même pour la saison. Le trajet en bicyclette à travers Romney Marsh pour rejoindre, malgré la température, la grande villa toute neuve qu'il occupe sur la côte du Kent m'a mené au bord de l'épuisement, mais la robuste hospitalité de mon ami a eu tôt fait de me rendre mes forces.

Quelle vigueur chez cet homme ! Pourtant, à le voir on ne s'en douterait guère ; certes, sa santé s'est améliorée depuis la grave maladie d'il y a deux ans, mais avec ses jambes courtaudes, sa voix flûtée et sa moustache quelque peu ridicule, Wells reste un petit bonhomme fragile et fluet. Pourtant, à l'intérieur de cet être frêle gît une intelligence qui brûle comme un soleil ! Et toute cette énergie se manifeste dans les livres qu'il ne cesse d'écrire, ces merveilleux contes fantastiques, cette histoire de machine à voyager dans le temps, le récit mettant en scène le Dr. Moreau et ses monstres d'animalité, et surtout, mes préférées je crois, les si touchantes aventures de l'homme invisible. Voilà qu'il veut à présent faire le récit d'un voyage dans la Lune, entre autres projets innombrables, dont il s'acquittera probablement d'ailleurs. Mais bien entendu, il ne s'en tient pas à ces fables exotiques, encore que fort distrayantes. Son récent ouvrage, intitulé *L'Amour et Monsieur Lewisham,* n'a rien de la romance scientifique ; au contraire, il s'y livre à une analyse très fouillée des thèmes de l'amour et du pouvoir. Reste que Wells n'est pas simplement romancier (j'allais écrire : *simple* romancier !) ; non, Wells est un visionnaire, un prophète qui désire sincèrement changer le monde en accord avec le grand dessein qu'il nourrit à son égard. Je doute fort que l'occasion s'en présente un jour, mais je lui souhaite tout de même de voir ses vœux se réaliser. Je trouve un brin épuisant de l'écouter discourir interminablement sur le siècle qui s'ouvre et les miracles qu'il nous apportera, mais je reconnais que ce peut aussi être captivant. Et puis, cela va sans dire, il y a, tapie derrière cette confiance en la science, une vision bien peu optimiste, en revanche, de la nature profonde de l'humanité. Oui, Wells est un homme fascinant, une force brute, un élément naturel à lui seul. Je regrette seulement qu'en littérature il ne se soucie pas davantage des questions de style ; mais de son côté, lui voudrait que je m'en préoccupe *moins*. Il me semble que nous avons tous deux à la fois tort et raison dans le jugement que nous portons l'un sur l'autre.

Nous nous sommes entretenus de notre pauvre ami et voisin Crane [le romancier américain Stephen Crane] dont nous déplorons le décès prématuré survenu la semaine passée. Il s'est montré très désordonné tout au long de sa courte vie, et d'une négligence quasi criminelle vis-à-vis de sa santé, mais j'ai la conviction que *La Conquête du courage* lui survivra longtemps. Je me demande quelles œuvres magnifiques il portait encore en lui au moment de mourir.

Nous envisageons de rendre visite le lendemain à ceux de nos autres amis en littérature qui habitent la région ; Conrad, peut-être, ou le jeune Hueffer, voire Kipling chez lui, à Burwash. Quelle pépinière de romanciers abritent ces quelques comtés voisins !

Pour finir, dîner excellent suivi d'une discussion fort agréable.

Je suis monté me coucher tôt ; Wells, lui, va sûrement veiller fort tard pour écrire, écrire et écrire encore...

Spade House, Sandgate, le 14 juin. Nous sommes au milieu de la matinée et, après un petit déjeuner tardif et copieux, Wells s'apprête à rédiger une note proposant à Conrad que nous lui rendions une visite *impromptue* — toujours à travailler d'arrache-pied à cet interminable *Lord Jim* qui lui donne tant de mal, il sera, selon Wells, trop heureux que nous le dérangions — lorsqu'un jeune homme connu de Wells apporte, au terme d'une chevauchée haletante, la nouvelle qu'une étoile filante a été vue traversant très haut les cieux durant la nuit à une vitesse impressionnante, traçant vers l'est une traînée de flammes visible de Winchester, et que — l'un étant certainement la conséquence de l'autre — une chose étrange est tombée du ciel pour atterrir dans la bourgade de Woking, où résidait jadis Wells, là-bas dans le Surrey. Ce doit être à tout le moins un éclair d'orage matérialisé, voire un météore ou quelque lance expédiée par la main même de Zeus.

C'est ainsi qu'*instanter*, notre visite à Conrad est remise. Wells est tout entier livré à sa curiosité scientifique. Il faut qu'il se rende sans plus attendre à Woking afin d'inspecter ce présent des dieux ; et bon gré mal gré, je suis censé l'accompagner. « Vous le devez, vous le *devez* ! » s'écrie-t-il d'une voix qui s'évanouit dans les aigus en atteignant une note extraordinaire même pour lui. Je lui demande pourquoi mais il se contente de me dire que nous attendent des révélations fracassantes, que dis-je, d'envergure planétaire ! « Et à quoi faites-vous allusion à votre manière toute fantastique ? » veux-je savoir. Mais il se borne à m'adresser un sourire énigmatique. Et peu après cela, nous prenons la route.

Woking, le 14 juin, bien plus tard dans la journée. Tout à fait extraordinaire ! Nous accomplissons l'interminable trajet depuis Sandgate à bord d'une carriole à poney, Wells et moi, en bons gentils-hommes écrivains profitant d'une matinée de fin de printemps lumineuse et exceptionnellement douce pour entreprendre une petite excursion. Je suis accoutré comme pour une randonnée à bicyclette, avec mes traditionnelles culottes de golf, ma veste rayée noir et blanc bien ajustée à la taille, et ma casquette ; je ne suis pas très à l'aise dans ces atours bien peu de circonstance, mais je n'ai rien apporté qui puisse convenir à ce genre d'expédition. Nous atteignons Woking en fin d'après-midi, et là, nous plongeons instantanément au cœur de la folie — quel autre terme employer ?

L'objet tombé du firmament a atterri, nous ne tardons pas à l'apprendre, dans le terrain communal entre Woking, Horsell et Ottershaw avec un choc manifestement violent et en s'enfonçant profondément dans le sol. La chaleur et le déchaînement de flammes dégagés par l'impact ont projeté sable et gravillons dans toutes les directions et allumé un véritable brasier parmi les bruyères environnantes, encore que l'incendie ait pu être rapidement maîtrisé. Mais il ne s'agit pas d'un météorite.

Car ce qui dépasse du cratère est un immense cylindre de métal de quelque trente mètres de diamètre.

Tôt ce matin, l'astronome Olgivy s'est hâté de venir examiner le site ; à présent il nous apprend qu'ayant pu s'approcher suffisamment, malgré la chaleur émanant de la surface du cylindre, il a constaté que la partie supérieure de la chose entrait en rotation — comme si, déclare-t-il, il y avait à l'intérieur des créatures cherchant à en sortir.

« Ce que nous avons là est bel et bien une délégation de citoyens martiens venus nous visiter », affirme alors Wells sans le moindre soupçon d'hésitation et sur un ton serein teinté de la plus belle assurance.

« Exactement ! renchérit Olgivy avec animation. Exactement ! »

Ce sont là deux hommes de science, mais moi, je suis un *littérateur* *. Je pose alternativement sur l'un et l'autre un regard interloqué. « Comment pouvez-vous en être si sûrs ? » finis-je par m'enquérir.

À quoi Wells réplique : « Les singulières explosions de lumière qui ont été observées ces dernières années à la surface du monde en question n'ont pas laissé de susciter la curiosité, sans doute ne l'ignorez-vous pas. De même, il y a quelque temps que le spectacle de jets de flamme surgissant toutes les nuits de la planète rouge suggère les tirs répétés d'un formidable canon dont est finalement et directement issue, c'est du moins mon avis, la traînée lumineuse survenue la nuit dernière, phénomène que j'ai moi-même observé depuis la fenêtre de mon bureau… tout cela laissait présager, à mon sens, l'arrivée chez nous de ce projectile ; car quelle autre conclusion en tirer, James, sinon que des voyageurs originaires de cette planète voisine sont en ce moment même enchâssés dans le pré communal de Horsell !

— Il ne peut s'agir d'autre chose ! s'exclame Olgivy avec enthousiasme. Des voyageurs venus de Mars ! Mais peut-être souffrent-ils ? La traversée de notre atmosphère a pu engendrer une chaleur trop forte pour eux. »

En entendant cela, j'éprouve une soudaine bouffée de tristesse et de compassion. Je suis impressionné et indisposé à l'idée que la planète rouge puisse abriter des êtres intelligents et qu'un groupe de Martiens intrépides ait pu s'aventurer ainsi à travers l'immense océan de vide qui sépare leur monde du nôtre. Avoir franchi cette distance énorme, et pour moi inimaginable, pour ne trouver que la mort au terme du voyage… ! Se peut-il vraiment que cette courageuse campagne interplanétaire, comme le laisse entendre Olgivy, s'achève sur une tragédie pour ses braves participants ? Je suis passagèrement accablé par le plus grand souci.

Il n'est pas dépourvu d'ironie, dirais-je, au vu des sombres et violents événements ultérieurs, que sur le moment j'aie ressenti tant de pitié à l'égard de nos visiteurs. Mais alors nous en ignorions tout, et cet état de fait s'est maintenu un certain temps. Des foules de badauds curieux allaient et venaient, ainsi qu'ils l'ont fait toute la journée d'ailleurs ; puis des hommes armés de pelles et de pioches ont entrepris de dégager le cylindre — qui s'était considérablement refroidi depuis le matin —, ou au moins d'essayer ; tous les efforts pour achever de dévisser la partie supérieure se sont révélés vains. Wells ne pouvait détacher son regard du cratère. Il semblait possédé corps et âme par une félicité furieuse, allumée en lui tel un foyer par la possibilité que le cylindre renferme effectivement des Martiens. C'était, m'a-t-il répété à plusieurs reprises, presque comme si l'une de ses fantaisies scientifiques se réalisait sous ses yeux ; en fait, Wells m'a avoué qu'il avait bel et bien esquissé les grandes lignes d'un roman traitant d'une invasion martienne, avec l'intention de rédiger le tout dans deux ou trois ans, mais naturellement, maintenant que sa fiction a été rattrapée par la réalité, il va bien être obligé d'y renoncer. Il n'en témoigne d'ailleurs que peu de regret ; au contraire, l'arrivée des Martiens paraît lui causer une joie sans mélange, comme il en serait pour un petit garçon. Je ne crois pas me tromper en affirmant que si une horde de dinosaures déchaînés avait brusquement fait irruption dans le Surrey, il en aurait conçu un égal plaisir.

Enfin, je dois bien admettre que je suis moi-même assez excité. Des voyageurs en provenance de Mars, pensez ! Vraiment extraordinaire ! *Quel phénomène * !* Et quelles perspectives s'ouvrent à l'esprit de l'intrépide qui recherche sans cesse la nouveauté ! J'ai moi-même un peu voyagé, bien sûr, et notamment sur le Continent, à défaut d'avoir connu l'Afrique ou la Chine, bien que ce genre de grand voyage ne soit pas tout à fait exclu, et voilà qu'aujourd'hui se profile l'éventualité d'en accomplir un encore plus ambitieux ! Ah, faire le grand tour de Mars ! En visiter les monuments et les temples, et pourquoi pas être reçu en audience à la cour du Grand Cham de Mars ! C'est là une idée qui manque peut-être un peu de sérieux, mais certainement pas d'attrait. Voilà que je deviens un fantaisiste digne de Wells !

(Plus tard. Au coucher du soleil.) Le cylindre est ouvert. À notre grand effroi, nous nous sommes retrouvés confrontés à un Martien. M'attendais-je à ce que ces créatures soient essentiellement humanoïdes ? Auquel cas mes espoirs étaient absurdes. Ce que nous avons sous les yeux est une chose volumineuse et disgracieuse avec deux yeux grands comme des soucoupes, des espèces de tentacules, une curieuse bouche tremblotante... Oui, vraiment, un être différent de tout ce que nous connaissons, *senza dubbio* surnaturellement *autre.*

Contrairement à toute attente, Wells est atterré. « Dégoûtant... affreux, marmotte-t-il. Cette peau huileuse ! Ces yeux effrayants ! Quel démon hideux ! » Où est donc passée sa fameuse objectivité scientifique ? Pour ma part, je suis tout bonnement fasciné. Je lui dis que je perçois une beauté rare dans la fondamentale altérité du Martien, non pas celle d'un vase grec ou d'une voûte de Tiepolo, évidemment, mais tout de même une beauté d'un genre unique. Il me semble qu'en cela mes perceptions sont supérieures à celles de Wells. La beauté peut se trouver dans la pieuvre gigotante qui pend au bout de la ligne d'un pêcheur souriant sur le rivage de Capri ; il y a de la beauté dans les *terrifiants* * bas-reliefs à taureaux ailés des palais de

Ninive ; de même y a-t-il, je le maintiens, une forme de beauté dans ce Martien.

Il rit de bon cœur. « Toujours aussi esthète, James ! »

Sans doute. Mais je ne reviendrai pas sur mon opinion de l'étrange créature qui — luttant apparemment contre ce milieu inhospitalier qu'est pour elle notre monde — se déplace lentement et avec une gaucherie certaine près du rebord de son cylindre.

Elle passe de l'autre côté et disparaît de notre champ de vision. Le crépuscule se fait plus dense et cède bientôt la place à l'obscurité totale. Une heure s'écoule sans que rien ne se passe. Wells propose que nous cherchions à nous restaurer, ce que j'approuve chaleureusement.

(Plus tard encore.) Horreur ! Juste après huit heures, tandis que Wells et moi dînions, une délégation porteuse d'un drapeau blanc s'est approchée du cratère — de toute évidence dans l'intention de prouver aux Martiens que nous étions des êtres intelligents et pacifiques. Olgivy était du nombre, ainsi que Stent, Astronome près la Cour, et quelque infortuné journaliste venu aux nouvelles. Une flamme à l'éclat aveuglant a soudain jailli du cratère, puis une autre, et une autre encore ; la délégation, composée de quarante âmes en tout, a connu une mort épouvantable et instantanée. Le rayon a également enflammé les arbres les plus proches et provoqué l'écroulement partiel d'une maison ; les survivants du massacre se sont enfuis en poussant des cris de terreur.

« Ainsi ce sont des monstres, profère farouchement Wells, et nous assistons à la guerre des mondes !

— Non, non. » Je proteste faiblement, malgré la stupeur où me plongeait la terrible nouvelle. « C'est qu'ils sont loin de chez eux — effrayés, perturbés ; il s'agit d'un tragique malentendu, rien de plus. »

Wells m'accorde un coup d'œil condescendant, et cet unique regard cinglant replace dans leur contexte habituel nos relations par ailleurs cordiales. Tout à coup, j'ai devant moi l'homme au vigoureux sens des réalités qui s'est élevé à la force du poignet au-dessus de l'ignorance et de la pauvreté ; et moi, je suis l'homme de lettres argenté et bourgeois aux manières excessivement policées, *connaisseur* * d'un certain mode de vie — celui des classes aisées. Une fois de plus, à ses yeux je suis passé à côté des conséquences immédiates et horrifiques de la situation en me concentrant sur de fort convenables réactions secondaires. En son âme et conscience, avec toute sa brusquerie et sa belle assurance, Wells doit me trouver relativement charmant mais mou, inefficace, voire décadent.

Pour ma part, je tiens que Wells sous-estime grandement la robustesse de mon étoffe, mais le moment est mal choisi pour débattre de ce point.

« Voulez-vous que nous allions rendre une petite visite à vos malheureux amis martiens et voir s'ils sont disposés à nous recevoir plus aimablement ? » insinue-t-il.

Je ne parviens pas à apprécier sa sincérité. Il ne faut jamais omettre l'insatiable curiosité scientifique de Wells.

« Mais certainement, si c'est ce que vous souhaitez vous-même », réponds-je bravement. J'attends sa réaction, mais en réalité il ne parle pas sérieusement ; il n'a aucun désir de subir le sort de Stent et Olgivy ; et puisqu'il est trop tard pour regagner Sandgate ce soir, nous élisons domicile sur place, à Woking, dans une auberge de sa connaissance. Je vois bien qu'il est tiraillé entre la certitude que les Martiens sont là pour faire le mal et son puissant désir de découvrir tout ce que l'esprit humain peut espérer apprendre de ces êtres venus d'un monde inconnu.

Woking et plus à l'est, le 15 juin. Peut-être le jour le plus funeste de toute mon existence.

Une chance que nous n'ayons pas tenté hier soir de retourner au cratère. Car les téméraires qui s'y sont risqués n'en sont pas revenus : le rayon calorifique a plus d'une fois sévi dans les ténèbres. Au fond du cratère ont également retenti toute la nuit de formidables martèlements tandis qu'en émanaient à l'occasion des nuages de fumée blanche tirant sur le vert. L'invasion, car il ne fait plus de doute que nous avons bel et bien affaire à une invasion, progresse à vive allure.

Au matin, plusieurs bataillons de soldats ont pris possession du pré communal tout entier ainsi que des environs immédiats. Plus personne n'est autorisé à approcher du site et l'armée a même ordonné l'évacuation d'une partie du village. La journée est chaude et sans air, et bien évidemment, nous n'avons pas apporté de quoi nous changer. Rye et cette bonne vieille Lamb House me paraissent désormais à l'autre bout du monde. Dans le courant de la nuit, j'ai été terriblement atteint par le « mal du pays », mais Wells a manifesté dès le réveil sa ferme intention de rester assister à la suite des événements. Peu enclin à m'entendre reprocher ma poltronnerie, et ne pouvant décemment pas lui emprunter sa carriole à poney en le plantant là, j'ai décidé de vivre jusqu'au bout cette aventure à ses côtés.

Mais les événements auront-ils une suite ? La matinée puis l'après-midi se sont révélés bien ternes et lassants. Wells a été une source inépuisable de spéculations scientifiques — il était notamment convaincu que l'attraction terrestre, supérieure à celle que connaissent chez eux les Martiens, allait les empêcher de se déplacer librement à la surface de notre monde, mais aussi que notre atmosphère, plus dense que la leur, pouvait leur être fatale, et ainsi de suite ; tout d'abord intéressé, je me suis singulièrement lassé de ces discours en n'en voyant pas la fin. Sans que je lui aie rien demandé, il a disserté interminablement à mon seul bénéfice sur le sujet de la planète Mars, sa topographie, son climat, ses saisons, ses paysages mornes et désolés. Wells est un incorrigible causeur : une fois qu'il a le mors aux dents, pas moyen de l'arrêter.

Vers le milieu de l'après-midi, nous avons entendu des coups de feu dans le lointain : de toute évidence, on tentait d'anéantir le deuxième cylindre avant qu'il ne puisse s'ouvrir. Mais Woking est resté toute la journée figé dans une immobilité éprouvante jusqu'à ce que subitement, à six heures du soir, retentisse du côté du terrain communal une détonation suivie de nouveaux coups de feu, et enfin d'une violente secousse et d'un grand fracas qui m'a fait penser à l'éruption du Vésuve le jour de l'ensevelissement de Pompéi. En regardant au-dehors, nous avons vu des cimes s'embraser telles des allumettes qu'on gratte ; des bâtiments s'effondraient çà et là comme balayés par le souffle d'un géant en colère. Pour finir, des foyers se sont allumés un peu partout. Les Martiens avaient entrepris de réduire Woking à néant.

« Venez », me dit Wells. Il en avait rapidement conclu qu'il serait suicidaire de prolonger notre séjour, et comment aurais-je pu le contredire ? Nous avons donc prestement rallié notre carriole ; Wells a pris les rênes et nous voilà partis en direction de l'est tandis qu'une fumée noire s'élevait derrière nous et que le vacarme des fusils et des mitraillettes fournissait un contrepoint des plus incongrus à notre repli, en cette humide soirée de printemps, à travers une campagne verdoyante ma foi fort agréable.

Nous avons atteint Leatherhead sans histoire ; tout y était paisible ; on avait du mal à croire que non loin de là régnaient la mort et la destruction. L'épouse de Wells a des cousins dans cette bourgade ; ils ont écouté gravement, mais avec un scepticisme manifeste, notre récit dément où il était question de Martiens équipés de rayons calorifiques s'apprêtant à rayer Woking de la carte ; puis ils nous ont servi à souper en s'attendant naturellement que nous soyons leurs hôtes jusqu'au lendemain, puisqu'il était presque dix heures, mais non :

Wells s'était mis en tête de voyager toute la nuit en passant par Maidstone ou peut-être Tunbridge Wells avant de passer dans le Sussex et de me déposer à Rye, d'où il regagnerait Sandgate. C'était de la folie pure, mais dans l'excitation du moment j'ai donné mon accord, désireux que j'étais de mettre la plus grande distance possible entre les envahisseurs et moi.

Et c'est ainsi que nous avons précipitamment pris congé de Leatherhead. Un regard en arrière nous a permis de découvrir à l'horizon occidental un rougeoiement des plus inquiétants ainsi que d'énormes amas de fumée noire. Puis, comme nous poursuivions notre chemin, une affreuse coulée de lumière verte s'est répandue au-dessus de nos têtes ; nous y avons tout de suite vu une troisième étoile filante apportant un nouveau contingent de Martiens.

Malgré tout, je m'estimais en sécurité. Je n'ai guère été confronté au danger matériel dans ma vie — je crois même ne l'avoir jamais connu — ce qui lui confère à mes yeux une certaine irréalité ; j'ai toujours la plus grande difficulté à admettre qu'il puisse m'affecter personnellement. C'est donc à ma grande stupeur, et en passant bien près d'y perdre ma stabilité intérieure, qu'un peu après minuit, tandis que l'air sentait la pluie imminente et que l'orage tonnait au loin, j'ai vu notre poney se cabrer de terreur en poussant soudain un hennissement plaintif ; un instant plus tard nous découvrions une titanesque créature métallique qui pouvait atteindre trente mètres de haut, arpentant devant nous la forêt de jeunes arbres sur trois immenses pattes en métal et écartant sans pitié tout ce qui se trouvait sur son passage.

« Vite ! » s'écria Wells. Il m'enserra le poignet dans une véritable poigne de fer et me fit tomber à terre, où je roulai dans l'herbe du bas-côté juste au moment où, dans sa frayeur, l'infortuné poney faisait volte-face et s'enfuyait au galop en traînant la carriole pour aller s'enfoncer dans les bois. L'animal ne parcourut qu'une dizaine de mètres avant de s'empêtrer dans les branches basses et de tomber à la renverse ; la carriole se brisa en mille morceaux et, malheureusement, le poney se rompit le cou dans sa chute. Wells et moi nous sommes tapis sous un buisson et le colossal engin métallique à trois pattes est passé bien loin au-dessus de nous. Alors, juste derrière lui, est apparu un second monstre qui a lâché au passage un cri abominable — « Aloo ! Aloo ! » — que son prédécesseur a accueilli par un même « Aloo ! »

« Les Martiens se sont donc construit des machines de guerre..., a murmuré Wells. C'était cela, le martèlement que nous avons entendu dans le cratère. Et maintenant, ces deux-là vont à la rencontre de leurs congénères, qui viennent d'atterrir à bord du troisième cylindre. »

Comme j'admirais, sur le moment, la froideur de son esprit analytique ! L'orage venait d'éclater, nous fûmes bientôt trempés jusqu'aux os, sans parler de la boue qui maculait nos vêtements, il était très tard, notre carriole était brisée et le poney défunt, nous nous retrouvions totalement seuls dans une campagne déserte, à la merci de monstres métalliques en maraude, et rien de tout cela n'empêchait Wells d'évaluer en toute sérénité la cascade d'événements qui se déroulaient tout autour de nous !

J'ignore combien de temps nous sommes restés dans notre cachette Peut-être y avons-nous même sommeillé. Nous n'avons point vu d'autres Martiens. Un grand calme s'est emparé de moi quand, la pluie continuant de tomber à verse, j'ai enfin compris que je ne pourrais plus me mouiller davantage. Enfin, l'orage s'est éloigné ; Wells m'a réveillé pour m'annoncer que nous n'étions pas très loin d'Epsom, où nous pourrions éventuellement trouver refuge si les Martiens n'avaient pas encore dévasté la ville ; c'est donc trempés comme des soupes que nous sommes partis, à pied et dans le noir. Wells n'a cessé de jacasser tout du long, discourant à n'en plus finir sur la sécheresse de Mars et l'intense intérêt que devaient éprouver les Martiens face au phénomène de l'eau tombant du ciel. J'ai répliqué assez vertement que le phénomène ne présentait en revanche que très peu d'intérêt pour moi, la pluie faisant à présent mine de reprendre. En fait, je doutais même de survivre à pareille douche. Déjà je ressentais un certain malaise. Toutefois, puisant dans une réserve d'énergie dont j'ignorais jusque-là l'existencc, j'ai réussi à suivre l'indomptable Wells tout au long de cette interminable marche. Pour moi, l'expédition tournait au cauchemar. Nous avons couvert tant bien que mal la distance nous séparant d'Epsom, où nous sommes arrivés au lever du jour.

Epsom, le 20 ? 21 ? 22 juin ?

Mes doutes concernant la date d'aujourd'hui sont de peu d'importance vis-à-vis de ceux que j'entretiens désormais sur le reste. Il semble que je sois resté en proie au délire fébrile pendant une semaine au moins, et qu'entre-temps autour de moi le monde ait tremblé sur ses bases.

Wells pense que nous sommes le jeudi 21 juin de l'an 1900. L'aubergiste, lui, tient avec la dernière énergie que nous n'en sommes encore qu'à la veille, tandis que sa fille penche pour samedi, voire dimanche. Si nous disposions au moins du journal du jour, nous réglerions aisément cette question ; malheureusement il n'y a plus de journaux. Il n'est pas possible non plus de demander par câble à Greenwich si le solstice d'été a eu lieu, puisque l'Observatoire a visiblement été abandonné, comme d'ailleurs le reste de la ville de Londres. C'est à croire qu'en l'espace d'une semaine, la civilisation s'est complètement effondrée. Dorénavant, c'est tous les jours dimanche puisque plus rien ne bouge et qu'on n'observe plus trace de vie.

Moi-même entraîné dans un vertigineux tourbillon de fatigue et d'exposition au danger, je me suis complètement effondré une heure ou deux après notre marche nocturne vers Epsom. Wells m'a soigné avec dévotion. C'est vraisemblablement moi qui ai eu droit à sa maigre ration quotidienne de nourriture. L'aubergiste, sa femme, sa fille, Wells et moi sommes barricadés ici, bien à l'abri — du moins nous l'espérons — des machines à tuer martiennes, ainsi que du gaz mortel qu'elles s'obstinent à répandre. Je ne sais comment, cette bourgade, cette auberge, l'îlot au cœur de l'Angleterre où nous nous terrons, ont échappé au cataclysme — jusqu'ici. Mais on commence à dire que cet asile ne saurait résister beaucoup plus longtemps, et alors que ferons-nous, Wells et moi ? Nous sommes dans l'impossibilité de partir vers l'est pour rallier nos domiciles respectifs, puisque par là les Martiens ont absolument tout détruit. « Il faut rejoindre Londres, affirme Wells. La capitale est désertée. Là-bas seulement nous trouverons de quoi nous sustenter, et un endroit où nous soustraire à *eux.* »

Je ne parviens toujours pas à comprendre comment tout a pu s'écrouler si vite, comment — du moins dans le sud-est de l'Angleterre — les confortables structures sociales que j'ai connues ont pu se dissoudre aussi radicalement en une seule semaine comme autant de flocons de neige après une tempête de printemps.

Ce qui s'est passé ? Eh bien, voilà.

Les cylindres remplis de Martiens ont continué à surgir quotidiennement du néant. Des créatures en émergent ; elles assemblent des véhicules destinés à leur transport ; les colosses mécaniques vont et viennent en répandant le chaos et la mort au moyen de rayons calorifiques, de nuages de noire vapeur délétère et d'on ne sait quels autres systèmes démoniaques. Des villes entières ont été réduites en cendres, des régiments entiers foudroyés sur place, des comtés entiers désertés par leur population. L'État, l'armée, tout cela a disparu. Nos gouvernants se sont évanouis dans la nature aux quatre points cardinaux. Sa Majesté ainsi que les membres du Parlement et la totalité de l'appareil dirigeant du pays nous paraissent désormais relever du mythe des chevaliers de la

Table ronde. Nous sommes retournés d'un coup à l'état de nature, et dorénavant c'est chacun pour soi.

Nos hôtes nous ont appris qu'à Londres on était demeuré dans une paisible ignorance jusqu'à dimanche dernier, date à laquelle la nouvelle est enfin parvenue à la capitale : dans le Sud, envahi par des machines arachnoïdes géantes et invulnérables, régnaient la terreur et la dévastation sous forme d'incendies et de nappes de gaz toxiques. Il est apparu alors que les ravages perpétrés suivaient le tracé d'un arc assez ample englobant successivement, au sud de la Tamise, Windsor et Staines, puis au moins Reigate et Maidstone, et Deal Broadstairs, cela jusqu'à atteindre la côte du Kent. Les envahisseurs étaient certainement en passe de refermer leur filet sur Londres ; lundi matin, la population innombrable s'éparpillait donc dans toutes les directions. Parmi les individus qui — par milliers — se sont dirigés ici dans l'espoir de rejoindre amis ou parents du côté du Kent ou à l'est du Sussex, certains ont décrit ce fol exode à Wells et à l'aubergiste : des foules immenses se sont transportées vers le nord tandis que d'autres, ne sachant plus à quel saint se vouer, affluaient en masse vers l'est et les rivages de l'Essex, tout cela pour se heurter à la progression méthodique des Martiens, qui les exterminaient sur leur passage. Dans cette ruée insensée, les pertes humaines ont dû être inimaginables.

« Mais nous, ici, nous n'avons pas de Martiens ? ai-je demandé à Wells.

— À l'occasion, si », a-t-il répondu nonchalamment, comme si je venais de l'interroger sur les matches de cricket ou les précipitations dans la région. « Quelques-unes de leurs formidables machines sont passées en début de semaine, sans nul doute pour aller semer la mort ailleurs ; nous nous sommes gardés d'attirer leur attention et elles ne se sont pas aperçues de notre présence. Nous avons eu bien de la chance, James. »

Toutefois, la fille de l'aubergiste — une sauvageonne de quatorze ou quinze ans aux allures de garçon manqué — a eu ces derniers jours l'audace d'aller rôder dans les environs, et affirme que les Martiens sont de plus en plus nombreux à vaquer au sud et à l'est de nos positions. D'après elle, tout n'est que cendre et ruine aussi loin qu'elle a pu s'aventurer dans la direction de Bastead et Leatherhead, et de surcroît, une espèce de roseau rouge — indubitablement d'origine martienne — est curieusement en train de se répandre en tous sens. Wells pense qu'ils ne vont pas tarder à réinvestir Epsom et que, cette fois, ces êtres visiblement accoutumés, tels des dieux, à frapper au hasard, pourraient bien se mettre en tête de transformer la région en champ de ruines. Nous devons partir, dit-il ; nous devons nous rendre à Londres, ville dont la taille même nous rendra invisibles.

« Ne devrions-nous pas tenter de regagner plutôt nos foyers ? demandé-je.

— Il n'y a aucun espoir de ce côté-là. Les Martiens auront bouclé la côte afin de prévenir tout assaut maritime par la passe de Douvres. Même en admettant que nous survivions au voyage, nous ne trouverions là-bas que cendres et gravats, James.

Non, mon ami, je vous le dis : c'est à Londres que nous devons aller, maintenant que vous avez recouvré quelque force. »

Il est inutile de discuter avec Wells. Autant argumenter avec un typhon.

Sur le chemin de Londres, mettons le 23 juin.

Ces paysages jadis familiers me paraissent aujourd'hui bien étranges. J'ai presque l'impression d'avoir été transporté sur Mars, tout ce qui faisait ma vie d'avant étant demeuré sur une autre étoile.

Nous avons atteint les faubourgs de Wimbledon ; sur nos arrières, tout est noirci, calciné ; devant nous, tout semble également noirci et calciné. Nous avons vu des choses trop affreuses pour que je les relate ici, autant de signes révélateurs de l'extermination massive qui a dû frapper la région. Toutefois, à présent le calme règne. La chaleur est toujours aussi étouffante et sèche, et, trouvant sans doute ici des conditions voisines de son milieu naturel, le roseau rouge de Mars prolifère. Il me rappelle les énormes cactus que l'on trouve dans le sud de l'Italie, ne serait-ce sa sombre teinte rouge brique et la luxuriance de son mode de croissance : du rouge, du rouge, il n'y a plus que du *rouge* à perte de vue ! C'est là une métamorphose un peu irréelle, déprimante dans ses implications morbides et, naturellement, terrifiante. Je suis certain maintenant de ne plus revoir ma maison, ce qui ne laisse pas de m'attrister. Malgré toutes les raisons valables, j'entends cohérentes en apparence, que Wells peut avancer, je ne vois que pure folie dans cette expédition vers Londres.

Et pourtant... Sous la peur et le chagrin, c'est aussi une aventure merveilleusement excitante, en fin de compte ! J'ai honte de le dire, mais c'est seulement à mon carnet que je le confesse : c'est là la grande affaire de ma vie, le miraculeux et soudain débordement d'animation par lequel j'ai toujours rêvé d'être emporté. Car enfin, je *vis* ! Pleinement ! Mon cœur saigne au spectacle de la désolation environnante et de la chute de la civilisation telle que nous l'avons connue, mais en même temps — je ne saurais le nier — je me sens revigoré de façon inespérée, connaissant mon âge avancé, par le péril constant et les exigences physiques auxquelles je dois me soumettre, moi qui avais pour habitude de tant me dorloter, mais d'abord par ce que peut avoir de fondamentalement *insolite* tout ce qui entre dans mon champ de perception. Si je survis au voyage et que je puisse me réfugier en terre non saccagée, je ressasserai indéfiniment les événements présents.

C'est pour moi un suprême étonnement, mais nous nous déplaçons en *automobile.* En effet, Wells en a trouvé une au réservoir plein à ras bord dans une maison voisine de l'auberge ; il conduit cet engin fort bruyant, lentement mais avec beaucoup d'obstination et la compétence d'un *chauffeur* * expérimenté. Je le trouve très habile à contourner les obstacles et il négocie avec un bel aplomb les virages les plus effrayants. C'est seulement après plus d'une heure de route qu'il a remarqué, comme cela, en passant : « Savez-vous, James, que je n'avais encore jamais piloté une de ces machines ? Et vraiment, ce n'est pas sorcier. Non, pas sorcier du tout ! » Ce Wells est d'une extravagance, décidément ! Il m'a bien proposé de prendre le volant à mon tour, mais je crois que je préfère le laisser nous conduire tout le long du chemin.

(Plus tard.) Stupéfiant incident quelque part entre Wimbledon et Londres. Si curieux qu'il en reste inoubliable.

Voyant non loin de nous le dôme supérieur d'une machine ambulante martienne passer au-dessus des arbres, Wells stoppe le moteur le temps de faire le point. Les minutes passent et l'engin se tient parfaitement coi ; peut-être n'a-t-il pas d'occupant, à moins que celui-ci n'ait été victime d'une de nos trop rares contre-attaques victorieuses. Avec une audace qui ne m'étonne guère de sa part, Wells propose alors que nous nous en approchions à pied, histoire d'y jeter un coup d'œil, après quoi, puisque nous sommes tout près de Londres et qu'il serait malvenu d'attirer l'attention des Martiens au moment d'entrer dans une ville qu'ils ont très certainement investie, nous devrons abandonner notre véhicule et gagner la capitale à pied, comme les fugitifs que nous sommes.

Naturellement, je trouve tout cela téméraire et irréfléchi. Mais, Wells refusant d'entendre raison, nous voilà progressant prudemment jusqu'à nous retrouver à vingt mètres à peine de l'engin. Et là, nous tombons sur un étonnant spectacle.

Les Martiens se déplacent dans une espèce de cabine, ou nacelle, perchée au sommet des hautes pattes de leurs machines. Mais ce Martien-ci était descendu à terre, je ne sais comment et, exposé à tous les regards, posté au bord d'un ruisseau dans un petit espace dégagé juste derrière sa monture mécanique, il rivait sur la surface de l'eau un regard pensif, exactement comme s'il envisageait de taquiner le goujon une petite heure.

Le Martien était de forme sphérique, simple tête mobile dépourvue de corps — ou corps dépourvu de tête, si l'on veut — d'un peu plus d'un mètre de diamètre, sans membres visibles mais pourvu en revanche de toute une série de tentacules ressemblant à des fouets et regroupés en deux touffes autour de la bouche. Sous nos yeux effarés la créature s'est pesamment inclinée vers l'avant afin de plonger quelques-uns de ces prolongements dans le cours d'eau, où il les a laissés longuement immergés, tel un Français voyant passer devant lui une rivière du meilleur bordeaux et y goûtant de bien curieuse façon. Nous ne pouvions détacher nos regards de ce spectacle. J'ai vu Wells lancer un coup d'œil à une grosse pierre irrégulière située non loin de nous, songeant manifestement à tenter quelque geste héroïque et brutal contre la créature qui nous tournait le dos ; mais je lui ai adressé un signe de dénégation, plus pour désapprouver qu'on attente aux jours d'un être vivant que par peur des conséquences, et il a laissé le caillou tranquille.

Combien de temps a duré l'intermède ? Je ne saurais le dire. Nous étions pétrifiés, comme fascinés par cette rencontre avec *l'autre*. Puis le Martien s'est retourné — avec la plus grande difficulté — et a fixé sur nous ses grands yeux sombres. Wells et moi avons échangé un regard prudent. Le moment était-il venu de s'enfuir ? Apparemment, le Martien ne portait pas d'arme :

mais comment savoir s'il n'était pas en mesure d'exercer sur nous des pouvoirs mentaux inconnus ? En fait, il s'est contenté de nous observer avec indifférence, comme on regarderait un blaireau ou une taupe égarés hors du bois. Ce fut en quelque sorte un instant magique que ce face à face (si l'on peut dire) entre êtres issus de deux mondes si disparates se contemplant sans qu'aucune initiative hostile ne soit prise, ni d'un côté ni de l'autre.

Alors le Martien a émis une espèce de déclic que nous avons interprété comme une menace, ou tout au moins comme un avertissement. « Il est temps de nous en aller », a commenté Wells. Nous avons promptement battu en retraite et abandonné la clairière. Puis nous avons constaté que le déclic en question voulait en fait signifier au mécanisme transporteur que son propriétaire désirait reprendre place dans le dôme : une espèce de câble en est descendu, puis a ramassé la créature et l'a hissée sur son perchoir. Le Martien étant à nouveau en pleine possession de ses moyens offensifs, j'ai cru mes derniers instants arrivés. Mais non. La chose n'a témoigné nulle intention de nous assassiner. Peut-être avait-elle aussi perçu le caractère magique de notre bref contact ; ou alors nous étions insignifiants, indignes même d'être massacrés. Quoi qu'il en soit, la grande machine s'est pesamment mise en branle avant de s'éloigner à grandes enjambées en direction de l'ouest, nous laissant tous les deux bouche bée, nous regardant comme deux hommes qui viennent de côtoyer un mythique basilic, une chimère ou une *banshee,* et sont encore là pour le raconter.

Le lendemain, quelle que soit la date. Nous sommes à Londres, après être entrés dans la métropole par le sud en empruntant le pont de Vauxhall au terme d'une randonnée à pied à côté de laquelle mes tribulations d'antan en Provence et en Campanie, voire mon périple transalpin, prennent des allures de promenades de santé. Et pourtant, je ne suis presque pas las, malgré la faim et l'effort physique extrême de ces derniers jours. C'est toujours cette étrange exaltation qui me pousse en avant, tout fangeux et loqueteux que je sois, et alors même que ma barbe, hélas ! refait son apparition dans toute sa blancheur coupable.

C'est ici, dans la ville des villes, que l'ampleur de la catastrophe s'impose à l'esprit avec le plus de force. Car ici, il n'y a plus personne. Nous ne serions pas plus seuls sur l'île de Robinson Crusoé. La désolation générale est encore accrue par l'abondance des agréments et autres équipements qui nous entourent : les grands hôtels, les splendides hôtels particuliers, les boutiques luxueuses, les théâtres… Ces choses sont toujours là, mais à qui peuvent-elles encore servir ? Nous rencontrons de temps en temps un cadavre gisant sur le sol ; des malheureux qui n'auront pas fui quand on le leur conseillait. La poudre noire qui a fait tant de dégâts mais ne semble plus mortelle aujourd'hui recouvre une vaste partie de la ville tel un affreux tapis de neige noire ; on aperçoit quelques signes de pillage, mais très peu — les gens se sont enfuis trop vite. Le silence est total. C'est le silence, l'inertie de Pompéi, ou de Mycènes au temps d'Agamemnon. Mais ce sont là des ruines délavées par le temps, tandis que Londres a toujours des allures de cité vibrante d'animation, sauf qu'il n'y a plus ici âme qui vive.

Pour autant que nous puissions nous en rendre compte, Wells et moi y sommes en effet les seuls êtres vivants, si l'on excepte les oiseaux et les chats et chiens perdus. On ne voit même pas de Martiens : ils doivent étendre ailleurs leur terrain de conquête en attendant de revenir en villégiature une fois leur mission accomplie. Nous nous approvisionnons dans les magasins chic de Belgravia, dont nous trouvons la plupart du temps la porte ouverte ; nous osons même nous rafraîchir sans remords d'une bouteille de chambertin à trois guinées, après que Wells a eu toutes les peines du monde à en extraire le bouchon ; là-dessus, nous poussons jusqu'à Buckingham Palace — désert, complètement désert ! — et plus loin jusqu'aux quartiers étrangement sinistres de Mayfair et Piccadilly.

Tel un spectre déambulant dans un monde onirique, je retrouve le Londres que j'ai aimé. C'est à présent Wells qui se sent dans la peau de l'*outsider,* et moi qui ai l'impression d'y être chez moi. Voici ma première demeure, à Bolton Street, dans Piccadilly ; voici les clubs où j'ai si souvent dîné, le moindre n'étant pas le Reform Club, ce refuge, ce havre de paix au cœur de la ville auquel je tiens tant et où, étant jeune, je retrouvais Gladstone et Tennyson, et Schliemann, l'archéologue, le découvreur du site de Troie ! Je me demande ce qu'il penserait de ce Londres-ci… J'invite

Wells à venir admirer mon petit *pied-à-terre* * londonien au Reform Club, mais le bâtiment est hermétiquement clos et nous poursuivons notre chemin. La ville nous appartient. Peut-être irons-nous jusqu'à Kensington, où je montrerai à mon compagnon l'appartement sobre et retiré que je possède aux De Vere Mansions, avec sa vue imprenable sur le parc ; mais non, non, nous obliquons dans la direction opposée ; le silence est terrifiant, la sensation de solitude tragique. Wells tient à s'assurer que le British Museum est ouvert. Nous remontons donc Charing Cross Road jusqu'à Bloomsbury et oui, c'est à peine croyable mais les portes sont entrebâillées. Nous pourrions, si nous le voulions, nous emparer des marbres d'Elgin, de la pierre de Rosette et du vase de Portland. Mais à quoi bon ? Rien n'a plus de sens maintenant. Wells se plante devant je ne sais quel pharaon abîmé dans la salle consacrée à la sculpture égyptienne et, d'une voix qu'il souhaite sans doute formidable, se met à tonner : « Je suis Ozymandias, Roi des Rois ! Voyez mon œuvre, ô puissants, et pleurez ! »

Que faire ? Arpenter les rues de Londres à notre guise jusqu'à ce que les Martiens viennent nous anéantir comme ils ont anéanti les autres ? L'idée d'être les derniers hommes de Londres ne va pas sans nous causer un délicieux *frisson* * ; mais en vérité, la situation est à désespérer, oui, vraiment, à désespérer. Quel est l'intérêt de survivre si la civilisation a péri ?

Saucisses froides et bière éventée dans un pub tout près de Russell Square. Nous constatons que le roseau rouge prend un peu partout dans Londres comme dans les campagnes. Wells se montre fort loquace ; il me parle de sa jeunesse impécunieuse, de ses ambitions précoces, de l'impitoyable démarche d'autodidacte qu'il s'est imposée, puis il passe à l'accumulation progressive de ses succès et enfin au couronnement ultime de sa carrière de philosophe et de romancier populaire. Il tient ses capacités intellectuelles en haute estime, mais il n'y a rien d'offensant dans sa manière de s'exprimer sur le sujet car l'appréciation est méritée. C'est sans conteste un homme remarquable. En matière de compagnon d'apocalypse, j'aurais pu plus mal tomber. Imaginez par exemple que j'aie échoué ici au côté de ce pauvre Conrad, si lugubre et si tourmenté !

Instant de terreur à l'approche du crépuscule. Nos pas nous ont menés vers Covent Garden ; je me retourne vers Wells, qui s'est attardé pour jeter un œil aux vitrines, et je propose de nous loger plus que décemment au Savoy ou au Ritz. Et là, plus de Wells ! Il avait disparu tel son propre Homme invisible !

« Wells ? m'écrié-je. Wells, où êtes-vous donc ? »

Silence. *Calma come la tomba.* A-t-il sombré sans s'y attendre dans quelque abîme non protégé sous la rue ? A-t-il été enlevé sans bruit par une machine martienne ? Comment survivre sans lui dans cette cité morte ? C'est Wells qui sait s'y prendre pour entrer par effraction dans les magasins d'alimentation et autres boutiques, Wells qui relève tous les défis pragmatiques que pose notre curieuse vie quotidienne — pas moi.

J'appelle à nouveau. « *Wells* ! » Je crains que le ton de ma voix ne trahisse ma panique.

Je suis seul. Plus trace de lui. Que vais-je faire ? Cinq minutes se passent, puis dix, quinze… La logique voudrait que je reste exactement au même endroit jusqu'à ce qu'il réapparaisse, car comment nous retrouver sans cela dans cette ville immense ? Mais la nuit tombe. Tout à coup, je prends peur. Je suis las et indiciblement triste. Je vois ma propre mort se profiler devant moi. Je vais aller au Savoy. Oui, c'est cela. Je me mets en marche, puis, à mesure que ma panique croît, je m'élance au pas de course dans Southampton Street.

Enfin j'arrive sur le Strand. Voilà l'hôtel… et voilà Wells qui, les bras croisés sur la poitrine, m'attend bien tranquillement devant l'entrée.

« J'étais sûr que vous viendriez ici, déclare-t-il.

— Où étiez-vous passé ? Est-ce une de vos plaisanteries, Wells ? » fais-je d'un ton impérieux et quelque peu emporté.

« Je vous ai crié de me suivre. Vous ne m'avez donc pas entendu ? Venez : il faut que je vous montre quelque chose, James.

— Tout de suite ? Pour l'amour du ciel, Wells, c'est que je n'en peux plus, moi ! »

Mais bien évidemment, il ne veut rien entendre. Il me saisit par le poignet et m'entraîne *en tournant le dos à l'hôtel* pour reprendre le chemin de Covent Garden et emprunter une petite rue du nom de Henrietta Street. Là, appuyée contre la façade d'une vieille maison branlante — le numéro 14 —, se dresse une épave de machine martienne, un genre de voiture automobile trapue pourvue de tentacules métalliques, qui s'est pulvérisée au terme d'une course folle à travers la rue. On aperçoit un Martien mort derrière la vitre en miettes de la nacelle à passager. Impressionnés, nous contemplons ce spectacle en silence. « Vous voyez ? me demande Wells comme si j'étais aveugle. Il semble qu'ils ne soient pas tout à fait invulnérables. » Je ne peux qu'acquiescer ; je n'ai en tête que de trouver un endroit où m'allonger ; puis Wells nous autorise à nous retirer et nous retournons à l'hôtel, qui nous est tout ouvert, nous installons dans les suites les plus luxueuses que nous pouvons trouver. Sur quoi je dors comme je n'ai pas dormi depuis des mois.

Encore un jour plus tard. Cela dépasse l'entendement, mais la guerre est finie et nous sommes miraculeusement libérés du terrible joug martien !

Wells et moi avons découvert ce matin une autre machine martienne immobile, érigée telle une sentinelle à l'entrée de Waterloo Bridge. Nous nous en sommes approchés sans crainte et avons vu que sa patte arrière était figée en position fléchie, de telle manière que la chose ne reposait plus que sur deux membres ; d'une seule poussée énergique, nous aurions pu faire basculer en totalité le mécanisme devenu instable. Du Martien dans sa nacelle, pas la moindre trace, en revanche.

Toute la journée nous avons écumé les rues de Londres à la recherche des Martiens. Je me sentais pénétré d'une curieuse sérénité. Peut-être n'était-elle due qu'à mon extrême lassitude ; mais il est certain que nous sommes à présent accoutumés au spectacle de la désolation générale, des touffes de roseaux enchevêtrés et des meutes de chiens fraîchement retournés à l'état sauvage.

Entre le Strand et Grosvenor Square, nous sommes tombés sur trois nouvelles machines martiennes : mortes, mortes, toutes mortes ! Puis nous avons entendu un son étrange du côté de Marble Arch ; cela faisait : « Ulla, ulla, ulla » — une espèce de long sanglot mystérieux. Dans le silence qui prévalait par ailleurs, il acquérait une puissance incomparable. Nous avons été attirés par lui ; au lieu de prendre nos jambes à notre cou comme l'aurait fait tout homme sain d'esprit, nous nous sommes approchés. « Ulla, ulla ! » Après avoir parcouru quelques dizaines de mètres dans Bayswater Road, nous avons vu une machine de guerre martienne se profiler au-dessus des arbres de Hyde Park ; c'était d'elle qu'émanait le cri. Était-ce un signal de détresse ? Un appel destiné aux lointaines cohortes de son espèce, s'il en restait en vie ? Les mains plaquées sur les oreilles — le hurlement étant en effet assourdissant — nous avons encore fait quelques pas. Puis, tout à coup, la machine s'est tue. Ce soudain mutisme avait des allures solennelles d'interruption définitive. Nous avons attendu. Cela n'a pas recommencé.

« Mort, a déclaré Wells. Sans doute était-ce le dernier. Il devait mugir un requiem pour son espèce.

— Que voulez-vous dire ?

— Ce que nos armes n'ont pas su faire, les germes les plus primaires de la Terre l'ont accompli : je parierais là-dessus une année de gains !

Croyez-vous en effet, James, que les Martiens aient un quelconque moyen de se défendre contre nos microbes ? C'est ce que j'attendais ! Je savais que cela arriverait ! »

Devais-je le croire ? Il ne m'en avait pas touché mot.

Lamb House, le 7 juillet. Comme il doux de retrouver son foyer !

Il a donc pris fin, l'interminable cauchemar de la guerre interplanétaire. Wells et moi avons trouvé aux quatre coins de Londres les épaves inutilisables des véhicules martiens, et à l'intérieur leurs occupants défunts pris au piège. Morts, morts jusqu'au dernier, les envahisseurs ! À mesure que nous avancions, d'autres êtres humains se sont montrés, sortant de leurs cachettes, et nous nous sommes étreints en échangeant de folles congratulations.

Ainsi que nous l'avons appris depuis, Wells avait vu juste. Les Martiens ont péri au cours de la conquête, victimes de nos bactéries. Nul n'en a plus vu de vivant depuis quinze jours. Les fugitifs, dont nous étions, ont regagné leur domicile. La roue de la civilisation s'est remise à tourner.

Nous sommes sauvés, certes — mais d'un autre côté, en sommes-nous bien certains ? Qui peut dire si les Martiens ne reviendront pas, protégés cette fois contre nos micro-organismes et tout prêts à nous soumettre une fois de plus à leurs desseins ? En tout cas, il m'est clairement apparu que la modeste impression de sécurité dont nous autres Terriens jouissons, et tout particulièrement les habitants de l'Angleterre en cette soixante-troisième année de règne de Sa Majesté la reine Victoria, n'est que pathétique illusion. Notre monde est loin d'être une forteresse imprenable. Nous sommes exposés aux cieux imprévisibles. Si les Martiens ont pu débarquer chez nous, un jour ce seront les Vénusiens, ou les Jupitériens, si ce ne sont pas des guerriers venus d'une étoile dont on ignore encore tout. Les événements de ces dernières semaines se sont révélés tout à la fois terribles et merveilleux, et j'avoue sans honte que j'ai retiré de grandes compensations de la peur et de l'épuisement ; toutefois, nous devons prendre conscience, à présent, du risque majeur que représenterait le retour de ces sombres événements. Nous savons désormais que nous ne sommes pas, et de loin, les maîtres du cosmos comme nous aimons à le croire. C'est une amère leçon qui nous a été dispensée là, à l'orée de ce siècle dont nous attendions tant.

J'ai abordé ces questions avec Wells, qui est venu me rendre visite hier. Il était en parfait accord avec moi.

Au moment où il prenait congé, j'ai entrepris non sans hésitation de lui faire part d'une autre idée, qui fermentait dans mon esprit depuis une semaine. « Vous m'avez dit un jour que vous aviez le projet, avant même l'arrivée des Martiens, de rédiger un roman relatant une invasion interplanétaire. Est-ce toujours dans vos intentions, Wells, maintenant que la réalité a rattrapé la fantaisie ? »

Il a reconnu qu'en effet, tel était le cas.

« Mais alors, ce ne pourrait plus être une de vos habituelles fictions fantastiques, n'est-ce pas ? Vous en feriez plutôt quelque chose comme du *reportage* *. Vous donneriez le compte rendu des faits et gestes de certains individus devant des événements véridiques, dans toute leur démesure ?

— Naturellement, cela ne se conçoit pas autrement », m'a-t-il répondu. Je me suis contenté de l'encourager d'un sourire. C'est alors que, devinant promptement ce que je sous-entendais, il a ajouté : « Mais bien entendu, *cher maître* *, si vous aviez vous-même l'intention de…

— Eh oui ! » ai-je sereinement répliqué.

L'un dans l'autre, il s'est montré très arrangeant. Je vais me mettre au travail pas plus tard que demain. *Les Ambassadeurs* sera peut-être le plus grand, le plus beau de mes romans, mais il devra attendre encore un an ou deux — il y a plus urgent à écrire.

[Les carnets de James indiquent qu'il n'a finalement mis en chantier La Guerre des mondes, ce roman relatant le conflit interplanétaire devenu depuis un classique, que le 28 juillet 1900. Il devait l'achever le 17 novembre suivant, délai remarquablement court pour notre auteur ; après avoir paru sous forme de feuilleton dans The Atlantic Monthly d'août à décembre 1901, le livre fut publié en Angleterre chez Macmillan and Company en mars 1902, et un mois plus tard aux États-Unis chez Harper & Brothers. Il demeure le plus connu de tous ses livres et a été à plusieurs reprises adapté au cinéma. Wells, de son côté, n'écrivit pas le compte rendu de ce qu'il

avait vécu pendant l'invasion martienne, bien que ces événements aient naturellement eu une profonde influence sur le reste de sa vie et de son œuvre. L'Éditeur.]

Titre original :
The Martian Invasion
Journals of Henry James
Initialement paru dans *War of the Worlds* :
Global Dispatches, anthologie
de Kevin J. Anderson, 1996